瑞蒙·錢德勒
Raymond Chandler
作品

再見，吾愛

瑞蒙·錢德勒

許瓊瑩 譯

Farewell, My Lovely

Raymond Chandler

菲力普．馬羅

「我是有執照的私家偵探，從事這行頗有一段時間了。我是一匹孤狼，未婚，臨屆中年，而且不富有。我曾經入獄不只一次，我不接離婚案件。我喜歡酒、女人、西洋棋，還有幾樣別的東西。警察不怎麼喜歡我，但是我認識幾個還滿合得來的。我是加州本地人，出生於聖塔羅莎，父母雙亡，沒有兄弟姊妹，有時候會被揍昏在黑巷子裡，這在我這一行，誰都可能碰到，當這種事情發生的時候，沒有人會爲我覺得大難臨頭。」

1

這是中央街上幾個族裔混雜的街段之一，這裡還沒有完全變成黑人區。我剛從一家三張座椅的理髮店裡出來，就業輔導站以爲一個名叫狄米崔歐．阿雷迪斯的就輔理髮師可能在那裡工作。只是小事一樁。他妻子說願意花點小錢把他找回家。

我始終沒有找到他，但是阿雷迪斯太太也始終沒有付我半毛錢。

那是個暖和的日子，都快三月底了，我站在理髮店外面，抬頭看二樓一家名叫弗羅里安的餐館兼賭場的突出霓虹招牌。有一個男人也抬頭看著招牌。他出神的望著灰污的窗戶，就好像有肌無腦的東歐移民第一次看見自由女神雕像一樣。他是個大塊頭，起碼有六呎五吋高（約一九五點六公分），而且體型有一輛啤酒貨車那麼寬。他站在離我大約十呎的地方。他的臂膀鬆垮的垂在身體兩側，巨大的手指後頭有一根被遺忘的雪茄裊裊生煙。

羸瘦不吭聲的黑鬼來往街道，斜眼瞄他。他確實有看頭。他戴著粗毛的博薩利諾（borsalino，義大利知名帽子公司名稱）呢帽，穿著粗俗的灰色休閒式西裝外套，鈕扣是白色的高爾夫球形狀，棕色的襯衫，黃色的領帶，帶摺紋的灰色絨布長褲，以及帶有白色尖頭的鱷魚皮皮鞋。從他的外套胸口袋冒出一截和領帶一樣亮黃色的裝飾手帕。帽子的環帶上插著幾根多彩的羽毛，但那實在是錦上添花。即使在這條衣著已經不算保守的中央街上，他看起來仍像隻攀在天使蛋糕上的大狼蛛般顯眼。

他的膚色蒼白，而且一副鬍子很久沒刮的樣子。他是那種經常需要刮鬍髭的類型。他黑髮鬈曲，濃密的雙眉在碩重的鼻梁上幾乎相連。以他那種尺寸的男人而言，那對耳朵算是短小靈巧，他的眼睛帶著一種近似淚光的光芒，灰色的眼眸似乎常有這種現象。他像一尊塑像一樣的杵在那裡，過了很長一段時間以後，臉上漾開了笑容。

他緩緩穿過人行道，走向遮住通二樓樓梯的雙開式彈簧門。他推開雙扇門，面無表情的對著街道上下冷冷掃過一眼，然後走進去。如果他是個個頭比較小，而且打扮比較低調的男人，我會以爲他是要去搶劫的。但是不會是那樣的穿著，不會是那樣的帽子，更不會是那樣的體架子。

雙扇門往外旋開，而且幾乎馬上停頓下來。就在完全停頓之前，門又打開來，非常猛，往外搧開。有個東西飛越過人行道，掉落在兩輛停靠街邊的車子中間的排水溝上。那東西兩手兩膝著地，發出像受困老鼠一樣高昂的尖叫。他慢慢的站起來，撿起一頂帽子，並且後退到人行道上。那是個細瘦窄肩的棕膚年輕人，穿著一身丁香色的西裝，還戴著一朵康乃馨。他有一頭油光滑溜的黑髮。張著嘴巴嗚咽了好一陣子。人群若有似無的瞪視他。然後等手腳靈活的把帽子戴正以後，他側身踅到牆邊，跨開大步沿著街邊悄悄溜走了。

四下一片靜默。人車繼續往來。我漫步到雙扇門處，在門前站定。此時門已經停止晃動。根本不關我的事。所以我把門推開，往內看。

一隻大到可以讓我當椅子坐的手從昏暗中伸出來，抓住我的肩膀，差點把我捏成肉醬。然後，那隻手把我拉進門扇，漫不經心的把我往上提上一個台階。一張大臉注視著我。一個低沉柔軟的聲音輕輕的對我說：

「黑鬼跑進這裡來，嗄？看俺怎麼對付他的，夥伴。」

那裡頭很暗。很安靜。上面隱約傳來人聲，但是只有我們兩個人在樓梯間裡。大塊頭嚴肅的瞪著我，繼續用手凌遲我的肩膀。

「一個黑鬼，」他說。「俺剛剛把他丟出去。你有沒有看到俺把他丟出去？」

他放開我的肩膀。骨頭似乎沒斷，但是手臂已經麻了。

「這本來就是那種地方啊，」我說，並且揉搓我的肩膀。「不然你還期待怎麼樣？」

「不可以這樣說，夥伴，」大塊頭輕聲咕噥，像四隻剛吃過晚飯的老虎發出的舔舌聲。「薇瑪以前在這裡上班。小薇瑪。」

他又伸手過來抓我的肩膀，我想躲，但是他的動作像貓一樣快。他又開始用鐵爪般的手指碾食我的肌肉。

「是啊，」他說。「小薇瑪。俺八年沒看到她了。你說這裡是黑鬼的店了？」

我嗆著喉嚨說是。

他又把我往上提了兩個台階。我努力扭脫，想讓自己取得一點活動的空間。我身上沒帶槍。尋找狄米崔歐·阿雷迪斯似乎沒有帶槍的必要。我也懷疑如果帶了槍有什麼好處。大塊頭大概也會把它從我手上搶走，並且一口吃了。

「上去自己瞧瞧啊，」我說，努力不讓聲音洩漏出痛楚。

他再度放開我。用帶著某種哀傷神色的灰眸子看著我。「俺心情正好，」他說。「俺不想讓任何人來煩。你跟俺一塊兒上去，也許一起喝幾杯。」

「他們不會賣你酒的。我告訴你了，這裡是有色人種的酒吧。」

「俺八年沒見到薇瑪了，」他用深沉哀傷的聲音說。「打從俺說再見，已經過了長長的八年。她有六年沒寫信給俺。但是她一定有理由的。她以前在這裡上班。可愛的人兒。你跟俺一塊兒上去，嗄？」

「好吧，」我扯著喉嚨說。「我跟你一塊兒上去。只是不要拉著我。讓我自己走路。我很好。我都大人了。我會自己上廁所。不要再拉我。」

「小薇瑪以前在這裡上班，」他柔聲說。他沒在聽我說話。

我們爬上樓梯。他讓我自己走。我的肩膀痛。我的頸背都汗濕了。

2

樓梯頂又有兩扇門遮住二樓的內部，不管那內部是什麼。大塊頭用兩根大拇指輕輕推開雙扇門，我們走進去。那是一間長形狹窄的房間，不是很乾淨，不是很亮，不是很令人愉快。角落裡，一群黑人圍坐在罩著一張爛桌子的圓錐形光圈裡吱吱喳喳。沿著右手邊的牆壁有一條吧檯。房間裡的其餘空間多半是一些小圓桌子。有幾名顧客，有男有女，但全都是黑人。

那張爛桌子的吱吱喳喳聲乍然嘎止，桌頂上的燈光也驟然熄滅。一陣突來的寂靜，像浸滿水的船隻一樣沉重。所有的眼睛都注視著我們，一對對栗子色的眸子，鑲嵌在顏色從淺灰到深黑不等的臉孔裡。那些頭緩緩轉過來，目光炯炯，以一種疏離的死寂，瞪視著另一個族裔。

一名高大粗脖子的黑人憑靠在吧檯的尾端，他的兩隻襯衫袖子上套著粉紅色的鬆緊臂帶，寬闊的背上交叉著粉紅和白色夾雜的吊褲帶。不言自明，他是酒吧的保鑣。他緩緩的把踩在檯子上的一隻腳放下來，緩緩的轉身，瞪著我們，他輕輕的跨開兩腳，並且把寬闊的舌頭沿著嘴唇遶動。那張傷痕累累的臉孔，看起來像被除了挖泥機吊桶以外的所有東西都打過。上面有瘡疤，有凹陷，有厚繭，有棋盤，有接縫。那是一張什麼都不怕的臉孔。只要想得出來的任何事情，都曾經發生在那張臉上。

他乾皺的短髮夾雜了幾絲灰白。有一隻耳朵失去了耳垂。

那名黑人又碩重又魁梧。一雙肥大的腿幹看起來有點呈彎弓形，這在黑人當中並不常見。他又舔了幾下舌頭，露出微笑，並且移動身軀。他以一種拳擊手半蹲伏的放鬆姿態向我們走來。大塊頭沉默的等待他。

臂膀上套著粉紅色臂帶的黑人，把他一隻棕色的龐然大手放在大塊頭的胸膛上。那隻手雖然大，在大塊頭的胸膛上看起來仍只像一顆螺栓。大塊頭動也不動。保鑣溫和的笑笑。

「白人不准進，兄弟。只招待有色人種。失禮了。」

大塊頭轉動哀傷的灰色小眼珠，環顧房間。他的兩頰有點泛紅。「擦鞋童，」他低聲怒斥。然後提高了音量。「薇瑪在哪兒?」他問保鑣。

保鑣並沒有眞的放聲笑出來。他打量一番大塊頭的衣著，那棕色的襯衫和黃色的領帶，那粗糙的灰外套和上面白色的高爾夫球鈕扣。他狀頗優雅的挪了挪肥厚的頭顱，從不同的角度鑽研那一身打扮。他低頭看看那雙鱷魚皮皮鞋。輕輕的嗆笑幾聲。似乎覺得頗爲有趣。我有點替他難過。他又溫和的說。

「你是說薇瑪嗎?這裡沒有薇瑪，兄弟。沒酒，沒女人，什麼都沒有。只有滾蛋，白小子，只有滾蛋。」

「薇瑪以前在這裡上班，」大塊頭說。他說話的樣子幾乎像在做夢，彷彿他是自己一個人在樹林裡採香堇菜。我再度拿出手帕來擦頸背。

保鑣突然縱聲大笑。「當然，」他說，同時迅速回眼看他背後的眾人。「薇瑪以前在這裡上班。但是薇瑪現在已經不在這裡上班了。她退休了。嗬。嗬。」

「不要把你他媽的手在放在俺的襯衫上，」大塊頭說。

保鑣皺起眉頭。他不習慣人家對他這樣說話。他把他的手從襯衫上放下來，然後把它握成一個拳頭，那大小和顏色就像一顆大茄子。他有份內的工作、硬漢的名聲和眾人的尊敬需要考慮。他考慮了一秒鐘，然後做出了錯誤的決定。他的手肘迅速往外一抽搐，擊出非常有力又短促的一拳，打在大塊頭的下顎側面。房間周圍傳出一陣輕嘆。

那是一記好拳。拳頭後面的肩膀一沉，身體一晃。那一拳力道十足，擊出那拳的人訓練有素。大塊頭連頭都沒動一吋。他並沒有意圖抵擋。他反而把那一拳吃下去，然後稍稍抖了抖身體，喉嚨發出一聲悶哼，隨即一把抓住保鑣的咽喉。

保鑣試圖用膝蓋撞擊他的鼠蹊部。大塊頭把他在半空中一轉，劈開他跨在剝落的油氈地毯上那雙俗麗的皮鞋。他把保鑣的身子往後推彎，並且把自己的右手換到保鑣的皮帶上。那皮帶像屠夫綁肉的細繩應聲而斷。大塊頭把巨掌平擺在保鑣的脊椎上一使力。保鑣整個人被丟過房間，一路旋轉，踉踉蹌蹌，雙臂揮舞。三個人跳起來逃開。保鑣飛越一張桌子，摔上牆腳板，那聲音之大，連丹佛市都聽得到。他的腿痙攣了幾下。然後就躺在那裡一動不動了。

「什麼傢伙，」大塊頭說，「選錯時機耍狠。」他轉向我。「好了，」他說。「咱們喝一杯。」

我們走過去吧檯。那些顧客，接一連二，三三兩兩，全都變成了安靜的影子，無聲無息的溜過地板，無聲無息的溜出樓梯頂的雙扇門。就像草地上的光影，無聲無息。他們甚至沒讓雙扇門搖晃一下。

我們憑靠著吧檯。「檸檬威士忌，」大塊頭說。「點你的吧。」

「檸檬威士忌，」我說。

我們一起喝檸檬威士忌。

大塊頭面無表情的舔舔檸檬威士忌的短厚玻璃杯杯緣。他嚴肅的瞪著酒保，後者是個滿臉憂懼的瘦削黑人，穿著白色外套，患腳痛似的抖動不停。

「你知道薇瑪在哪兒嗎？」

「你是說，薇瑪嗎？」酒保嗚咽著聲音說。「我最近沒在這兒看見她。這一向都沒有，沒有，先生。」

「你在這裡多久了？」

「讓我瞧瞧，」酒保放下毛巾，蹙起眉頭，開始扳著手指算起來。「大約十個月，我想。大約一年吧。大約——」

「下定決心行不行，」大塊頭說。

酒保睜大了眼睛，喉結像斷了頭的雞仔一樣上下亂跳。

「這裡變成黑鬼酒吧多久了？」大塊頭沒好氣的質問。

「你是說哪兒？」

大塊頭的手捏成一個拳頭，他的檸檬威士忌玻璃杯幾乎整個消失不見。

「總之有五年了，」我說。「這傢伙不會知道什麼叫薇瑪的白人女孩的。這裡不會有人知道的。」

大塊頭盯著我的樣子，彷彿我才剛從蛋殼裡孵出來。檸檬威士忌似乎沒有使他的脾氣好一點。

「媽的誰讓你管閒事了？」他問我。

我露出一抹笑容。一抹又大又溫暖的友好笑容。「我就是那個和你一塊兒進來的傢伙。記得嗎？」

這時他回我以咧嘴而笑、毫無意義的、一口白牙的平板微笑。「檸檬威士忌，」他告訴酒保。「還不快動狗腿。送酒來。」

酒保倉皇跑開，嚇得翻出白眼來。我把背靠著吧檯，瀏覽房間。此時房間已經空了，只除了酒保、大塊頭、我自己和摔倒在牆邊的保鑣。保鑣正在移動。他動得很緩慢，好像很痛，很費力。就像只剩下一邊翅膀的蒼蠅，沿著牆腳板輕手輕腳的爬著。他在桌子後面爬行，憂心滿懷，一個突然衰老、突然希望破滅的人。我看著他爬行。酒保又送來兩杯檸檬威士忌。我轉向吧檯。大塊頭不經意的瞥一眼爬行中的保鑣，然後就不再理他。

「什麼都沒留下來，」他埋怨道。「這裡以前有一個小舞台，有樂隊，有可愛的小房間，男人可以在裡頭享樂一下。薇瑪會演唱幾首。紅頭髮。像蕾絲褲子一樣可愛。他們把俺丟進籠子裡的時候，咱們正準備要結婚。」

我拿起第二杯檸檬威士忌。我開始覺得玩夠了。「丟進什麼籠子？」我問。

「不然你以爲俺說俺去了八年是什麼意思？」

「捉蝴蝶去了。」

他用一根香蕉似的食指戳戳自己的胸膛。「坐牢。麾洛伊是俺的名字。人稱麋鹿麾洛伊，因爲俺個頭大。格利本德的銀行搶劫案。四萬大洋。單槍匹馬。了不起吧？」

聲音。

「現在你打算來把錢花了嗎？」

他用利眼瞪我一下。我們背後傳來噪音。保鑣又恢復站姿了，只是有點搖搖晃晃。他一隻手握在爛桌子後面一扇黑門的門把上。他打開門，跌跌撞撞的摔進去。門喀啦一聲關起來。又傳來一聲鎖扣上的聲音。

「那是通哪裡？」麋鹿摩洛伊斤問道。

酒保嚇到眼睛都吊到頭頂上了，他好不容易才把目光集中在保鑣剛跌進去的那扇門上。

「那——那是蒙哥馬利先生的辦公室，先生。他是老闆。他在那後頭有一間辦公室。」

「他可能知道，」大塊頭說。他一口把酒灌光。「他最好也不要跟俺耍花樣。再來兩杯一樣的。」

他慢慢的踅過房間，步履優閒，無所顧忌。他龐然的背部遮住了整扇門。門鎖上了。他用手去搖，一片夾板飛落到一旁。他邁進去，並且把門在背後關上。

四下一片沉寂。我瞪著酒保。酒保瞪著我。他的眼神若有所思。他擦了擦吧檯，嘆了一口氣，然後把右手臂往下探。

我攀過吧檯，抓住他的右手臂。那臂膀乾瘦如柴。我抓住那手臂，並且對他微笑。

「你那底下有什麼，小子？」

他舔舔嘴唇。靠向我的臂膀，沒說話。一片死灰掃過油光的臉孔。

「這傢伙不好惹，」我說。「而且很可能獸性大發。酒精會讓他發作。他在找一個以前認識的女孩。這地方以前是白人的場子。聽懂了嗎？」

酒保舔舔唇。

「他離開這裡很久了，」我說。「八年了。他似乎搞不清楚那有多久，雖然我猜他有可能覺得那是一輩子。他以爲這裡的人應該知道他的女孩哪裡去了。聽懂了嗎？」

酒保緩緩的說：「我以爲你跟他是一道的。」

「我身不由己。他在樓下問我一個問題，然後就把我拉上來。我以前從來沒見過他。可是我也不想被他抓起來丟過房子。你那底下有什麼？」

「有一把鋸短的長槍，」酒保說。

「嘖嘖。那可是非法的，」我耳語道。「聽著，你跟我是一道的。還有別的嗎？」

「還有一把手槍，」酒保說。「在雪茄盒子裡。放開我的手臂。」

「好吧，」我說。「現在，走開點。放輕鬆。慢慢移開。這不是動武的時候。」

「我說你啊，」酒保一臉輕蔑，把他疲憊的身體靠到我臂膀上來。「我說啊——」

他停下來。眼睛一轉。頭一扭。

從爛桌子後面那扇關起來的門後面的某處，傳來一個扁平沉悶的聲響。有可能是關門的聲音。但是我不認爲是。酒保也不認爲是。

酒保整個人呆住了。他的嘴角流涎。我凝神傾聽。沒有別的聲音了。我快步走到吧檯末端。我聽太久了。

後頭那扇門碰一聲打開，麋鹿摩洛伊碩重的身軀順勢衝出，迅即止步，他的兩腳站得穩穩的，一抹大大的蒼白笑容展露在臉上。

一把柯爾特軍用點四五口徑手槍在他手裡看起來像玩具。

「誰都別想跟俺搞花樣，」他口氣和緩的說。「手都放在吧檯上不要動。」

酒保和我都把手放到吧檯上。

麋鹿摩洛伊放眼掃描整座房間。他的笑容緊繃，十分僵硬。他挪動腳步，沉默的穿過房間。他看起來像是一個有辦法單槍匹馬搶劫銀行的人——即使在那一身打扮之下。

他走到吧檯前。「手舉起來，黑鬼，」他輕聲說。酒保把兩手高高的舉在空中。大塊頭站到我背後，用左手小心翼翼的搜索我全身。他溫熱的氣息呼在我的脖子上。然後那氣息撤開去。

「蒙哥馬利先生也不知道薇瑪在哪兒，」他說。「他想要告訴俺——用這個。」他堅硬的手掌拍了拍槍。我緩緩的轉身，注視著他。「是啊，」他說。「你會認得俺。你不會忘記俺的，夥伴。只是記得告訴那些傢伙，不要太粗心大意了。」他揚了揚手槍。「好吧，別了，無毛小子們。俺得去趕一班街車。」

他開步向樓梯口走去。

「你沒有付酒錢，」我說。

他停下腳步，審慎的看著我。

「也許你真有兩下子，」他說。「但是不要得寸進尺。」

他繼續往前走，穿過雙扇門，然後下樓的腳步聲漸行漸遠。

酒保彎下身。我一躍跳過櫃檯，把他推到一旁。一把鋸短的霰彈槍躺在吧檯底下一個架子上的毛巾底下。在那旁邊有一個雪茄盒子。雪茄盒子裡有一把點三八口徑的自動手槍。我把兩把槍都拿起來。酒保往後退，背靠著吧檯後方的一整排玻璃杯。

我繞回去吧檯尾端，穿過房間，走進爛桌子後面那扇半開的門扉。門後是一條L形的走廊，幾乎沒有光線。保鑣失去意識橫陳在地板上，手裡握著一把刀。我彎下身拉出那把刀，並且把它丟下一條後樓梯。保鑣發出呼嚕呼嚕的呼吸聲，他的手癱軟無力。

我跨過他的身子，打開一扇上面以剝落的黑漆註明了「辦公室」的房門。

裡面有一張斑駁的小桌子，放在一扇用木條半封起來的窗戶旁邊。一個男人的軀體直直坐在椅子上。椅子有個高椅背，高度正好頂著男人的頸背。他的頭往後摺在椅子的高椅背上，因此鼻子正好指著用木條封起來的窗戶。他的頭摺成像一條手帕或某種鉸鍊的樣子。

男人的右邊，有一個桌子的抽屜打開著。裡面有一張報紙，中間有油漬。槍應該就是從那裡拿出來的。當時大概看起來是個好主意，但是從蒙哥馬利先生頭部擺放的位置證明，那個主意是錯的。

桌子上有一具電話。我把鋸短的霰彈槍放下來，先走回去把門鎖起來，然後才打電話。我覺得那樣比較安全，再說蒙哥馬利先生似乎也不介意。

等到巡邏車的小子們乒乒乓乓的上樓來時，保鑣和酒保早就不見人影了，整個地方只剩下我一個人。

3

一個姓納提的接管這個案子，那是個尖下巴苦瓜臉的傢伙，和我說話時，多半時間都把兩隻發黃的長手交握在膝蓋上。他是附屬於77街分局的警探副隊長，我們在一間沒有什麼陳設的房間裡談，裡面有兩張小桌子，各自靠著相反的兩面牆，中間有空間可以讓人轉圜，只是不要兩個人同時移動就好。地板上鋪著骯髒的棕色油氈，空氣中彌漫著陳舊的雪茄菸蒂味。納提的襯衫已經磨得很舊了，他的外套袖子從袖口的地方捲起來。他看起來窮到有資格稱得上誠實，但是不像是有足夠能力對付麋鹿摩洛伊的人。

他點燃半根雪茄，然後把火柴丟在地板上，地板上早已有很多火柴同伴在那裡等著它加入。他的口氣尖酸：

「黑人案件。又是一件黑人廝殺案。這是我在這個警局十八年的經驗談。報上不會有相片，不會有版面，連個招人廣告的四行字空間都沾不上。」

我什麼話都沒說。他又拿起我的名片來看，然後把它丟下。

「菲力普．馬羅，私家偵探。了不起，哼？天老爺，你看起來還滿狠的樣子嘛。你那一段時間都在做什麼？」

「哪一段時間？」

「這個摩洛伊在扭那個傢伙脖子的時候。」

「噢，那發生在另一間房間裡，」我說。「摩洛伊並沒有先答應我，他要去扭斷哪個人的脖子。」

「拿我開玩笑嗄，」納提尖酸的說。「ＯＫ，儘管開啊。反正大家都這樣。多一個有什麼差？可憐的老納提。咱們搞他幾個玩笑。向來就是個好笑柄，這納提。」

「我沒有要拿誰開玩笑，」我說。「事情就是那樣子發生——在另一間房間裡。」

「噢，那當然，」納提透過一層雪茄的臭煙霧說。「就是剛好在那裡看見了，是不是？你身上沒帶槍嗎？」

「辦那種案子不需要。」

「辦哪種案子？」

「我在找一個理髮師，他丟下老婆跑了。她以爲可以說服他回家。」

「你是說一個黑鬼？」

「不是，是一個希臘人。」

「好吧，」納提說，並且對著痰盂吐了一口痰。「好吧。那你是怎麼碰上那個大塊頭的？」

「我已經告訴你了。我剛好人在那裡。他把一個黑人丟出弗羅里安的店門，我自作聰明把頭伸進去瞧瞧是怎麼回事。所以他就把我一塊兒帶上樓了。」

「你是說他拿槍逼你上去？」

「不是，他那時候沒有槍。至少他並沒有秀出槍來。槍很可能是從蒙哥馬利那裡拿到的。他只是剛好挑上我。我有時候還滿可愛的。」

「這我就不知道了，」納提說。「你好像太容易被挑上了。」

「好吧，」我說。「再這樣爭辯下去有什麼用？我看過那個傢伙，你沒有。他可以輕而易舉的就把你或我拎起來當錶飾。一直到他離開以後，我才知道他殺了人。我聽到一聲槍響，但是我想應該是有人一時驚慌，對摩洛伊開槍，然後摩洛伊從那個人手上把槍拿走。」

「你爲什麼會有那樣的想法？」納提幾近慇懃的問。「畢竟他曾經持槍搶過銀行啊，不是嗎？」

「想想看他穿的那一身衣服。他不是要去那裡殺人的；那不會是那樣的穿著。他是要去那裡找一個叫做薇瑪的女孩子，這女孩在他因爲搶劫銀行被捕之前，是他的愛人。她曾經在弗羅里安，或者當那裡還是白人酒店的時候，在那裡工作過。他就是在那裡被捕的。你會抓到他的，沒問題。」

「那當然，」納提說。「以那樣的塊頭，和那一身服裝。可容易囉。」

「他可能有另一套衣服，」我說。「還有車子，藏身的地方，錢和朋友。但是你會抓到他的。」

納提又對著痰盂吐了一口痰。「我會抓到他的，」他說。「等我長出第三套牙齒的時候吧。你知道這個案子排了多少人手嗎？一個。聽著，你知道爲什麼嗎？缺乏新聞版面。有一次，五個黑鬼在東八十四街拿刀對幹。其中一個屍體都涼了。家具上染了血，牆壁上染了血，連天花板都染了血。我過去處理，在房子外面碰到替《紀事報》工作的傢伙，一個記者，正好從門廊下來，要進車子。他對我們做了一個鬼臉，說：『欸，去他的，黑人。』然後就鑽進車子走了。連房子都沒進去。」

「也許他違反了假釋，」我說。「你可以用這點爭取到一些合作。但是逮捕他的時候客氣一點，否則他會揍倒你們一票員警。到時你就有新聞版面了。」

「然後我就也不用再管這件案子了，」納提訕笑道。

他桌子上的電話響起來。他拿起來聽，並且露出哀矜的笑容。他掛斷電話，在寫字板上匆匆抄了一些東西，眼睛裡隱隱有一絲光芒，像亮在一條滿是塵埃的走廊盡頭的燈火。

「媽的，他們找到了。可眞是破紀錄。找到他的指紋、檔案照和所有資料。天老爺，總之，不簡單。」他看著他的寫字板。「天老爺，好個傢伙。六呎五又二分之一吋，兩百六十四磅（約一一九點八六公斤），沒打領帶。天老爺，好個小子。欸，管他的。橫豎他們發出無線電通報了。可能列在贓車名單的最後面。沒什麼事好做了，只能等囉。」他把他的雪茄丟進痰盂。

「可以試試找那個女孩，」我說。「薇瑪。摩洛伊在找她。整件事情就是那樣起頭的。試試看找薇瑪。」

「你去試吧，」納提說。「我二十年沒進窯子了。」

我站起來。「好吧，」我說著，向門走去。

「嘿，等一下，」納提說。「我只是開玩笑嘛。你沒那麼忙吧，是不是？」

我用手指頭撚了撚香菸，在門邊瞪著他，等著。

「我的意思是，你有時間去找一下這個女人吧。你提的主意不賴啊。可能可以查出什麼來。你可以私底下進行。」

「我可以得到什麼？」

他哀矜的攤開兩隻發黃的手。他的笑容和壞掉的捕鼠器一樣虛矯。「你以前和我們的人有過過節。不要跟我說沒有。我聽到的可不一樣。下次有麻煩的時候，有個朋友，對你總沒壞處吧。」

「對我有什麼好處？」

「聽著，」納提的口氣迫切。「雖然我是個不多話的傢伙。但是在警局，只要有任何人能幫你一把，對你總是大有好處。」

「你這是出於愛心呢——還是你會付我錢？」

「沒有錢，」納提說，並且扭了扭他悲哀的黃鼻子。「但是我真的需要有一點業績。自從上次人事重整，日子真的很難混。我不會忘記你幫過我一把的，夥伴。永誌難忘。」

我看看手錶。「好吧，如果我有想到什麼，就算你的。而且等你拿到檔案照，我會幫你指認。吃過午飯後。」我們握握手，我走下泥土顏色的走廊和樓梯，來到建築物的前方，我的車旁。

打從麋鹿摩洛伊手裡帶著柯爾特軍用手槍離開弗羅里安，已經過了兩個鐘頭。我在一家藥妝行吃了午餐，買了一品脫的波旁威士忌，然後往東開到中央街，再從中央街上往北開。我的第六感就和飄舞於人行道上的熱浪一樣曖昧不明。

除了好奇，這根本不關我的事。但是嚴格說來，我也已經一個月沒有接到任何生意了。即使是拿不到錢的工作，也算是一種改變吧。

4

弗羅里安當然關起來了。一名顯然是便衣警察的人員坐在店前方一輛車子裡，假裝在看報紙。我不知道他們爲什麼要花這種功夫。那邊沒有人知道麋鹿摩洛伊的任何事。保鑣和酒保都下落不明。整個街區的人都說他們對這兩個人一無所知。

我緩緩的開過去，停在街角上，坐在那裡看著在弗羅里安斜對面，位於最近那個十字路口另一邊的黑人旅館。旅館叫做「聖索奇」。我下車，走回來穿過十字路口，進了旅館。兩排空空的硬椅子，沿著一長條褐色人造纖維地毯相對望。一張桌子靠後擺在陰影裡，桌子後面有一個禿頭男人，閉著眼睛，柔軟的棕色雙手交握，安詳的擺在面前的桌子上。他在打盹，或者看起來像在打盹。他打著一條阿斯科特式領帶（Ascot tie），看起來好像一八八〇年就已經打好在那裡了。領帶夾上的綠色寶石差不多可以比美一顆蘋果。他鬆垮的大下巴軟軟的疊在領帶上，他交握的雙手既祥和又乾淨，指甲修得整整齊齊，紫色的指甲上有灰色的半月彎。

他肘邊一個金屬浮雕告示牌指出：「本旅館受到國際聯合機構有限公司之保護」。

等這位祥和的黑人睜開一隻眼睛若有所思的看著我時，我指指告示牌。

「ＨＰＤ派員抽查。這邊有碰到什麼麻煩嗎？」

ＨＰＤ代表旅館保護部，是一個大型機構，專門抓支票跳票，以及留下未付帳單和裝滿磚頭的二手行李箱、從後門開溜的旅館客人。

「麻煩嘛，兄弟，」櫃台員用高昂的響亮音調說。「我們剛剛才賣完。」然後他把音調降了四五級，接著說：「叫什麼名字，再說一次？」

「馬羅。菲力普．馬羅——」

「好名字，兄弟。簡潔又悅耳。你今天看起來氣色挺好。」他又降低音調。「可是你才不是什麼ＨＰＤ派員。這些年一個都沒見過。」他放開交握的雙手，陰沉的指指告示牌。「我那個是買二手的，兄弟，只是做個樣子。」

「好吧，」我說。我靠著櫃台，開始在櫃台滿是刮痕的光禿木頭檯面上轉一枚五角錢的銅板。

「有聽說今天早上發生在弗羅里安的事情嗎？」

「兄弟，我忘記了。」此時他兩顆眼睛都張開來，正緊盯著旋轉中的錢幣所造成的炫光。

「老闆被殺，」我說。「名字叫蒙哥馬利。有人扭斷他的脖子。」

「願上帝接受他的靈魂，兄弟，」那聲音又降下來。「你警察嗎？」

「私家的——受命暗中調查。而且當我看到一個可以保密的人時，馬上就能認出來。」

他把我打量一番，然後閉上眼睛沉思。他小心翼翼的再度張開眼睛，並且瞪著旋轉中的錢幣。他無法抗拒不看。

「是誰幹的？」他輕聲問。「誰宰了山姆？」

「一個剛出獄的兇漢子，因爲那裡已經不是白人的店了，所以很不爽。那裡以前是白人的酒店，好像。也許你記得？」

他沒說話。錢幣發出輕盈的噹啷聲倒下來，然後就靜靜的躺在那裡。

「說你的條件吧，」我說。「要我幫你讀一章《聖經》呢，還是幫你買個酒。說吧。」

「兄弟，我想我喜歡在只有和家人一起的時候才讀《聖經》。」他的眼睛明亮，像蟾蜍一樣，凝聚穩定。

「也許你剛剛才吃過午飯，」我說。

「午飯，」他說，「像我這種體型和生理特性的人，可以不吃就不吃。」那聲音又降了下來。「過來桌子這邊吧。」

我繞過去，並且從口袋裡把那一品脫扁瓶波旁威士忌抽出來，把它放在架子上。我走回去桌子的前方。他彎下身去檢視。看起來頗爲滿意。

「兄弟，這不能幫你收買到什麼，」他說。「但是我很樂意和你作伴淺嘗幾口。」

他打開瓶子，把兩只小玻璃杯放在桌子上，然後靜靜的把兩只杯子都倒滿到杯緣。他舉起其中一只杯子，小心的嘗一口，然後翹起小指頭，把整杯灌下喉。

他咂一咂嘴，想了一想，點點頭，然後說：「這酒對味，兄弟。有什麼我可以爲你服務的嗎？這條街上，沒有哪個坑哪個洞是我叫不出名字的。是的，先生，這酒對，人就對了。」他重新又倒了一杯。

我告訴他弗羅里安所發生的事情，以及爲什麼。他嚴肅的瞪著我，然後搖了搖禿頭。

「那也是山姆經營的一個安靜好地方，」他說。「那裡已經有一個月沒發生過任何刀械傷人案了。」

「大概六年，八年，或更短之前，當弗羅里安還是白人酒店的時候，那裡是叫什麼店名？」

「霓虹招牌有點高，不是那麼好拆啊，兄弟。」

我點點頭。「我就想可能是一樣的名字。如果店名改了，摩洛伊應該會提上幾句。但是，是誰經營的？」

「這你就讓我太驚訝了，兄弟。那爛人的名字就是弗羅里安啊。麥可．弗羅里安——」

「那麥可．弗羅里安發生了什麼事？」

黑人攤開溫柔的棕色雙手。聲音高昂的說：「死了，兄弟。見上帝去了。一九三四年，還是三五年。我記不清楚了。蹧蹋了一生，兄弟，腎臟搞壞了。我聽說。那個不信神的人，像頭沒角牛突然栽倒，兄弟，但是上天的恩慈等著他。」然後他的音高降到原來的水平。「眞是的，我要知道是什麼緣故就好了。」

「他身後有留下什麼親人嗎？再來一杯吧。」

他把瓶蓋拴緊，然後把瓶子推過櫃台。「兩杯極限了，兄弟——日落以前這樣夠了。謝謝你。你手腕圓滑，讓人打心眼裡舒服……留下一個寡婦。名叫潔西。」

「她發生了什麼事？」

「知識的追求，兄弟，就是不斷的問問題。我沒聽說。試試看電話簿吧。」

大廳的黑暗角落裡有一個電話亭。我走過去，把門推到足以讓電燈亮起來。我翻查繫了鏈子的陳舊電話簿。裡面完全沒有姓弗羅里安的。我走回去桌子。

「找不到，」我說。

黑人狀頗遺憾的彎下身，把一本本市人名錄捧到桌子上，向我推過來。然後他閉上眼睛。他開始覺得乏味了。人名錄裡有一個潔西．弗羅里安，寡婦。她住在西54街1644號。我懷疑自己這輩子都把腦筋用到哪裡去了。

我在一張紙上抄下地址，然後把人名錄推回去桌子對面。黑人把它放回原處，和我握握手，然後又將雙手交握，擺在桌子上和我進來時一模一樣的位置。他的眼皮緩緩下垂，看起來像睡著了。

對他來說，這個意外事件已經結束了。在走到門口的半途，我回頭瞄他一眼。他的眼睛閉著，呼吸和緩規律，在每一口呼吸的最後，嘴唇還會微微吹氣。他的禿頭熠熠有光。

我走出聖索奇旅館，穿越馬路回到我的車子。事情看起來太簡單。事情看起來實在太簡單了。

5

西54街1644號是一間乾枯的棕色房子，屋前有一片乾枯的棕色草坪。在一棵看起來很堅韌的棕櫚樹周圍，有一大片光禿禿的土地。門廊上立著一張孤零零的木搖椅，下午的微風，把去年的聖誕紅沒修剪的新生枝椏，輕輕的拍打在龜裂的灰泥牆上。側邊的院子裡，一排沒有洗得很乾淨的僵硬泛黃衣物，搖搖晃晃的晾在生鏽的鐵線上。

我開過四分之一個街區，把車子停在街對面，然後步行回來。

門鈴壞了，所以我輕敲紗門的木框。緩慢而拖曳的腳步聲傳來，門打開來，我看進昏暗中，一個蓬頭垢面的女人一邊開門一邊在擤鼻子。她的臉孔灰澀而腫脹。雜草般的亂髮顏色曖昧，既不算咖啡色也不算金黃色，要說是薑黃又不夠有生氣，要說是銀灰又不夠乾淨。肥厚的身軀裹在一件邋遢的法蘭絨浴袍裡，浴袍已經舊到褪色過時。那只是一樣包住她身體的東西。穿在一雙刮損的棕色皮革男拖鞋裡的腳趾，又大又顯眼。

我說：「弗羅里安太太嗎？潔西．弗羅里安太太？」

「嗯——哼，」聲音從她的喉嚨裡拖拖拉拉的發出來，好像病人在下病床一樣。

「你是丈夫曾經在中央街上經營一家酒店的弗羅里安太太嗎？那個麥可．弗羅里安？」

她用大拇指撇了一糾頭髮到大耳朵後面。她的眼睛因爲訝異而亮了起來。她濃重混濁的聲音說：

「什——什麼?我的老天。麥可都死五年了。你說你是誰呀?」

紗門仍然是關著，上了鉤子。

「我是個偵探，」我說。「想跟你打聽一點消息。」

她瞪了我冗長而陰鬱的一分鐘。然後才費力的解開門鉤，轉身讓到一旁。

「進來吧。我還沒有時間打掃，」她用嗚咽的聲音說。「警察吧，哼?」

我踏進門檻，並且把紗門的門鉤再鉤好。一架優美的大型櫥櫃式收音機在門左邊的房間一角發出低沉的播音聲。那是這個地方唯一一樣體面的家具。那看起來是全新的。其他東西都是垃圾——一些骯髒超大型的客廳桌椅，一張和門廊上那張相配的木搖椅，一道方拱門通進飯廳，裡面有一張滿是污漬的桌子，有一扇沾滿指垢的彈簧門通向其後的廚房。幾盞覆著曾經俗辣的燈罩的磨損立燈，如今看起來就像年老落伍的阻街娼妓。

女人在搖椅坐下來，晃了晃拖鞋，然後看著我。我看了看收音機，然後在一張沙發躺椅的尾端坐下來。她看見我在看收音機。一抹比美中國人泡的茶那麼淡薄的虛假熱誠，滲進了她的面容和聲音。「我就只剩下那個伴了，」她說。然後她吃吃的笑著說。「麥可沒做出什麼新鮮事吧，有嗎?這陣子警察都沒怎麼找我了。」

她繼續吃吃竊笑，其中隱含有酒醉的意味。我往後靠，碰到一個堅硬的東西，我用手去摸，抽出一個一夸脫裝的琴酒空酒瓶。女人又吃吃的笑起來。

「我是開玩笑的啦，」她說。「但是，願老天讓他在他現在所在的地方，找得到夠多便宜的金髮妞兒。他在這裡的時候，永遠享受不夠。」

「我有興趣的是一個紅頭髮的，」我說。

「我猜他應該也有幾個吧。」此時她的眼神，依我看來，似乎沒有那麼混沌了。「我一時記不得了。你心目中有哪個特定的紅頭髮的嗎？」

「有。一個叫做薇瑪的女孩子。我不知道她使用什麼姓，但總之那不會是她真正的姓。我在幫她的親人尋找她。你在中央街的那家店現在是黑人的地盤了，雖然他們並沒有改店名，而且當然了，那裡的人從來沒聽說過她。所以我才想到你。」

「她的親人可真是慢條斯理——拖這麼久才要找她，」女人若有所思的說。

「這其中牽涉到一點錢的問題。數目不大。我猜他們必須找到她才能動這筆錢。錢會讓人的記憶鮮明起來。」

「酒也是，」女人說。「今天有點熱，不是嗎？可是你說你是警察呀。」她眼神狡獪，表情持穩專注。穿在男人拖鞋裡的腳沒有移動。

我舉起死士兵（譯註：即Brigadiar琴酒，一種廉價琴酒，瓶子的商標上有一個士兵），搖了搖。然後把它丟到一旁，並且伸手到後褲袋，拿出那瓶黑人旅館職員和我都沒喝幾口的品脫裝波旁威士忌。我把它放在我的膝蓋上。女人露出不可置信的眼神瞪著它。然後狐疑籠罩了她整張臉，就像小貓一樣，只是沒有那麼可愛。

「你不是警察，」她輕聲說。「從來沒有警察會帶那種飲料來。你葫蘆裡賣的什麼藥，先生？」

她又在擤鼻子了，擤在一條我這輩子所見過最骯髒的手帕上。她的目光仍然停留在酒瓶上。狐疑和飢渴正在交戰，而飢渴快要贏了。向來都是如此。

「這個薇瑪是個演藝人員，一名歌手。你知道她嗎？我想你不常去那裡吧。」

海草顏色的眼珠停留在酒瓶上。長了厚厚舌苔的舌頭在嘴唇上逶動。

「哇，那是酒咧，」她嘆了一口氣。「媽的管你是誰。只要當心拿穩了就好，先生。可不要摔破了。」

她站起來，搖搖晃晃的走出房間，然後帶著兩只滿是污漬的厚玻璃杯回來。

「不必加料調理了。就直接這樣喝了，」她說。

我幫她倒了足以讓我騰空浮到牆上的分量。她飢渴的伸手過來拿，像在吞阿斯匹靈藥片一樣的囫圇灌下喉，然後緊盯著酒瓶。我又幫她倒了一杯，並且幫自己倒了較小的一杯。她帶著酒回到搖椅那裡。此時她棕眸的顏色已經加深了兩層。

「哇靠，這玩意兒有夠舒暢順口，」她一邊說著一邊坐下來。「怎麼死的都不知道。我們剛才在說什麼？」

「一個叫做薇瑪的紅髮女孩，以前在你中央街的店裡上班。」

「是喔。」她喝了第二杯。我走過去，把酒瓶放在她旁邊的一個小茶几上。她伸手去拿。「是喔。你說你是誰？」

我拿出一張名片給她。她蠕動舌頭和嘴唇讀名片，然後把它丟到一旁的桌子，用她的空玻璃杯壓在上面。

「噢，私家偵探呀。不早說，先生。」她沒有惡意的對我搖搖一根手指頭。「但是你的酒告訴我，你這人還不錯。敬罪惡。」她給自己倒了第三杯酒，並且喝下去。

我坐下來，在手指間捻著一根香菸等著。她要嘛知道一些事，要嘛不知道。如果她知道一些事，她要嘛會告訴我，要嘛不告訴我。事情就這麼簡單。

「可愛的紅髮小妞，」她厚著舌頭緩緩的說。「是啊。我記得她。會唱會跳。一雙美腿，而且不吝於公開。她離開了。我怎麼知道這些浪女做什麼去了？」

「嗯，我想你大概也不知道，」我說。「但是想到要來問你也是很自然的事，弗羅里安太太。威士忌儘管用——如果需要我可以再出去買。」

「你沒喝，」她突然說。

我用手拳住玻璃杯，緩緩的吞下一點酒，使表面上看起來比實際上喝下去的更多。

「她的親人住哪裡？」她突然問。

「那有什麼重要嗎？」

「好吧，」她語帶嘲諷。「所有警察都一樣。好吧，帥極了。買酒給我喝的就是朋友。」她伸手拿酒瓶，倒了第四杯。「我應該不理你的。但是如果讓我看對眼了，那就不在此限。」她傻笑道。她看起來就像洗衣盆一樣可愛。「待在你的椅子裡，不要亂動，」她說。「我想到一件事。」

她從搖椅裡站起來，打了一個噴嚏，浴袍差點鬆開，她把它在貼近胃部的地方扯緊，冷冷的瞪著我。

「不准偷看，」她說，然後又走出房間，肩膀撞上了門框。

我聽到她顛簸的腳步走進房子的後部。

聖誕紅的新生枝椏單調的拍打著房子前方的牆壁。晾衣繩在房子的側邊發出模糊的咿啞聲。賣冰淇淋的小販響著鈴鐺經過。那台又大又新的優美收音機在角落裡以深沉溫柔的悸動樂音耳語著舞步和愛情，恍如感傷歌手歌聲中含帶的哽噎。

然後從房子的後部傳來各種乒乒乓乓的聲音。似乎有一張椅子往後翻倒，一個衣櫃的抽屜被拉出來太多而摔在地板上，還有翻箱倒篋和濃重的喃喃語聲。然後是開鎖的緩慢喀啦聲，和箱子頂蓋掀開來的咿啞聲。接著又是一陣翻箱倒篋。一個托盤掉落在地上。我從沙發躺椅站起來，偷偷溜進飯廳，然後從那裡溜進一條短廊。我從一扇打開的門沿探看。

她在裡面一只衣箱的前面，搖搖晃晃的試圖抓取衣箱裡的東西，然後生氣的把自己的頭髮往額頭後甩。她比自己以爲的還醉得厲害。她往下靠，讓自己在衣箱上撐穩了，然後發出咳嗽，並且嘆了一口氣。然後她把肥厚的膝蓋跪下來，兩手都伸到衣箱裡打撈。

當那兩隻手又浮現時，不太穩定的手裡捧著某樣物品。那是一個用褪色的粉紅色帶子綁緊的厚包裹。她緩慢而笨拙的打開帶子。從包裹中抽出一個信封，然後再度俯下身去，把信封丟進衣箱的右手邊。她用抖顫顫的手指把包裹重新綁好。

我照原來的路線溜回去，在沙發躺椅坐下來。女人喘著大氣回到客廳，手裡帶著用帶子綁緊的包裹，搖搖晃晃的站在門檻上。

她對我露出勝利的笑容，把包裹丟過來，包裹落在離我腳邊不遠的地方。她搖搖擺擺的走到搖椅旁，坐下來，然後伸手拿威士忌。

我把包裹從地上撿起來，並且打開褪色的粉紅色帶子。

「找找那裡面吧，」女人嘟噥道。「有照片。有剪報。除非是涉及警方事件，要不然那些浪女也上不了新聞。那裡頭都是和酒店有關的人。那個王八蛋留給我的就是這些了——這包東西和他的舊衣服。」

我翻閱那疊光亮的黑白照，上面是擺著專業姿勢的男男女女。男的都有尖銳的狐媚臉孔，身穿緊身衣，或做古怪的小丑打扮。他們是巡迴秀場的舞者和丑角。其中沒有幾個能在最後混到晉身主流。你只會在小鎮的綜藝表演或廉價的雜耍戲院看見他們，其情色尺度多半遊走在法律邊緣，偶爾也會猥褻到足以招來警方突襲或造成吵鬧的法庭審訊，之後只會看到他們又回到秀場，咧著笑臉，從事骯髒的性虐表演，和陳年汗味一樣的臭不可聞。女的則都有一雙美腿，她們所展露的內側曲線，遠超出威爾．海斯（Will Hays，美國電影檢查制度的始作俑者）所能苟同的範圍。但是她們的臉蛋卻都和簿記員辦公室裡的貓兒一樣乏善可陳。有的金髮，有的褐髮，有著碩大銅鈴眼的，眼裡帶著鄉巴佬的呆滯神態。那些長著銳利小眼睛的，則充滿街頭浪人的貪婪眼光。其中一兩個臉孔甚且堪稱邪惡。她們當中也許有一兩個是紅頭髮。但是從這些照片看不出來。我不感興趣的隨便翻翻，然後再把帶子綁好。

「我一個都不認識，」我說。「爲什麼要我看這些？」

她斜睇著右手上抓得不太穩的酒瓶。「你不是在找薇瑪嗎？」

「她是這當中的一個嗎？」

她的臉上滿是濃濃的狡獪神色，然後發現沒有什麼趣味，於是又改變主意。「你沒有她的照片嗎——她的親人給的呀。」

「沒有。」

那讓她覺得困惑。每個女孩無論如何總該有張照片，即便只是穿短裙，頭髮繫著蝴蝶結的那種。我應該要有她的照片。

「我又開始不喜歡你了，」女人幾乎是耳語的低聲說。

我拿著我的玻璃杯站起來，走過去，把杯子放在她旁邊的小茶几上。

「趁你還沒把那瓶灌光以前，倒一杯給我吧。」

她伸手去拿玻璃杯，我轉身，快步穿過方形拱門，走進飯廳，走進短廊，走進有打開的衣箱和打翻的托盤的凌亂臥室。一個聲音在我背後呼叫。我撲向衣箱內的右手邊，摸到一只信封，迅速把它拿起來。

等我回到客廳，她已經離開了搖椅，但是才跨出兩三步。她的眸子裡有某種詭異的光芒。某種充滿殺機的光芒。

「坐下，」我故意對她咆哮。「你現在面對的不是麋鹿摩洛伊那樣頭腦簡單的笨蛋。」

那多少算是一記暗箭，但是什麼也沒射中。她眨了兩下眼睛，然後試圖用上唇牽動鼻子。在一個類似兔子的歪眼扭嘴動作中，幾顆骯髒的牙齒暴露出來。

「麋鹿？那個麋鹿？他怎樣？」她抽了一口大氣。

「他被放出來了，」我說。「放出監獄了。他到處遊蕩，手裡帶著一把點四五口徑的手槍。他今天早上在中央街那邊殺了一個黑人，因爲那個人不告訴他薇瑪在哪裡。現在他在找八年前密告他的抓耙子。」

一陣蒼白掃過女人的臉孔。她把瓶嘴貼住嘴唇，大口大口的灌。有些威士忌流下她的下巴。

「而且警察在找**他**，」她說著大笑起來。「警察。耶！」

可愛的老女人。我喜歡和她做伴。我喜歡把她灌醉以達成我卑鄙的目的。我眞了不起。我很享受自己。在我這一行，只要設想得到的任何手段，在這裡幾乎都找得到，但是我的胃開始有點噁心了。

我打開手裡抓著的那只信封，並且抽出一張光面黑白照。這張和其他那些很像，但又有所不同，這張好看很多。女孩從腰部以上穿著皮葉洛式（譯註：Pierrot，十七世紀著名義大利丑角）小丑戲服。在頂上有一顆黑色絨球的白色圓錐形帽子底下，蓬鬆的頭髮微帶著暗沉的色調，可能是紅色的。臉是側面的，但是看得見的那隻眼睛似乎帶著愉悅的神情。我不敢說那張臉可愛無邪，我讀臉的功力沒那麼好。但是那是一張漂亮的臉。人們很善待那張臉，或者說，就他們的圈子而言，夠良善的了。然而那是一張很平凡的臉，它的漂亮純粹只是五官線條拼湊得宜。你可以在中午時分的某個城市街區上，看到一打像這樣的臉孔。

照片在腰部底下主要就是一雙長腿，而且是一雙非常美的腿。照片的右手邊下方角落簽了幾個字。「永遠屬於你——薇瑪．華倫托」。

我把它舉高在弗羅里安女人的面前，在她無法觸及的距離。她撲過來搶，但是搆不到。

「爲什麼要隱藏？」我問。

她一語不發，只是粗重的喘息。我把照片收回信封裡，把信封收進我的口袋。

「爲什麼要隱藏？」我再問一次。「這張和其他的有什麼不一樣？她在哪裡？」

「她死了，」女人說。「她是個好孩子，但是她死了，條子。滾吧。」

她雜亂的黃褐色眉毛上下蠕動。她的手張開來，威士忌酒瓶掉到地毯上，開始汩汩的流出來。我彎下腰去撿。她試圖踢我的臉。我躲開去。

「那還是沒有解釋你爲什麼要隱藏，」我告訴她。「她什麼時後死的？怎麼死的？」

「我是個可憐生病的老女人，」她怨懟的說。「不要打擾我。你狗娘養的。」

我站在那裡看著她，沒說什麼，也沒有想到什麼特別的話要說。一會兒之後，我走到她身旁，把此時幾乎已經都空了的扁酒瓶放在她旁邊的桌子上。

她低頭瞪著地毯。收音機在角落裡發出愉悅的叨叨絮語。外面有一輛車子駛過。一隻蒼蠅在窗戶上嗡嗡作響。過了很長一段時間以後，她挪動嘴唇，對著地板講話，一連串無意義的咕噥，什麼也聽不清楚。然後她放聲大笑，並且把頭往後甩，嘴巴流出口水。然後她伸出右手抓酒瓶，仰頭把酒灌光的時候，酒瓶撞擊著她的牙齒發出喀喀的聲音。等酒瓶空了，她把它舉高起來，搖了搖，然後對著我丟過來。酒瓶掉到某個角落，沿著地毯滑出去，在撞上牆腳板的時候發出砰的一聲。

她又斜眼看我一下，然後閉上眼睛，開始打起鼾來。

那有可能是在演戲，但是我不在乎。突然間，我覺得受夠了，真是夠了，真是太夠了。

我拾起沙發躺椅上的帽子，走到門邊，打開門，並且走出紗門。收音機仍然在角落裡叨叨絮語，女人仍然在椅子裡輕輕的打鼾。我在關門以前又迅速的回顧她一眼，然後關上門，之後我再無聲無息的打開門，再看她一眼。

她的眼睛仍然是闔著的，但是眼皮底下有一點微光。我步下台階，沿著龜裂的走道來到街上。

隔壁房子有一扇窗戶的窗簾被拉到一旁，一張聚精會神的窄臉貼在玻璃上偷看，那是一張老女人的臉，有一頭白髮和一根尖銳的鼻子。

好管閒事的老太婆在窺視鄰人。每個街區總是至少會有一個像她這樣的人物。我對她揮揮手。窗簾垂下來。

我走回去我的車子，上了車，開回去77街分局，爬上樓，到納提位於二樓那間又臭又小的雞籠子辦公室。

6

納提似乎連動都沒動過。他以一樣不耐煩的姿態坐在椅子裡。只是菸灰缸裡多了兩根雪茄菸蒂，而且地上用過的火柴也多了一些。

我在空桌子那邊坐下，納提把原來面向下躺在他桌子上的一張照片翻過來，交給我。那是一張警方的嫌犯照，包括正面和側面，底下有指紋的建檔資料。那是摩洛伊沒錯，是在強光照射下拍的，看起來就像一團法式麵包捲，沒什麼眉毛。

「就是這小子。」我把照片推回去。

「我們收到奧瑞岡州立監獄打來有關他的電報，」納提說。「服刑期滿，目前假釋。事情有進展。我們找到他的行蹤了。一輛巡邏車在第七街街車路線尾和車掌談過。車掌提起有一個那樣體型的傢伙，看起來很像。他在第三街和亞立山卓路交口下車。看來他會去打劫那些沒人在家的大房子。那邊有很多那種房子，老式的住宅，以現在的市場來看，太深入市中心，很難租出去。他會闖入其中一間，然後我們就可以讓他束手就擒。你這段時間做什麼去了？」

「他是不是戴著一頂花俏的帽子，外套上有白色的高爾夫球鈕扣？」

納提皺起眉頭，兩手在膝蓋上搓來搓去。「不是，他穿著藍色的套裝。也可能是棕色的。」

「確定不是穿紗籠嗎？」

「嗄？噢，是喔，很好笑。記得提醒我在休假日的時候笑一笑。」

我說：「那不是麋鹿。他不會去搭街車。他有錢。看看他穿的那一身衣服。他不能穿成衣的尺寸。那些一定是訂做的。」

「好吧，嘲笑我吧，」納提怒嗔。「你這段時間做什麼去了？」

「做你應該要做的事。這個叫弗羅里安的地方，在還是白人夜總會的時候，也叫做一樣的名字。我和一個了解鄰近區域的黑人旅館職員談過。招牌很貴，所以那些黑人在接手以後，就繼續用同樣的店招。那個人的名字叫麥可．弗羅里安。幾年前死了，但是他的寡婦還在。她住在西54街1644號。她的名字是潔西．弗羅里安。她的名字不在電話簿上，但是有收在本市人名錄上。」

「嗯，那我應該做什麼——找她約會嗎？」納提問。

「我幫你約過了。我帶了一品脫的波旁威士忌去。她是個迷人的中年婦女，有張像桶泥巴的臉蛋，而且如果打從柯立芝總統連任以後，她有洗過頭髮，我就把我的備胎，包括輪胎環，全部吃下去。」

「俏皮話就省了吧，」納提說。

「我跟弗羅里安太太打聽薇瑪的消息。你記得吧，納提先生，那個麋鹿摩洛伊在尋找的，叫做薇瑪的紅髮女孩？你沒有聽倦了吧，有嗎，納提先生？」

「你煩什麼煩啊？」

「令人費解。弗羅里安太太說她不記得薇瑪了。她家十分破爛，但卻有一台全新的收音機，價值七十或八十大洋。」

「你可不是在告訴我，我應該爲了這點開始激動大叫吧。」

「弗羅里安太太——對我來說只是潔西——說她丈夫除了一堆舊衣服，和一疊以前在他店裡工作過那票人的照片以外，什麼也沒留給她。我拿酒伺候她，而她是那種爲了搶到酒喝，可以和你大打出手的女生。等到第三或第四杯下肚以後，她進去她簡樸的臥房裡翻箱倒櫃，從一只舊衣箱底部挖出一疊照片。但是我沒讓她知道，偷偷的在旁觀察，她從包裹中抽出一張藏起來。所以過了一會兒之後，我溜進去那裡，把那張抓出來。」

我伸手到口袋裡，把穿小丑服女孩的照片拿出來放在他桌上。他把照片舉起來瞪視，扭了扭嘴角。

「可愛，」他說。「還算可愛。我以前可能也泡過這種貨色。哈，哈。薇瑪．華倫托，呃？這娃兒發生了什麼事？」

「弗羅里安太太說她死了——但那並無法解釋她爲什麼要藏照片。」

「解釋不通。她爲什麼要藏照片？」

「她不肯告訴我。最後，在我告訴她麋鹿出獄的事情以後，她似乎就開始不喜歡我了。好像不應該這樣，不是嗎？」

「繼續，」納提說。

「這就是所有的了。我已經告訴你所有的事實，也提供你證物了。如果在這樣的情況下，你還是搞不出個進展，那我再說什麼也沒用了。」

「我要搞什麼進展？這還是一件黑鬼謀殺案啊。等我們抓到麋鹿再說吧。哇咧，從他上一次看到那個女孩，都已經過八年了，除非她有去探監。」

「好吧，」我說。「但是不要忘了，他在找她，而且他是一個具有破壞力的人。順便一提，他是因為搶劫銀行下牢。那表示有賞金。賞金誰拿走了？」

「我不知道，」納提說。「也許我可以查查。幹嘛？」

「有人密告他。也許他知道是誰。那會是另一件他假以時日要處理的事情。」我站起來。「欸，再見了，並祝好運。」

「你就這樣離棄我了嗎？」

我走到門邊。「我必須回家洗個澡，漱漱口，並且修修指甲。」

「你不是病了吧，是嗎？」

「只是髒了，」我說。「非常，非常髒。」

「欸，急什麼嘛？再坐一分鐘。」他往後靠，把兩根拇指鉤在背心上，那讓他看起來比較像警察一點，但還是沒讓他看起來比較有魅力。

「不急，」我說。「一點也不急。只是我沒辦法再做什麼了。顯然這個薇瑪已經死了，如果弗羅里安太太說的是實話的話——而此時此刻，我不知道有任何理由，她為什麼要說謊。我有興趣的，就到此為止了。」

「是喔，」納提語帶懷疑——全然是出於慣性。

「再說你也已經掌握了麋鹿摩洛伊的行蹤，就這樣囉。所以，我現在就打道回府，努力討我自己的生活去了。」

「我們也有可能抓不到麋鹿，」納提說。「三不五時還是會有嫌疑犯逃掉。即使是個個頭很顯眼的。」他的眼睛也帶著懷疑，如果那對眼睛還談得上有任何表情的話。「她塞給你多少錢？」

「什麼？」

「這個老太太塞給你多少錢叫你不要管？」

「不要管什麼？」

「從現在開始你放手不管的，無論是什麼。」他把兩根大拇指從袖孔上放下來，並且把它們一起擺在背心的前面，兩隻拇指互相推擠。他露出微笑。

「噢，看在老天的份上，」我說，並且走出辦公室，留他在背後張口結舌。

等走到大約離門一碼的地方，我轉回去，靜悄悄的再度打開門，往裡看。他以相同的姿勢坐在原位，兩根拇指互碰。但是已經沒有笑容了。他看起來很憂慮。他的嘴巴仍然是張開的。

他沒有動，也沒有抬頭看。我不知道他到底有沒有聽到我的聲音。我再度關上門走開。

7

今年的月曆上有林布蘭，因爲印刷的套色不良，那自畫像看起來髒髒的。在畫中，他以一根骯髒的大拇指握著一個骯髒的調色盤，並且戴著一頂看起來也不怎麼乾淨的蘇格蘭帽。他的另一隻手握著一根畫筆，舉在半空中，彷彿待會兒就要開始畫畫兒了，如果有人預付他一筆頭期款的話。他的臉孔見老，鬆垮，充滿了對人生的厭惡和酒精日積月累的影響。但是這幅畫有一種我喜歡的冷硬振奮感，而且那對眼睛就像露珠一樣的明亮。

就在大約四點半，我正坐在我的辦公室桌後面望著他的時候，電話響起來，電話裡是一個冷靜、目空一切的聲音，彷彿自我感覺十分良好。我接聽以後，對方懶洋洋的說：

「你是菲力普．馬羅，私家偵探嗎？」

「答對了。」

「噢——你的意思是，是。有人跟我推薦，說你是可以信任，能夠保守祕密的人。我希望你今天晚上七點鐘來我家。我們來討論一件事情。我的名字是林賽．馬里歐特，我住在蒙特馬景觀區卡布里羅街4212號。你知道那是在哪裡嗎？」

「我知道蒙特馬景觀區在哪裡，馬里歐特先生。」

「好。呃，卡布里羅街不太好找。這邊的街道都是以有趣，但是錯綜複雜的彎道排列組合。我會建議你用步行從那邊的路邊咖啡館走台階上來。如果你這樣上來的話，卡布里羅街就是你上來的第三條街道，我的房子是在那個街區上唯一的一棟。那麼七點鐘見囉？」

「這件工作的性質是什麼，馬里歐特先生？」

「我寧可不要在電話裡討論。」

「不能先給我一點概念嗎？蒙特馬景觀區是相當遠的地方。」

「如果我們談不成，我還是很樂意償付你費用。你對工作的性質有什麼特別好惡嗎？」

「只要是合法的，並沒有什麼特別的好惡。」

那聲音變得冰冷起來。「如果是不合法，我也不會打電話找你了。」

聽起來像是哈佛訓練的小子。擅於運用假設法語氣。我腳底癢癢的想逃，但是我的銀行帳戶低到快要趴地了。我讓自己的聲音摻了蜜，說：「萬分感謝你來電，馬里歐特先生。我會赴約。」

他掛斷電話，就是這樣。我覺得林布蘭先生的臉上恍如有一抹訕笑。我從桌子的大抽屜裡拿出辦公室用酒，小酌一口。那使林布蘭先生臉上的訕笑很快就消失了。

一道楔子形的陽光從桌子邊緣無聲無息的滑落到地毯上。交通號誌在外面的大道上發出砰砰的變換聲，來往都市間的車輛轟隆馳過，隔間牆後的律師事務所傳來打字機單調的喀啦喀啦聲。就在我剛好填好點燃好菸斗時，電話又響起來。

這次是納提。他的聲音聽起來像滿嘴含了烤馬鈴薯。「呃，我猜我不是很聰明，」等知道接電話的人是誰以後，他說。「我錯過了一個機會。摩洛伊跑去找那個弗羅里安女人。」

我把電話握得死緊，差點掐破電話筒。我的上唇突然感覺一陣寒意。「繼續說。我以爲你們掌握了他的行蹤。」

「弄錯人了。摩洛伊根本沒去那一帶。我們接到西五十四街一個愛在窗後偷窺的老太太的電話。兩個傢伙去找過弗羅里安那女人。第一個把車子停在馬路對面，行動頗爲謹愼。在仔細把房子周圍觀察一番以後才進去。進去大約一個鐘頭。六呎高，暗色頭髮，中等壯碩身材。事後靜悄悄的出來。」

「而且他的口鼻帶著酒氣，」我說。

「噢，當然。那個人是你，不是嗎？呃，第二個是麋鹿。一個穿得很招搖，體格像一棟房子那麼大的傢伙。他也開車，但是老太太看不到車牌號碼，停那麼遠看不清楚。這是在差不多你去過以後一個鐘頭的事，她說。他很快的走進去，而且在裡面才待五分鐘而已。就在上車以前，他拿出一把大手槍，轉了一下槍膛。我猜老太太看見他那樣做。那就是爲什麼她會打電話來。但是她並沒有聽到房子裡傳出槍聲。」

「那想必讓她很失望，」我說。

「是啊。妙語如珠嘎。記得提醒我在休假日的時候笑一笑。老太太也錯過了一件事。巡警過去那邊，敲門沒人來應，前門沒鎖，所以他們直接走進去。地上沒有死人。沒人在家。弗羅里安那女人跑出去了。所以他們到隔壁去告訴老太太，她氣急敗壞，因爲自己竟然沒看到那個弗羅里安女人跑出去。所以巡警就回來報告，一切如常。過了大約一個鐘頭，也或許一個半鐘頭吧，老太太又打電話來，說弗羅里安太太回家了。所以他們把電話轉給我，我問她爲什麼認爲這件事這麼重要，她當著我的臉掛我電話。」

納提停下來稍微喘口氣，並且等候我的評語。我沒有任何評語。一會兒之後，他繼續咕噥。

「你想這當中有什麼意涵？」

「不多。麋鹿當然可能登門造訪。他一定和弗羅里安太太相當熟。他自然也不會在那裡待很久。他一定會擔心警方可能找上弗羅里安太太這條線。」

「我是想，」納提平靜的說。「也許我應該過去找她——查查看她上哪裡去了。」

「那是個好主意，」我說。「如果你能找到什麼人把你從椅子裡拉出來的話。」

「嗄？噢，又說俏皮話了。只是現在怎麼樣也不會造成太大的區別了。我想，就省了吧。」

「好吧，」我說。「那我們就等著瞧好了。」

他嗆笑幾聲。「我們逮到摩洛伊的蹤影了啦。這次我們眞的逮到他了。我們得知他在吉拉德區，開一輛出租汽車往北走。他在那一帶加油，加油站的小夥子根據我們前不久廣播的描述認出他。他說一切都吻合，只除了摩洛伊換了一套深色西裝。我們出動了郡警和州警。如果他繼續往北走，我們可以在文圖拉路線上逮捕他，如果他轉向立基公路，那他非得在卡斯泰克停下來領收費單不可。如果他不停，他們會打電話通知前面，堵他的路。如果可能，我們不希望有警察死傷。這樣聽起來還好嗎？」

「聽起來還可以，」我說。「如果那眞的是摩洛伊，而且他眞的就照你們所期待的那樣做的話。」

納提小心翼翼的清清喉嚨。「是啊。那你打算做什麼——只是以防萬一問問看啦？」

「不做什麼。我爲什麼得做什麼？」

「你和那個弗羅里安女人滿合得來的啊。也許她還有什麼好主意。」

「你只要有滿滿一瓶酒就可以自己查出來，」我說。

「你和她處得很好啊。也許你應該再多花一點時間在她身上。」

「我以爲那是警方的工作。」

「噢，當然。可是關於那個女孩子的主意是你的呀。」

「那點似乎可以排除了——除非弗羅里安是在說謊。」

「那種女人什麼謊都敢說——習慣成自然，」納提陰沉的說。「你不是眞的忙吧，嗄？」

「我有工作要做。案子是在見過你以後進來的。一件有錢可領的案子。我很抱歉。」

「要離我而去了，嗄？」

「話不能這麼說。我只是必須賺錢討生活。」

「好吧，夥伴。如果你是這樣覺得，好吧。」

「我沒有覺得怎樣，」我幾乎要吼起來。「我只是沒有時間充當你或任何警察的配角。」

「好吧，儘管生氣吧，」納提說著，掛斷電話。

我抓著斷線的電話，對著電話筒咆哮：「這個鎭上有一千七百五十名警察，竟然還需要我去幫他們跑腿。」

我把電話筒掛上，又拿出辦公室用酒來喝了一杯。

一會兒之後，我下去大樓的大廳買一份晚報。至少納提有一件事情說對了。到目前爲止，蒙哥馬利謀殺案連個招人廣告的空間都占不上。

我又離開辦公室，去吃一頓提早的晚餐。

8

我在天色開始黯淡的時候來到蒙特馬景觀區，但是水面上仍看得見清晰的粼光，長而光滑的浪花在遠處起落繾綣。一群鵜鶘以轟炸機隊形飛掠過海浪濺起的白沫底下。一艘孤獨的遊艇正在往海灣市的遊艇碼頭駛去。在它的後面，是浩瀚而空曠的紫灰色太平洋。

蒙特馬景觀區只有幾十棟大小和形狀不一的房子，危巔巔的懸在山崖頂上，看起來彷彿只要打一個大噴嚏，就可以使它們掉進海灘上那些便當盒狀的屋舍當中。

在海灘上方，一條公路從一道寬廣的混凝土拱橋下面穿過去，那條拱橋實際上是一條人行路橋。從這條拱橋的內面末端，一排一側附有厚厚的鍍鋅手扶欄杆的混凝土階梯，像把尺一樣的直直沿著山側而上。在拱橋外，我客戶提及的那家路邊咖啡館的室內明亮歡暢，但是室外擺在條紋布篷下的幾張鐵腳磁磚面桌子卻是冷冷清清，只有一個穿長褲的黑女人獨自在那裡抽著菸，鬱鬱的望著海洋，面前擺著一瓶啤酒。一隻獵狐犬錯把其中一張鐵椅當做路燈桿在使用。當我的車子駛過時，她正在慵懶的訓誡那隻狗，我給那家咖啡館提供的生意，就是借用一下他們的停車場。

我走回來穿過拱橋，開始爬上階梯。如果你喜歡呼嚕嚕喘氣的話，這算是一條好路。上到卡布里羅街一共要爬兩百八十個階梯。沿途風沙瀰漫，而且手扶欄杆就像蟾蜍肚皮一樣又冷又溼。

等我爬到頂上，水面已經不見粼光，一隻後腿受傷的海鷗正在和岸上的微風纏鬥。我在又潮又冷的頂端階梯坐下來，把鞋子裡的沙粒甩掉，並且在那裡等候我的脈搏降回到接近百下。等呼吸多少恢復正常以後，我扯鬆背後的襯衫，然後走向亮著燈火的那棟房子，那是沿著這條階梯的呼叫範圍內，唯一的一棟房子。

那是一棟好看的小房子，有一條海鹽侵蝕的螺旋梯通到前門，而且有一盞仿馬車吊燈當做門廊燈。車庫在底下靠側邊。車庫門打開著，並且向後捲收回去，門廊燈的燈光斜斜照進去，照見一輛有如戰艦的黑色大轎車，車身有鉻金鑲飾，有一條郊狼尾巴綁在水箱蓋上的展翅勝利女神像上，幾個縮寫字母刻在原來應該是安放汽車標章的地方。車子的駕駛座在右邊，看起來似乎比那棟房子還要昂貴。

我爬上螺旋梯，尋找門鈴，結果只是用一個虎頭形的門扣敲門。敲門聲被黃昏的霧氣給吞沒。我沒有聽到屋內有任何腳步聲。汗濕的襯衫感覺像貼在背上的冰袋。門無聲的打開，我面對著一個高個金髮的男子，穿著白色的法蘭絨西裝，頸子上圍著一條紫色的絲緞圍巾。

他白色外套的翻領上別著一朵矢車菊，相較之下，眼睛的淺藍色更顯得薄弱。紫色的絲緞圍巾鬆鬆的繞在頸子上，可以看出他沒有打領帶，而且有一根又厚又軟的棕色脖子，一根恍若強壯女人才有的脖子。他的五官有點深沉，但是很英俊；身高比我多一吋，所以算起來是六呎一。他的金髮經過或許是人工或許是自然的安排，形成三層工整的金色起伏，使我聯想起階梯，所以我不喜歡。反正無論如何，我都不會喜歡那個頭髮。除了這些以外，他看起來就像一個會穿著一身白色法蘭絨西裝，頸子上圍著一條紫色絲緞圍巾，並且翻領上別著一朵矢車菊的男子。

他微微清一下喉嚨，並且張望一下我肩膀後面漸暗的海洋。然後用冷靜傲慢的聲音說：「是？」

「七點鐘，」我說。「準時到達。」

「噢，是的。讓我想想看，你的名字是——」他停下來，因爲努力回想而皺起眉頭。那效果就和二手車的家譜一樣虛假。我讓他努力一分鐘，然後說：

「菲力普·馬羅。和今天下午一樣，沒改。」

他對我迅速蹙一下眉頭，彷彿考慮或許該對我的回應有點什麼作爲。然後他後退一步，冷冷的說：

「啊，是的。確實如此。進來吧，馬羅。我的管家小弟今晚不在。」

他用一根指尖把門推開，彷彿親自開門有點把他弄髒了。

我走進去，經過他面前，聞到了香水味。他關上門。一進門是一個低露臺，有一條金屬欄杆環繞著一間大客廳的三個面。第四面有一座大壁爐和兩扇門。壁爐裡劈劈啪啪的燃著火。露臺的周邊有書櫥，而且有幾件具有金屬感的上釉雕塑立在基座上。

我們走下三層台階，來到客廳的主要部分。地毯幾乎要搔到我的腳踝。有一架闔起來的平台大鋼琴。在鋼琴的一角，一只高高的銀瓶立在一長條桃色的絨布上，銀瓶裡插著單一一朵黃玫瑰。到處是又軟又舒適的家具，地上有許多坐墊，有些鑲著金穗，有些完全沒有綴飾。那是一間美好的房間，只要你動作不要太粗魯。在一邊陰暗的角落裡，有一張寬寬的無靠背錦緞面睡椅，像是那種用性來交換電影演出機會的選角沙發。這是那種，客人會翹著腳，含著方糖啜飲苦艾酒，用高昂感性的聲調講話，並且不時還會發出尖叫的房間。這是那種，只除了工作以外，任何事情都可能發生的房間。

林賽．馬里歐特先生在平台鋼琴的彎弧線內站定，靠過去嗅了嗅黃玫瑰，然後打開一個法式琺瑯香菸盒，點燃一根有金色蒂嘴的棕色長香菸。我在一張粉紅色的椅子坐下來，希望自己不會在那上面留下印漬。我點起一根駱駝牌，從鼻子噴出煙，然後注視著一塊立在架子上的黑色閃亮金屬。那塊金屬顯示出一個冗長滑順的彎弧，當中有一個淺淺的凹陷，而弧線上又有兩處凸起。我瞪著它。馬里歐特看見我瞪著它。

「一件很有趣的作品，」他漫不經心的說，「我前幾天才買的。艾思塔．戴爾的『黎明精靈』。」

「我還以爲是克勞普斯汀的『屁股兩囊瘤』。」

林賽．馬里歐特先生一副好像剛剛吞下一隻蜜蜂的表情。他費了點功夫才把那神情抹平。

「你有一種蠻奇特的幽默感，」他說。

「並不奇特，」我說。「只是百無禁忌而已。」

「的確，」他非常冰冷的說。「的確——當然，我一點也不懷疑……呃，我想見你的原因，事實上，只是一件非常微小的事情。甚至不太值得你這麼遠跑來一趟。我今天晚上要和幾個人見面，付他們一些錢。我是想，找個人作伴可能比較好。你帶槍嗎？」

「有時候。是的，」我說。我看著他寬闊多肉面頰上的酒窩。那裡面可以藏一顆彈珠。

「我不希望你帶槍。絕對不是那類的事情。這純粹是一筆商業交易。」

「我幾乎沒對任何人開過槍，」我說。「是勒索事件嗎？」

他皺起眉頭。「當然不是。我根本沒有可以讓人勒索的把柄。」

「這種事連最好的好人都可能碰上。我會說，尤其容易發生在最好的好人身上。」

他揮了揮手上的香菸。那對海藍色的眼睛掃過一抹深思的表情，但是他的嘴角露出微笑。是屬於那種和勒頸絲繩搭配的微笑。

他又吐出一些煙，然後把頭往後一仰。這更進一步彰顯出他喉部柔軟緊實的線條。他的眼睛緩緩下垂，鑽研著我。

「我要和這些人見面——非常可能——是在相當偏僻的地方。我還不知道地點。我還在等電話通知我細節。我必須準備好隨時出門。見面的地方不會離這裡太遠。據我的了解是這樣。」

「這件交易已經進行相當一段時間了嗎？」

「事實上，已經三或四天了吧。」

「那麼你把自己的保鑣問題拖延了相當久。」

他想了一想。輕輕敲掉一些他香菸的黑灰。「沒有錯。我下不了決心。我可能自己去比較好，雖然對方並沒有特別說我不能帶伴。可是話說回來，我也不是那種好稱英雄的人物。」

「那麼他們當然認得你囉？」

「我——我不確定。我會帶很大一筆錢，那不是我的錢。我是在爲一位朋友辦這件事。當然了，我覺得我不應該隨便讓這筆錢離開我的掌握。」

我捻熄香菸，往後靠向粉紅色座椅的椅背，然後轉著我的拇指玩。「是多大一筆——還有，爲什麼？」

「呃，這實在——」此時，那抹笑容算是頗爲和善，但是我仍舊不喜歡。「我不能告訴你詳情。」

「你只是要我跟你一起去，幫你提帽子麼？」

他的手又抽搐一下，一些菸灰掉在他的白色袖口上。他把它抖掉，並且俯視著菸灰掉落的地方。

「恐怕，我不太喜歡你的態度，」他說，語氣有些尖銳。

「有人跟我抱怨過，」我說。「但是好像沒什麼效果。我們再來看看這件差事。你要一個保鑣，但是他不能帶槍。你要一個幫手，但是他不能知道他應該要做什麼。你要我冒生命危險，卻不讓我知道爲什麼，是什麼目的，或者要冒什麼樣的危險。爲了這一切，你所提供的代價是什麼？」

「我還沒有眞的仔細想過。」他的面頰一片緋紅。

「你想你可以開始仔細想想了嗎？」

他的身子優雅的往前傾，並且露齒而笑。「賞你的鼻子一記快拳怎麼樣？」

我咧嘴而笑，站起來，並且戴上帽子。我開步往前門走去，但是步伐並不是很快。

他的聲音在我背後響起來。「我會付你一百塊錢，做爲占用你幾小時的代價。如果這個數目不夠，就實說。不會有什麼危險的。我的一個朋友遭到搶劫，有一些珠寶被拿走——我在幫忙把珠寶買回來。坐下來，不要那麼敏感。」

我走回去粉紅色座椅，再度坐下來。

「好吧，」我說。「那就洗耳恭聽。」

我們彼此對望，就這樣足足瞪了十秒鐘。「你有沒有聽過翡翠？」他緩緩的問道，同時又點燃另一根深色的香菸。

「沒有。」

「那是眞正有價値的一種玉。其他玉的價値，就物料本身有其侷限，主要還是在看它的刻工。但是翡翠光是物料本身就極有價値。我們所知的礦藏，在好幾百年前就全部水枯澤竭了。我的一個朋友，擁有一條有六十顆翡翠的項鍊，每一顆都大約有六克拉，刻工精緻無比。價値八、九萬元。中國政府擁有一條稍微大一點的，價値十二萬五千。我朋友的項鍊，在前幾晩的一場搶劫中被拿走。我人在場，但是幫不上什麼忙。當天我載我朋友去一個晩間派對，後來又去特盧卡迪洛酒店，事情就是發生在從那裡回她家的路上。一輛車擦過我們左前方的保險桿，然後停下來，我以爲是要來道歉。結果竟是一場非常快速俐落的搶劫。一共三或四個人，我實際上只看到兩個，但是我很確定還有一個留在車上，坐在方向盤後面，而且我想，好像有看到後車窗那邊還有一個第四者。我朋友戴著那條玉項鍊。他們搶走那條項鍊、兩只戒指和一個手環。其中一個看起來似乎是首領的，顯得毫不匆忙的用一把小手電筒檢視了那些東西。然後他把其中一只戒指遞還給我們，說這樣應該可以讓我們明白，和我們交涉的是哪一種人物，並且要我們在通報警方或保險公司以前，先等候他們的電話。所以我們就遵守他們的指示。當然，這種事情早就司空見慣了。你要不保持緘默付錢消災，要不就永遠別想再見到你的珠寶。如果珠寶保了全險，或許你不會在乎，但是如果那些正好是稀世珍品，你會寧可花錢要回來。」

我點點頭。「而這條玉項鍊並不是那種天天都可以買得到的東西。」

他用一根手指頭滑過鋼琴光亮的表面，臉上帶著類似做夢的神情，就彷彿碰觸光滑的東西讓他感到很愉快。

「的確如此。那是無可取代的。她不應該戴那條項鍊出門——本來就不應該。但是她是那種行事魯莽的女人。其他的珠寶雖然也很好，但都很平凡。」

「嗯——哼。你要付他們多少錢？」

「八千元。賤價。但是假使我朋友再也不能擁有一條像那樣的項鍊，這些混混想把它脫手也不是那麼容易。在這一行裡，大概走遍全國，無人不知無人不曉。」

「你的這個朋友——她有名字嗎？」

「我目前不想透露。」

「你和那些人是怎麼安排的？」

他淺色的眼眸斜睇著我。我覺得他好像有點害怕，但是我不是很清楚這個人的底細。也許那只是宿醉造成的錯覺。他拿著深色香菸的那隻手一直無法保持穩定。

「幾天來，我們一直用電話討價還價——透過我。除了見面的時間和地點，其他都已經談好了。時間應該是在今晚的某個時候。他們應該隨時會來電話告訴我。地點不會離這裡很遠，他們說，而且我必須準備好立刻出門。我猜這樣是爲了不讓我有機會進行埋伏。我的意思是，和警方。」

「嗯——哼。錢有做記號嗎？我假定，是要用錢去贖吧？」

「現金，當然。二十元的鈔票。沒做記號，爲什麼要做記號？」

「做了記號以後，可以用電子黑光查緝。沒有爲什麼——只除了，警方會想破除這些幫派——如果他們能夠取得合作的話。這種錢有時候會出現在有前科的傢伙手上。」

他深思的皺起眉頭。「恐怕，我不知道黑光是什麼。」

「就是紫外線光。它會使某種金屬性的油墨在黑暗中產生亮光。我可以幫你處理。」

「恐怕現在沒有時間處理這種事了，」他很快的說。

「這就是令我擔憂的事情之一。」

「爲什麼？」

「爲什麼你到今天下午才打電話給我？爲什麼你會挑上我？是誰跟你提起我的？」

他大笑起來。他的笑聲頗像小男生，但是不是年紀很輕的小男生。「呃，事實上，我必須坦承，我只是從電話簿裡隨便挑出你的名字。你知道，我原來並不想找人作伴。然後到今天下午，我才想，有何不可。」

我點燃另一根被我擠扁的香菸，並且盯著他喉頭的肌肉。「那麼你的計畫是什麼？」

他攤開兩隻手。「就到他們告訴我的地點赴約，把那包錢交過去，並且把玉項鍊拿回來。」

「嗯——哼。」

「你似乎對那個表達方式有偏愛。」

「什麼表達方式？」

「嗯——哼。」

「我應該在哪裡——車子的後面嗎？」

「我想是吧。那是一輛大車。你應該可以很容易的藏在車子後面。」

「聽著，」我緩緩的說。「你計畫帶我藏在你的車子裡出去，去一個你今天晚上某個時候才會從電話裡得知的目的地。你身上會有八千元現金，而你要用這筆錢去買回一條價值十或十二倍的玉項鍊。你很可能會拿到一個不准你在那裡打開的包裹——那是說，如果眞的有讓你拿回什麼的話。很有可能，他們只會拿走你的錢，到別的地方去數清楚，然後把項鍊寄給你，如果他們良心發現的話。根本沒有什麼辦法能夠防止他們詐騙你。當然我也沒有辦法做什麼來阻止他們。這些是江洋大盜。他們心狠手辣。他們甚至可能敲你腦袋一記——不是很重——只要足以讓你昏迷，好讓他們有時間逃走就行了。」

「呃，事實上，我是有點害怕會有那樣的情況，」他低聲說，他的眼睛抽搐了一下。「我想，那就是爲什麼我要找個人陪我去。」

「在搶劫的時候，他們有用手電筒照你嗎？」

他搖搖頭，沒有。

「算了。反正自從事發以後，他們也多得是機會來觀察你。總之，他們也可能在事前就把你摸得一清二楚了。這類搶劫都是循案布局。他們會像牙醫依你的牙齒打造金鑲模一樣的循案例規畫。你常常和這個女人出遊嗎？」

「呃——不算少，」他不自在的說。

「已婚的？」

「聽著，」他急促的插嘴。「我們完全不要把這位女士扯進來行嗎？」

「好吧，」我說。「但是讓我知道得愈多，出錯的機會就愈少。我一定要平安走出這件工作，馬里歐特。我眞的要。如果那些傢伙照規矩來，你根本不需要我。如果他們不照規矩來，我也沒辦法做什麼。」

「我只是要你陪伴而已，」他很快的說。

我聳聳肩，攤開兩手。「好吧——但是由我開車，由我帶錢——你藏在車子後面。我們的身高約略相同。如果發生任何問題，我們就照實告訴他們。反正不會有什麼損失。」

「不行。」他咬著嘴唇。

「我可以拿到一百元，而什麼事情都不必做。如果有人腦袋要被敲一記，那就讓我來吧。」

他蹙起眉尖，搖搖頭，但是經過一段相當長的時間以後，他臉部的表情慢慢開朗起來，並且露出微笑。

「好吧，」他緩緩的說。「我想不會有太大關係。反正我們會在一起。你想來點白蘭地酒嗎？」

「嗯——哼。而且也請你把我的一百元拿來。我喜歡錢的感覺。」

他像個舞蹈家一樣的翩翩離去，腰部以上的身體幾乎文風不動。

就在他要走出去時，電話響起來。電話在客廳之外，在切進露臺的一間小凹室裡。然而那並不是我們所想的那通電話。他的口氣過於親熱。

一會兒之後，他帶著一瓶五星馬爹利白蘭地，和五張美好嶄新的二十元鈔票翩翩舞回來。那使得今晚變得很美好——到目前爲止。

9

房子非常安靜。遠處有聲音，可能是拍岸浪濤，或公路急馳而過的車輛，或松林風動。當然應該是海吧，在遠遠的底下浮沉起落。我坐在那裡聆聽，同時深思細想。

在接下來的一個半小時內，電話響了四次。最重要的那通在十點過八分的時候進來。馬里歐特用很低的聲音簡短說了幾句，無聲無息的抱著電話一陣子，然後以一種輕悄的動作站起來。他的表情看起來很肅穆。此時他已經換了一身暗色的衣褲。他沉默的走回客廳，給自己在白蘭地酒杯裡斟了些烈酒。他舉起酒杯對著光線看了一會兒，臉上一抹不甚高興的詭異笑容，他迅速的搖一搖酒杯，然後頭往後一仰，吞酒下喉。

「呃——都談好了，馬羅。準備好了嗎？」

「我本來就整晚都準備就緒了。我們要去哪裡？」

「一個叫做普歷希馬峽谷的地方。」

「從來沒聽過。」

「我去拿地圖。」他很快的取來一張地圖攤開來，當他俯下身看時，光線在他黃銅色的頭髮間閃爍。然後他用手指指出來。那地方是從海灣市北邊的海岸公路要轉進城時，沿著山丘大道外圍的許多峽谷中的一個。我約略知道那在哪裡，此外對該處一無所知。那似乎是在一條叫做卡米諾迪拉寇斯塔的街道盡頭。

「從這裡頂多十二分鐘就可以到達，」馬里歐特很快的說。「我們最好快走。我們只剩下二十分鐘可用。」

他遞給我一件淺色大外套，那使我成爲一個極佳標靶。外套頗爲合身。我戴上自己的帽子。我臂膀下有一把槍，但是我沒有告訴他。

就在我套上外套的時候，他繼續用略顯緊張的聲音說話，同時裝著八千大洋的厚馬尼拉信封在他的手裡抖動不停。

「他們說，普歷希馬峽谷在谷內尾端有一個像平台的地方。有一條白色的木樁圍欄把它和道路隔開，但是你可以從欄杆中間鑽過去。那裡有一條泥路蜿蜒下一個小窪地，我們就在那裡等，不可以有光。那邊周圍都沒有房子。」

「我們？」

「呃，我的意思是『我』——就理論上來說。」

「噢。」

他把馬尼拉信封遞給我，我打開信封，看看裡面。裡面是錢沒錯，一大疊鈔票。我沒有算。我又把橡皮圈綁好，把信封塞進我的外套內口袋。差點壓斷我的一根肋骨。

我們走向大門，馬里歐特關掉所有電燈。他小心翼翼的打開前門，窺探外面的霧氣。我們走出門，步下海鹽侵蝕的旋轉樓梯，來到路面和車庫的所在。

周圍有點霧，這一帶晚上一向如此。我必須啓動雨刷一陣子。

這輛大外國車很好開，但是我還是握著方向盤裝裝樣子。

我們花了兩分鐘的時間來來回回繞完山面的8字形道路，來到路邊咖啡館的側旁。現在我可以了解爲什麼馬里歐特交代我走石階上去了。我有可能在那些七彎八轉的道路當中開上好幾小時，結果還不比困在餌罐子裡的蚯蚓有進展。

公路上串流而過的車燈，幾乎形成兩條連續不斷而方向相反的光束。許多往北的大卡車一邊疾馳一邊發出低沉的怒吼，懸在車頂的綠色和黃色燈泡光彩耀眼。開了三分鐘這樣的公路以後，我們駛進內陸，經過一家大型加油站，然後沿著丘陵的側腹一路彎彎轉轉。四下變得靜謐起來。這裡只有孤寂，海帶的味道，和從山丘傳來的野鼠尾草的味道。偶爾會出現一扇昏黃的窗戶，孤零零的，像樹上的最後一顆橘子。幾輛汽車擦身而過，在柏油路面灑下冷冷的白光，然後又低聲咆哮著隱入黑暗。縷縷的迷霧將星辰逐下天邊。

馬里歐特從黑暗的後座中探上前來說：

「那些靠右邊的燈火是比維迪爾海灘俱樂部。下一個峽谷是拉斯帕加斯峽谷，然後再下去就是普歷希馬峽谷。等我們到達第二個高點的時候向右轉。」他的聲音壓抑又緊張。

我咕噥一聲繼續開車。「把頭放低吧，」我對著肩膀後面說。「我們有可能一路都被跟監。開這輛車，就像穿綁腿鞋去參加愛荷華鄉親野餐會一樣的顯眼。那些小子可能會討厭你有雙胞胎兄弟。」

我們開下一個狹谷末尾內縮的谷地，然後往上開到一處高地，一會兒之後，再度往下走，然後又再往上走。然後馬里歐特壓抑的聲音在我的耳邊說：

「下一條街右轉。有方形塔樓的那棟房子。從旁邊轉過去。」

「不是你幫他們挑這個地點的吧，是嗎？」

「才怪，」他說，並且陰陰的笑起來。「我只是剛好很熟悉這些峽谷。」

我把車子向右轉，經過一棟街角的大房子，房子有一個頂上鋪有圓磁磚的方形白色塔樓。車頭燈在瞬間照到一個路牌，上面寫著：卡米諾迪拉寇斯塔街。我們駛下一條寬廣的街道，沿著兩邊有未完工的電燈架和雜草叢生的人行道。看來有些房地產商的美夢在那裡變成了一場宿醉。從雜草叢生的人行道後面的黑暗當中，可以聽見蟋蟀啾啾，牛蛙嘓嘓。馬里歐特的車子就是安靜到那種程度。

先是一段街區有一棟房子，然後兩段街區才看見一棟房子，再來就完全沒有房子了。偶爾有一兩扇燈光昏黃的窗戶，但是裡面的人似乎和雞仔一起入睡了。然後鋪柏油的大馬路突然中斷，接下來是一段和乾燥天氣下的混凝土一樣堅硬的泥路。泥路愈走愈窄，並且在夾道的灌木叢中緩緩沿山坡下降。比維迪爾海灘俱樂部的燈光懸在右邊的半空中，而在前方遠處則有游動的波光粼粼。鼠尾草辛辣的氣味充塞在夜色中。然後一堵白漆圍欄橫阻在泥路前面，馬里歐特又在我的肩膀上說：

「我想你穿不過去，」他說。「那空間看起來不夠大。」

我關熄無聲的引擎，捻暗車燈，坐在那裡聆聽。什麼也沒有。我把車燈整個捻熄，下了車。蟋蟀不再唧啾。有一小段時間，四下如此寧靜，我可以聽見一哩遠的山崖底下，輪胎輾過公路的聲音。然後一隻又一隻的蟋蟀又開始鳴唱，直到夜色整個都充滿了牠們的音響。

「不要妄動。我下去那邊瞧瞧，」我對著車子的後座耳語。

我摸摸外套裡的槍柄，然後往前走。灌木叢和白圍欄的末端之間，似乎比之前從車子裡看有更多的空間。有人劈掉了一些灌木，而且泥地上有車輪的痕跡。可能有些小鬼在暖和的晚上下去那邊卿卿我我。我穿過圍欄。路面往下墜，而且彎彎曲曲。底下漆黑一片，隱隱有遠方傳來的海浪聲。還看得見公路上車輛的燈光。我繼續走。路在一個完全被灌木叢包圍的淺坑處結束。那裡空空的一片。似乎除了我剛才走進來的那條路以外，沒有其他路通進來這裡。我站在那裡，在寂靜中聆聽。

一分一秒緩慢的流逝，但是我繼續在那裡等待新的聲音出現。什麼也沒有。那片窪地似乎全部屬於我一人所有。

我瞭望燈火明亮的海灘俱樂部。從那裡的上層窗戶，隨便一個人用一具好的夜間望遠鏡，大概就可以相當充分的掌握我這個地點的動靜。他可以看見車子來去，可以看見誰下車，不管是一群人還是只有一個人。拿一具好的夜間望遠鏡坐在黑暗的房間裡，你可以看到比你所能想像還要多很多的細節。

我轉身走回山丘上。從一叢灌木底下傳來一聲很響亮的蟋蟀叫，使我嚇了一跳。我繞過轉彎走上去，並且穿出白圍欄。仍舊什麼也沒有。隱隱發亮的黑轎車佇立在一片灰沉沉當中，既不算黑暗，然而也沒有光線。我走到車子那裡，把一隻腳跨在駕駛座旁的腳踏板上。

「看來好像是個測試，」我壓低了聲音說，但是也足以讓在車子後座的馬里歐特聽清楚了。「只是要看看你是不是服從指令。」

後座彷彿有一點蠢動，但是他沒有回答。我移身向前，想去看灌木叢旁邊好像有什麼東西。無論那是誰，趁機從我的頭後面打來準確又輕易的一棒。事後我想，我可能有聽到短棍揮過來的聲響。或許人總都是這樣想——在事後。

10

「四分鐘，」那聲音說。「五分鐘，或有可能六分鐘。他們一定行動快速又安靜。他連一聲嘶喊都沒有。」

我張開眼睛，模模糊糊的瞪著一顆冷冷的星辰。我面朝上躺著。我覺得噁心。

那聲音說：「有可能更久一點。甚至可能花到八分鐘。他們一定是藏在灌木叢裡，在車子停下來的地方。那傢伙很容易嚇唬。他們一定是拿一小盞光直射他的臉，於是他昏過去——只是驚嚇過度。那個娘兒們。」

一片寂靜。我用一邊膝蓋跪起來。劇痛從後腦勺一路穿透到我的腳踝。

「然後他們當中一個人進到車子裡，」那個聲音說，「在那裡等你回來。其他人又躲起來。他們一定是猜到，他會害怕自己一個人來。或者他們和他在電話上交談的時候，他的口氣裡有什麼東西引起他們的疑心。」

我兩隻手平壓在地上，昏昏沉沉的平衡住自己，傾耳聆聽。

「是啊，事情差不多就是這樣，」那個聲音說。

那是我的聲音。我在甦醒過來的過程中自言自語。我潛意識中想把事情的來龍去脈解析清楚。

「閉嘴吧，你這該死的，」我說，並且停止自言自語。

遠處有汽車隆隆，近處有蟋蟀啾啾，還有樹蛙奇特的咿咿長鳴。我想我以後再也不會喜歡這些聲音了。

我從地上舉起一隻手，試著甩掉鼠尾草的黏分泌物，然後在外套上抹了抹。一百元的好差事。我的手急忙探進大外套的內口袋。馬尼拉信封不見了，當然。手又急忙探進我自己西裝外套的裡面。我的皮夾子還在。我懷疑我的一百元是不是還在。大概不在了。感覺有個沉甸甸的東西杵著我的左肋骨。是放在我肩套裡的手槍。

還不錯嘛。他們讓我留住手槍。這點還算不錯吧——就像你捅了一個人一刀以後，還幫他把他的眼睛闔起來。

我摸摸頭的後面。我的帽子還戴在頭上。我把它拿下來，整個動作不是很舒服，然後摸摸底下的頭。親愛的老腦袋瓜子，我有它很久了。此時有點水腫，有點糊糊的，而且還不止一點點痛。但算是頗輕的一擊了。帽子幫了忙。這腦袋瓜子還能用。總之還可以用上一年不成問題。

我把右手擺回地上，把左手舉起來，轉動手臂，直到能看見我的手錶。在盡所能集中視線以後，我看出夜光錶面顯示出10：56。

電話是在10：08打進來的。馬里歐特談了大約兩分鐘。我們又花了約略四分鐘時間走出房子。當你有在做事情的時候，時間過得特別慢。我的意思是，你可以在很少的幾分鐘之內，完成很多個動作。我的意思是這樣嗎？媽的誰管我的意思是怎樣？好吧，比我厲害的人不會管這麼多意思。好吧，我的意思是，那應該是，就說10：15好了。這地方大約要十二分鐘的車程。10：27。我下車，走下去窪地，花了頂多八分鐘的時間在那裡無所事事，然後走上來，腦袋吃了一棍子。10：35。給我一分鐘的時間倒下來，臉撞到地上。我的臉有撞到地上的理由是，我的下巴有刮傷。會痛。感覺像有刮到。因爲這樣，所以我知道有刮傷。不，我看不見。我不必看見。這是我的下巴，有沒有刮傷我當然知道。也許你想找渣。好吧，閉嘴，讓我想想看。什麼？……

手錶顯示晚上10：56。那表示我昏迷了二十分鐘。

二十分鐘的睡眠。好個小打盹。在這樣一段時間裡，我錯過了一群壞蛋，並且弄丟了八千大洋。欸，有何不可？在二十分鐘裡，你可以擊沉一艘戰艦，射下三或四架飛機，執行兩場槍決。你可以死亡，結婚，被炒魷魚並且又找到新工作，拔掉一顆牙齒，或割掉扁桃腺。在二十分鐘裡，你甚至可能在早上醒來。你也可能在夜總會裡要到一杯水——也許。

二十分鐘的睡眠。那是一段長時間。特別是在寒冷的夜晚，暴露在空曠的所在。我開始發抖。

我仍然跪在地上。鼠尾草的氣味開始讓我覺得煩。還有野蜂取得花蜜的黏分泌物。花蜜是甜的，太甜了。我的胃翻騰了一下。我咬緊牙關，才勉強把翻騰鎮住。大滴大滴冷汗從我的額頭冒出來，但是我還是不斷發抖。我先站起一隻腳，然後兩隻腳，挺直了身軀，有點搖搖晃晃。我覺得像被切掉了一隻腿。

我緩緩的轉身。車子不見了。泥路空蕩蕩的延伸進矮淺的山丘，通向鋪了柏油的街道，那是卡米諾迪拉寇斯塔街的末尾。左邊，白漆木樁圍欄矗立在黑暗中。在矮灌木叢之外，天際的蒼白光線，應該是海灣市的燈火。而在右邊較遠處而又比較接近這裡的，應該是比維迪爾海灘俱樂部的燈火。

我走過去原來車子停的地方，從我的口袋裡拿出一支鋼筆型手電筒，把小小的光圈照在地上。地上是紅色的黏砂土，在乾燥的天氣下非常僵硬，但是今天的天氣並沒有乾到那種程度。空氣中有一點霧，有足夠的濕氣落在土壤表面，讓車子原來停在那裡的痕跡顯現出來。我可以看到十分輕淺的重型10鋪層沃格輪胎的軌跡。我把光照在那上面，彎下身去看，疼痛使我頭暈起來。我開始跟蹤那些軌跡。它們筆直的向前伸出十來呎，然後往左旋。它們並沒有轉彎。它們駛向白圍欄左手邊末端的空隙。然後軌跡就不見了。

我走過去圍欄，把小小的光照在灌木叢上。有一些新斷的枝椏。我穿過空隙，走下彎曲的泥路。這裡的土壤更軟。更多重型輪胎的軌跡。我繼續往下走，過了轉彎，來到被灌木叢圈起來的窪地邊緣。

車子在這裡沒錯，即使在黑暗中，鉻金和亮光漆仍然微微的發亮，而且尾燈的紅色反射玻璃對著筆型手電筒發出反射光。車子在這裡，安靜無聲，燈火熄滅，所有的門都關著。我慢慢的走向它，每踏一步咬一次牙。我打開一個後車門，把手電筒的光束射進去。裡面空空如也。前座也是空的。引擎是熄火的。附著一條薄鍊子的車鑰匙插在鎖孔裡。沒有破損的車內裝潢，沒有龜裂的車窗玻璃，沒有血跡，沒有屍體。每一樣東西都整齊有序。我關上車門，緩緩的繞著車子走，尋找任何痕跡，然而什麼也沒找到。

一個聲音使我整個人凍結。

灌木叢的邊緣上方傳來車引擎的噗噗聲。我稍稍嚇了一跳。關熄手上的手電筒。槍自動溜進我的掌握裡。然後有車頭燈的光束照向天空，爾後又往下照。那引擎聲聽起來像是小車。是那種與空氣中的濕氣結合之後的滿足聲。

光線又往下照，而且更亮了。一輛車正在沿著泥路的彎道開下來。它來到泥路三分之二的地方，然後停下來。強光燈喀啦一下捻亮，並且往一邊掃過去，在那裡停留了很長一段時間，然後又熄滅。汽車往山丘下駛來。我把手槍從袋子裡抽出來，並且蹲伏在馬里歐特車子的引擎後面。

一輛不具特別形狀或顏色的雙人座小轎車駛進窪地，旋即一轉，因此它的車頭燈燈光把轎車從頭掃到尾。我趕緊低下頭。燈光像一把劍一樣，從我的頭上掃過。小轎車停下來。引擎關閉。車頭燈熄滅。一片寂靜。然後一扇車門打開來，輕輕的腳步踏上泥地。持續的寂靜。連蟋蟀都沒有聲音了。然後一盞光束向下切開黑暗，和地面平行，僅離地上幾吋。光束掃過來，我的腳踝根本來不及躲開。光束停在我的腳上。寂靜無聲。然後光束往上，再度掃過轎車的車頂。

然後是一陣笑聲。一個女孩子的笑聲。強自壓抑的，像曼陀林的琴弦一樣緊綳的笑聲。在那種地方聽起來很奇異的聲音。白色的光束再度掃到車子底下，停留在我的腳上。

那聲音，不算太刺耳的說：「好吧，你。出來，兩手舉高，而且手裡最好別給我看到有任何東西。你已經完全在我的掌握之下了。」

我沒動。

光束晃了一下，彷彿握著它的手有點動搖。它再度沿著車頂緩緩的掃描。那聲音再度向我飄來。

「聽著，陌生人。我手裡正握著一把十發自動手槍。我的槍法不賴。你的兩隻腳都不保了。你要賭嗎？」

「放掉槍——否則我就把它從你的手裡射掉！」我吼道。我的聲音就像某人扯破雞籠子一般粗野。

「噢——原來是位冷硬派紳士哪，」她的聲音有一點顫抖。隨即又強硬起來。「出不出來？我數到三。想想我射中你的機率——十二枚肥子彈，也有可能十六枚。但是你的腳會很痛。而且踝骨受傷要好多好多年才會好，有時候永遠不會好——」

我慢慢的站直起來，並且直視著手電筒的光。

「我害怕的時候也會話太多，」我說。

「不要——不要再給我動一吋！你是誰？」

我繞到車子的前面走向她。在走到距離手電筒後面那個細瘦黑影六呎的地方，我停下來。手電筒沉穩的盯著我。

「停在那裡，」在我停下來以後，女孩生氣的叫道。「你是誰？」

「讓我瞧瞧你的槍。」

她把槍舉到光線的前方。槍口正對著我的胃部。那是一把小槍，看起來像是一把小科爾特背心口袋型自動手槍。

「噢，那個啊，」我說。「那種玩具。那也裝不了十發。只能裝六發。那只是一把袖珍小槍，一把蝴蝶槍。人家拿來打蝴蝶用的。丟臉喔你，竟敢撒這種謊。」

「你瘋了不成？」

「我？我剛被劫匪敲了一棍。可能神智有點不正常。」

「那是——那是你的車嗎？」

「不是。」

「你是誰？」

「你在後頭那邊用強光燈看什麼？」

「我懂了。你只問不答。太空超人之類的大男人主義。我剛剛在看一個人。」

「他有波浪似的金髮嗎？」

「現在沒有了，」她低聲說。「他以前可能有——曾經吧。」

那令我心頭一震。我沒料到是這樣。「我沒看到他，」我錯愕的說。「我用手電筒一路跟蹤輪胎軌跡到這山丘底下。他傷得很嚴重嗎？」我朝她跨前一步。小槍猛然對我指來，拿著手電筒的手倒是四平八穩。

「不要激動，」她低聲說。「千萬不要激動。你的朋友死了。」

有好一陣子我都沒說話。然後我說：「好吧，我們去看看他。」

「我們先站在這裡不要動，你告訴我你是誰，以及發生了什麼事。」那聲音很清脆。一點也不害怕。而且口吻十分認眞。

「我叫馬羅。菲力普．馬羅。我是偵探。私家的。」

「那就是你麼——如果是眞的話。證明給我看。」

「我必須把我的皮夾拿出來。」

「不行。把你的手留在原處。我們先不要管證明好了。先說你的故事。」

「那個人可能還沒死。」

「他確實死了。腦漿都塗到臉上了。說你的故事，先生。快點。」

「我說了——他可能還沒死。我們先去看他。」我往前踏出一步。

「再動我就賞你子彈！」她喝道。

我又往前跨出一步。手電筒光跳了一下。我想她往後退了一步。

「你眞得很愛冒險，先生，」她低聲說。「好吧，走前面，我會跟著。你看起來一副病懨懨的樣子。要不是那樣——」

「你早就對我開槍了。我挨了一記悶棍。那總是會給我製造一點黑眼圈。」

「很有幽默感——像停屍間的服務員一樣，」她幾乎要感傷起來。

我轉離手電筒的光，那盞光束立刻照著我面前的路面。我走過雙人小轎車，一輛很平常的小車，在薄霧的星光下潔淨閃亮。我繼續走，爬上泥路，繞過轉彎。她的腳步緊跟在我身後，同時手電筒光引導著我。此時除了我們的腳步聲和女孩的呼吸聲，周圍什麼聲音也沒有。我沒有聽見自己的呼吸聲。

11

走到山坡的半路，我往右看，看見他的腳。她把手電筒的光掃過去。這時我才看到他全身。我下去的時候應該要看到他才對，但是我當時彎著腰，用一把鋼筆型手電筒在看地上，試圖要靠一個銅板大的光圈辨識輪胎的軌跡。

「手電筒給我，」我說，並且向後伸出手。

她一語不發的把手電筒放進我手裡。我跪下一邊膝蓋。地面的寒意和潮濕透過衣服襲上來。

他面目模糊的躺在地上，面朝上，在一叢灌木的底部，那種像一大坨衣物的樣子，總是意味著相同的事情。我從來沒有看過像那樣的臉孔。他的頭髮被血染黑，美麗的金色波浪被血糾結成塊，還有一些濃稠的灰色滲出物，像古老的黏液。

我身後的女孩用力的呼吸，但是沒有講話。我把光線對著他的臉。他被打成一團漿糊。一隻手攤在外面，形成一個凍結的姿勢，手指蜷曲。他的外套半纏捲在身體底下，彷彿他在倒下的時候身體有經過滾動。他的兩腿交叉。他的嘴角有一注潺潺細流，像污油一樣漆黑。

「握好手電筒對準他，」我說，把手電筒傳回去給她。「如果你還受得了的話。」

她接過手電筒，未置一語的握好，像個老資格的刑事警員般四平八穩。我又把我的鋼筆型手電筒拿出來，開始搜索他的口袋，儘量不去移動他。

「你不應該這樣做，」她緊張的說。「直到警察來以前，你不應該碰他。」

「沒錯，」我說。「而且直到運屍車來以前，巡邏車的小子們不應該碰他，而且直到驗屍官看過他，攝影師拍過他，採指紋的人員採過指紋以前，運屍車的人也不應該碰他。而你知道等所有那些程序都在這裡走完，要多久時間嗎?好幾個小時。」

「好吧，」她說。「我想你永遠都是對的。我猜你一定就是那種人。有人一定恨他恨得不得了，才會把他的頭打成那樣。」

「我不認爲一定是私人恩怨，」我怒聲嘟嚷。「有的人天生就喜歡打爛別人的頭。」

「這種事，我不知道要怎麼說，我猜不出來，」她尖酸的說。

我搜查他所有的衣物。他在一邊長褲口袋裡有一些零錢和鈔票，另一邊有一個壓印皮革的鑰匙包和一把小刀。他左後方的臀部口袋裡有一個小皮夾，裡面有更多鈔票，還有保險卡、駕駛執照和幾張收據。在他的外套裡，有火柴夾，一支金鉛筆掐在口袋上，和兩條細緻雪白有如乾燥雪花的薄麻紗手帕。然後就是我曾經看見他從當中取出棕色金蒂嘴香菸的琺瑯香菸盒。那些香菸是南美洲的，來自蒙德維的亞（烏拉圭）。而在另一個內口袋裡，還有第二個我以前沒有看過的香菸盒。是用刺繡的絲布製作，每一邊都繡著一條龍，仿玳瑁的盒框薄到幾乎等於不存在。我彈開鎖鉤，看見裡面是三根用橡皮筋圈起來的超大型俄國香菸。我捻了捻其中一根。感覺舊舊乾乾的，而且鬆垮垮的。那些香菸有中空的蒂嘴。

「他抽另外那種，」我對著肩膀後面說。「這些一定是幫女性朋友準備的。他是那種會有很多女性朋友的人。」

女孩彎下身來，此時她的氣息呼在我的脖子上。「你不認識他嗎？」

「我今天晚上才和他見面。他雇我當保鑣。」

「好個保鑣。」

我沒回應她這句話。

「抱歉，」她幾近耳語的說。「當然啦，我並不清楚整個狀況。你想那些會是大麻菸嗎？我能不能看看？」

我把刺繡的菸盒遞給她。

「我曾經認識一個抽大麻菸的傢伙。」她說。「三杯威士忌下肚加上三管大麻菸，然後你就得用水管扳手才有辦法把他從水晶吊燈上弄下來。」

「手電筒拿穩。」

一陣窸窸窣窣。然後她才又開口。

「抱歉。」她把菸盒遞下來，我把它塞回他的口袋。似乎這就是所有的了。這一切證明，他並沒有被洗劫。

我站起來，把我的皮夾拿出來。五張二十元鈔票還在裡面。

「高級小子，」我說。「他們只拿大筆的。」

手電筒的光垂向地面。我把皮夾再收好，把自己的小手電筒夾回口袋，然後突然伸手抓她仍然和手電筒握在同一隻手裡的那把小槍。她的手電筒掉下來，但是我搶到槍。她迅速後退一步，我彎下身撿起手電筒。我把手電筒對著她照了一會兒，然後把光捻熄。

「你不必這麼粗魯，」她說，並把兩手插進帶有翹肩膀的粗糙長外套的口袋。「我並沒有認爲是你殺了他。」

我喜歡她聲音裡的冷靜。我喜歡她的膽量。我們站在黑暗中，面對面，好一陣子都沒說話。我可以看見灌木叢和天上的星光。

我把手電筒的光照著她的臉，她眨了眨眼。那是一張有著一對大眼睛的，生氣蓬勃的潔淨小臉蛋。冰肌玉骨，有如（義大利）克里蒙納小提琴般渾然天成。是一張非常美好的臉蛋。

「你的頭髮是紅色的，」我說。「你看起來像愛爾蘭人。」

「而且我姓李奧丹。所以怎樣？把手電筒關掉。我的頭髮不是紅色的，是紅褐色的。」

我把手電筒關掉。「你叫什麼？」

「安。不要叫我安妮。」

「你在這裡做什麼？」

「有時候，我在晚上出來兜風。只是因爲在家裡坐不住。我一個人住。我是孤兒。我對這一帶瞭若指掌。我只是剛好開車經過，注意到下面窪地有光線一閃一閃。這時節對年輕戀人來說好像還有點冷。再說他們不會開燈，不是嗎？」

「我並沒有開燈。你可眞敢冒險，李奧丹小姐。」

「我想我也可以對你說同樣的話。我有槍。我不怕。沒有法律禁止任何人下去那裡吧。」

「嗯——哼。只有自衛法。喏。今晚不是我賣弄聰明的時候。我想你應該有持槍執照吧。」我把槍遞給她，槍柄在前。

她接過去，收進她的口袋裡。「怪哉，人是很奇異的動物，不是嗎？我平常寫點東西。專題報導。」

「有報酬嗎？」

「少得可憐。你是在找什麼——在他口袋？」

「沒有特別在找什麼。我就是個超愛到處探頭探腦的傢伙。我們帶了八千大洋要來替一位女士買回被劫的珠寶。結果遭到半路攔截。他們爲什麼要殺他，我不知道。在我看來，他不是那種會奮起抵抗的類型。而且我也沒聽到什麼抵抗的聲音。他被襲擊的時候，我在下面的窪地。他在車子裡，在這上面。我們本來要把車子開到底下的窪地的，但是看起來好像沒有足夠的空間可以把車子開下去而不被刮到。所以我走路到底下去，而他們一定就是趁我人在底下的時候劫持他。然後其中一個人躲到車子裡敲昏我。當然，我當時以爲他還在車子裡。」

「那並不表示你眞的很愚蠢，」她說。

「這件差事從一開始就不太對勁。我可以感覺得出來。但是我需要錢。現在我得去報警，並且吃一肚子灰了。你可以載我去蒙特馬景觀區嗎？我把我的車留在那裡。他住在那邊。」

「當然。但是不是應該有人陪他留在這裡嗎？你可以開我的車去——或者我可以去報警。」

我看看我手錶的指針。黯淡的夜光指針顯示，此時快接近午夜了。

「不行。」

「爲什麼不行？」

「我不知道爲什麼不行。我就是這樣覺得。我得自己一個人處理。」

她沒說話。我們走回去山丘下，進到她的小車子裡，她轉動引擎，沒開車燈地把車繞個方向，往回開上去山丘，然後小心的穿過圍欄。開過一段街區以後，她才把車燈打開。

我的頭很痛。直到來到柏油路面街道與第一間房子平行的時候，我們才開口說話。這時她說：

「你需要喝點東西。何不回去我家裡喝點東西？你可以從那裡打電話給警察。總之，他們必須從西洛杉磯過來。這上面什麼也沒有，只有一個消防站。」

「反正繼續開下去海岸就是了。我會自行處理。」

「可是爲什麼？我不怕他們。我的說法可能可以幫你忙。」

「我不需要任何幫忙。我必須想一想。我需要獨處一會兒。」

「我——好吧，」她說。

她的咽喉發出某種隱晦的聲音，然後車子轉向大馬路。我們來到海岸公路的加油站，並且往北開向蒙特馬景觀區，來到那裡的路邊咖啡館。咖啡館燈火輝煌，像一艘豪華客輪。女孩停靠到路肩旁邊，我下了車，站在那裡握著車門。

我從皮夾裡翻出一張名片，遞給她。「有一天，你可能會需要有個強壯的背可以靠，」我說。「到時就連絡我吧。但是如果是需要腦力的工作，不要找我。」

她把名片在方向盤上拍了拍，緩緩的說：「你可以在海灣市的電話簿找到我，二十五街819號。過來賞我一個不管他人閒事的小勳章吧。我想頭上那一記還讓你腦袋昏昏的。」

她的車很快的在公路上迴轉方向，我看著兩盞尾燈消失進黑暗當中。

我經過拱橋和路邊咖啡館，走進停車場，然後上了我的車。我的正前方就有一家酒吧，再說我又開始發抖了。但是以我二十分鐘以後的模樣走進西洛杉磯警察局，似乎才是比較聰明的做法，那時我已經冷到像青蛙，而且綠到像一元的新鈔票。

12

一個半小時以後。屍體已經移走了，地面整個都檢查過，而且我也把我的故事反覆說了三或四次。我們，一共四個人，坐在西洛杉磯警局值日小隊長的辦公室裡。整座建築很安靜，只除了牢籠裡的一名酒鬼，老在那裡發出澳大利亞叢林呼喚，他在等著被移送市中心的特早法庭。

玻璃反射鏡裡的刺眼白光照在平板的桌面上，桌面上陳列著從林賽．馬里歐特的口袋裡拿出來的東西，此時這些東西似乎和它們的主人一樣，死氣沉沉又無家可歸。坐在我隔桌對面的是個姓藍道的男子，他是從洛杉磯中央重案組來的。他是個五十歲瘦削安靜的男子，有一頭柔順米灰色的頭髮、冷冽的眼睛和疏離的態度。他打著一條有黑斑點的暗紅色領帶，那些黑斑點老在我眼前跳來跳去。在他後方，在圓錐形的燈光之外，兩名魁梧的男子像保鑣一樣，懶洋洋的靠在牆邊，每個人盯住我的一邊耳朵。

我的手指巔巔仆仆的抓好一根香菸，把它點燃起來，但是我不喜歡那個味道。我坐在那裡看著它在我的指頭之間燃燒。我覺得自己好像八十歲了，而且還在急速的不斷衰老。

藍道冷冷的說：「這個故事，你說愈多次，聽起來就愈愚蠢。無疑，這個姓馬里歐特的，已經就這次勒索和對方討價還價好幾天了，然後就在最後要見面之前的幾小時，他打電話給一個全然陌生的人，雇用他當保鑣和他一同前往。」

「並不完全算是保鑣，」我說。「我甚至沒告訴他我帶了槍。他只是要我作伴。」

「他是從哪裡知道你的？」

「起初他說是從一個共同的朋友。然後又說他只是從電話簿裡隨便挑出我的名字。」

藍道輕輕碰觸幾下桌子上的物件，然後從中抽出一張白色的卡片，那樣子就好像他摸到了什麼不太乾淨的東西。他沿著木桌面把卡片推過來。

「他有你的名片。你的商務名片。」

我瞥一眼名片。那是從他的皮夾子裡拿出來的，旁邊還有幾張別的名片，在普歷希馬峽谷窪地的時候，我沒有花功夫仔細檢查皮夾。那是我的名片沒錯。對於一個像馬里歐特那樣的人來說，那張名片看起來算蠻骯髒的。一邊的角落上有一圈污漬。

「那沒什麼，」我說。「只要有機會，我就會拿名片送人。那是很自然的事。」

「馬里歐特讓你負責帶錢，」藍道說。「八千大洋。他可眞信任別人。」

我吸了一口香菸，把煙霧吐向天花板。煙霧使我的眼睛難受。我的頭後面會痛。

「我沒有那八千大洋，」我說。「抱歉。」

「你沒有。如果還有那筆錢，你就不會在這裡了。你說是嗎？」此時他的臉上掛著冷冷的鄙夷神色，但是看起來滿假的。

「我會爲八千大洋做很多事，」我說。「但是如果我要用棍子打死一個人，我頂多只會打他兩次——而且打在後腦袋上。」

他微微點頭。他身後的其中一名警察對著痰盂啐了一口。

「那是令人疑惑的特點之一。看起來像是業餘的人做的，但是當然啦，也有可能就是故意要弄成像是業餘的人做的。錢不是馬里歐特的，是嗎？」

「我不知道。我的印象不是，但那也只是我的印象。他不願意告訴我涉案的女士是誰。」

「我們對馬里歐特一無所知——不過，」藍道緩緩的說。「我想，至少他可能有意思要自己偷走那八千元。」

「嗄？」我感到意外。我大概看起來一副很意外的表情。藍道光滑的面孔沒有任何異動。

「你有算過錢嗎？」

「當然沒有。他就把整個封套拿給我。裡面確實有錢，而且看起來很多的樣子。他說那裡面有八千大洋。在我加入之前，他就已經有那筆錢了，爲什麼還須要從我這邊偷過去？」

藍道望著天花板的一個角落，並且撇下兩邊嘴角。他聳聳肩。

「再往回推一點，」他說。「有人攔劫馬里歐特和一位女士，搶走了這條玉項鍊和一些東西，後來又提議要把它賣回來，代價似乎相當微小，如果就項鍊本身應有的價値來看的話。馬里歐特負責處理付錢的事。他本來想要獨自處理，我們不知道對方是不是有交代，或者有特別提及。通常像這類的案例，安排都會很瑣細。但是馬里歐特顯然決定，帶你同行沒有關係。你們兩個都以爲，你們是在和一個犯罪集團交易，他們應該會按照他們這行的規矩辦事。馬里歐特感到害怕。那是很自然的反應。他要人作伴。你就是他的伴。但是你對他完全是個陌生人，只是名片上的一個名字，這張名片是由某個不知名的人士給他的，據他說是某個共同的朋友。然後在最後一分鐘，馬里歐特決定由你來帶錢和負責講話，同時他則躲在車子裡。你說那是你的主意，但是他有可能早就希望你會提出這個建議，而如果你沒有建議的話，他有可能就會自己提出這個主意。」

「他一開始並不喜歡這個主意，」我說。

藍道又聳聳肩。「他假裝不喜歡這個主意——但是他還是屈從了。所以終於他接到電話，你們出發到他所形容的地方。所有這一切，全是出自馬里歐特之口。沒有一項是靠你自己知道的。你們到達那裡以後，周圍似乎都沒有人。你應該要把車子開下去窪地，但是那裡看起來沒有足夠的空間可以讓那輛大車通過。事實上是沒有，因爲後來車子的左側被刮得相當嚴重。所以你下車，步行下去窪地，沒看到什麼，也沒聽到什麼，等了幾分鐘，回到車子，然後車子裡有人打你的後腦袋一棍。現在我們假定，馬里歐特想要那筆錢，並且想要讓你來當代罪羔羊——那他不就應該會照他所做的這個方式來行動嗎？」

「很漂亮的理論，」我說。「馬里歐特突襲我，拿了錢，然後他感到抱歉，於是在把錢埋到某個灌木叢底下以後，把自己打到腦漿四溢。」

藍道木然的看著我。「他當然有共犯。原來應該是在把你們兩個都打昏以後，共犯拿了錢逃跑。只是那名共犯出賣馬里歐特，把他殺了。他沒有必要殺你，因爲你不認識他。」

我用崇敬的眼光看著他，並且在一只木菸灰缸裡捻熄我的菸蒂，那只菸灰缸本來有一層玻璃墊底，但是現在已經不見了。

「這吻合所有的事實——就目前我們所知道的事實，」藍道平靜的說。「不管我們此刻能夠想出什麼理論，這個理論都不會比其他任何一個差。」

「有一點與事實不合——我是在車子裡被突襲的，不是嗎？那應該要使我懷疑突襲我的人是馬里歐特才對——其他事情就依你所言。雖然在他被殺以後，我就不懷疑他了。」

「你被突襲的方式，正是最能契合這個理論的一點，」藍道說。「你沒有告訴馬里歐特你有槍，但是他有可能看見你臂膀底下鼓鼓的，或至少懷疑你有帶槍。在那種情況之下，他當然要趁你完全沒有疑心的時候襲擊你。再說你根本不會懷疑車子後面有什麼。」

「好吧，」我說。「你贏。這是一個好理論，假定錢不是馬里歐特的，假定他要偷這筆錢，並且假定他有共犯。所以依照他的計畫，我們兩個都應該頭上腫個包醒過來，錢不見了，於是我們說好抱歉，然後我打道回府，把這整件事情給忘了。事情應該是要這樣子結束嗎？我的意思是，他期待事情應該是要這樣子結束嗎？可是結局總也必須讓他看起來清白無辜嘛，不是嗎？」

藍道彆扭的笑笑。「我自己也不喜歡這個理論。我只是嘗試推測。這個理論符合事實——依據目前我們所知道的事實，而這些事實離我們不遠。」

「依我們目前所知，根本還不足以建構任何理論，」我說。「為什麼不假定他說的是實話，而且他可能認得其中一名劫匪？」

「你說你沒有聽到任何掙扎，也沒有喊叫的聲音？」

「沒有。但是他有可能很快的被鎖住咽喉。或者當他們襲擊的時候，他嚇得喊不出聲來。譬如說，他們可能從灌木叢裡觀察，看見我走下山丘。我走了相當一段距離，你知道。起碼有一百呎遠。然後他們走過去檢查車內，看見馬里歐特。某人用槍抵著他的臉，叫他下車——不准他出聲。然後打昏他。但是也許他說了什麼，或者是他的某種表情，讓他們認爲他認出其中某個人。」

「在黑暗當中？」

「是的，」我說。「一定是類似那樣的狀況。有些聲音就是會長駐在你心中。即使是在黑暗當中，還是可以認得出人來。」

藍道搖搖頭。「如果這是個珠寶竊賊的犯罪集團，除非受到很大的挑釁，否則他們不會殺人。」他突然停下來，然後眼睛若有所思。他緩緩閉上嘴，閉得緊緊的。他有個主意了。「搶劫，」他說。

我點點頭。「我想那是一個可能。」

「還有一件事，」他說。「你是怎麼來這裡的？」

「開我的車。」

「當時你的車在哪裡？」

「在蒙特馬景觀區，停在路邊咖啡館的停車場裡。」

他一副殫思極慮的看著我。他身後的兩名警察也滿面狐疑的看著我。牢籠裡的酒鬼試圖用假音唱歌，但是他的嗓子破了，不得不打退堂鼓。他開始哭起來。

「我走回公路，」我說。「在路邊攔車。一個女孩子獨自駕車經過。她停下來載我下去。」

「好個女孩子，」藍道說。「那時候已經深夜了，在一條孤寂的路上，她竟然停下來。」

「是啊。有的女孩子會這樣。我沒有機會認識她，但是她似乎是個好女孩。」我瞪著他們，知道他們根本不相信我，而且納悶我為什麼要撒謊。

「那是一輛小車，」我說。「一輛雪佛蘭雙人座小轎車。我沒有看車牌號碼。」

「哇，他沒有看車牌號碼，」其中一名警察說，並且又對著痰盂啐了一口。

藍道把身子往前靠，並且審慎的盯著我。「如果你隱瞞任何事情，想要自己偵查這個案件，好給自己搞點名聲，我勸你連想都不要想，馬羅。你的故事的每一個環節，我沒有一個喜歡，而且我給你今天晚上好好的考慮考慮。明天我可能會要求你做一份宣誓聲明。同時呢，讓我提醒你一點。這是一件謀殺案，是一件警察的工作，而且我們不要你幫忙，即使是有好處的幫忙。我們想從你身上得到的，只是事實。聽懂了嗎？」

「當然。我現在可以回家了嗎？我人不太舒服。」

「你現在可以回家了。」他的眼神冰冷。

我站起來，在一片死寂當中向門走去。就在我走了四步以後，藍道清了清喉嚨，漫不經心的說：

「噢，一件小事。你有沒有留意，馬里歐特抽哪一種香菸？」

我轉過身來。「有。棕色的。南美香菸，放在一個法式琺瑯菸盒裡面。」

他傾身向前，把那個刺繡的絲盒子從桌子上那堆雜物中推出來，然後把它拉向自己。

「之前有看過這個東西嗎？」

「當然。我剛剛就看到了。」

「我的意思是，今晚稍早的時候。」

「我相信有，」我說。「應該在某個地方看過。爲什麼問？」

「你沒有搜過屍體嗎？」

「好吧，」我說。「沒錯，我搜過他的口袋。那個東西在其中一個口袋裡。我很抱歉。只是出於專業的好奇心。我沒有擾亂任何物件。他畢竟是我的客戶。」

藍道用雙手拿起刺繡盒子，把它打開來。他坐在那裡探看裡面。盒子是空的。那三根香菸不見了。

我緊緊的咬住牙齒，臉上保持著疲憊的神情。那不是一件容易的事。

「你有看過他從這個盒子裡拿香菸出來抽嗎？」

「沒有。」

藍道冷靜的點點頭。「如你所見，盒子是空的。但無論如何，盒子是在他的口袋裡。盒子裡有一點餘灰。我會把它送去用顯微鏡檢查。我不確定，但是我想是大麻。」

我說：「如果眞有大麻，我想他今天晚上應該抽了一些。他需要一些可以提振他心情的東西。」

藍道小心的關上盒子，並把它推到一邊。

「沒別的事了，」他說。「不要再惹麻煩。」

我走出去。

外面霧已經散了，而且星星就像黑絲絨天空上用鉻打造的人造星星一樣明亮。我車子開得很快。我急需要喝一杯，而酒吧都已經關門了。

13

我在九點鐘起床，喝了三杯黑咖啡，用冰水洗我的後腦袋，然後讀丟在我公寓門外的兩份早報。在第二版有一段關於麋鹿摩洛伊的簡短報導，但是納提的名字完全沒有被提起。完全沒有關於林賽．馬里歐特的消息，除非他是出現在社交版。

我穿戴整齊，吃了兩顆水煮蛋，喝了第四杯咖啡，然後對著鏡子把自己打量一番。我眼睛底下仍然有一點陰影。就在我打開門要離去時，電話響起來。

是納提。口氣惡劣。

「馬羅？」

「是。你抓到他了嗎？」

「噢，當然。我們抓到他了。」他停一下，然後開始咆哮。「就如我之前所說的，在文圖拉公路上。嘩，太好笑了！六呎六，像個水壩一樣大，正要去弗里斯科逛市集。他在出租汽車的前座上有一瓶五夸脫的酒，而且邊開還邊在喝另外一瓶，車子靜悄悄的以七十哩時速行進。我們只用兩名帶著槍和警棍的鄉下警察就和他對上了。」

他停下來，我心裡想到幾句俏皮話，但是此刻好像沒有一句合宜。納提繼續說：

「所以等他和警察掙扎一番，他們都累到昏死過去以後，他把他們的一邊車門扯掉，把無線電機丟進排水溝裡，又打開一瓶新酒，把自己也搞到不省人事。一會兒之後，小子們驚醒過來，用警棍敲他的頭，敲了大約十分鐘他才開始有意識。就在他開始要發火時，他們用手銬吧他銬起來。就這麼簡單。現在我們把他關進牢裡了，總計罪狀，酒後駕車，於駕駛中酗酒，襲擊執行公務中之警察，兩項，惡意損毀公物，於拘留期間企圖逃跑，未達身體傷害罪之攻擊行爲，擾亂治安，還有在州際公路停車。很好笑，不是嗎？」

「好笑在哪裡？」我問。「你告訴我這一切，不是只爲了要自我感覺良好吧？」

「抓錯人了，」納提吼道。「這隻鳥姓史托亞諾夫斯基，他住在赫美特，而且他剛結束在聖傑克隧道當挖沙工人的差事。有老婆和四個孩子。哇塞，她眞是氣壞了。摩洛伊的案子，你有什麼進展？」

「什麼也沒有。我頭痛。」

「你什麼時候如果有點空——」

「我想不行，」我說。「不過還是謝謝你的好意。那個黑人的死因審訊是在什麼時候？」

「你還操煩這事做什麼？」納提譏嘲的說，並且掛斷電話。

我開車到好萊塢大道，把車停在大樓旁邊的停車場，然後乘電梯上我的樓層。我打開小接待室的門，那扇門我通常不鎖，以防萬一有客戶，而那位客戶願意等的話。

安．李奧丹小姐從一本雜誌上抬起頭來，對我微笑。

她穿著一身菸草褐的套裝，裡面是白色的高領毛衣。在白天的光線下，她的頭髮是純赭色的，她在那上面戴了一頂帽子，帽冠的尺寸可以比美一只威士忌酒杯，而帽簷則大到可以包起一個星期的換洗衣褲。她把帽子戴成大約四十五度的斜角，因此帽子的邊緣幾乎快碰到肩膀。雖然如此，看起來卻很帥氣。也許就是因爲如此，所以才看起來很帥氣。

她大概二十八歲。額頭相當窄，而且比一般認爲貴氣的高度還要高。鼻子小巧玲瓏，上唇稍微有點長，而整個嘴巴又比稍微有點寬還要寬。眼眸在灰藍當中帶著金色的斑點。她有一副可人的笑容。看起來好像睡眠充足。那是一張美好的臉孔，一張會討人喜歡的臉孔。漂亮，但是又不會漂亮到你每次帶出門還得全副武裝嚴加戒護。

「我不知道你辦公室的時間，」她說。「所以就在這裡等著。我猜你的祕書今天沒來。」

「我沒有祕書。」

我穿過她面前去開內辦公室的門，然後啓動附在外間門上的信號器。「我們到我的私人思考室去吧。」

她帶著一陣似有似無非常乾燥的檀香味，從我面前走過去，然後站在那裡瀏覽五個綠色的檔案櫃，破舊的鏽紅色地毯，灰塵半掩的家具，以及不是很乾淨的網狀窗簾。

「我想你可能需要有個人幫你接電話，」她說。「還有每隔一陣子幫你把窗簾送洗。」

「等聖史威辛節（St. Swithun，七月十五日）的時候，我會把它們送洗。請坐。我可能錯過幾件不重要的工作。也沒有祕書的美腿可看。但是我省錢。」

「原來如此，」她狀頗端莊的說，然後把一個麂皮大皮包小心的放在玻璃面桌子的桌角上。她往椅背上靠，拿了一根我的香菸。我擦了一根紙火柴幫她點燃。

她吐出一口煙，透過煙霧微笑。明牙皓齒，而且相當大顆。

「你大概沒料到會這麼快再見到我。你的頭怎麼樣？」

「很糟糕。不，我沒料到。」

「警察對你還好嗎？」

「大概就和向來沒有什麼兩樣。」

「我沒有礙到你什麼重要的事情吧，有嗎？」

「沒有。」

「不管怎麼樣，我想你都不是很樂意看到我。」

我塡好菸斗，伸手拿紙火柴盒。我謹愼的點燃菸斗。她讚許的看著我點燃菸斗。抽菸斗的男人應該是可靠的男人。看來她要對我失望了。

「我努力不讓你被扯進來，」我說。「我不知道到底爲了什麼。總之，也已經不關我的事了。昨天晚上我碰了一鼻子灰，灌了一瓶酒才使自己入睡，現在那已經是警察的案子了。他們警告我不要插手。」

「你不把我扯進去的理由，」她平靜的說，「是因爲你認爲警察不會相信，昨晚我只是出於閒來好奇才到那塊窪地去。他們會疑心是有什麼罪惡的理由，因此會審訊我，直到我屈打成招。」

「你怎麼知道我不會也這樣想？」

「警察也是人，」她風馬牛不相干的說。

「他們開始的時候是，我聽說。」

「噢——今天早上憤世嫉俗起來了。」她用隨意然而機靈的眼光環顧辦公室。「你在這邊做得還好嗎？我是說財政上？我的意思是——你賺很多錢嗎——以這種家具裝潢？」

我悶哼一聲。

「或者我應該試著少管閒事，不要問這種無禮的問題？」

「會有用嗎，如果你試的話？」

「現在我們兩個都無禮起來了。告訴我，昨晚你爲什麼要包庇我？是因爲我有一頭紅髮和曼妙的身材嗎？」

我沒說話。

「讓我們換個方式問好了，」她興致勃勃的說。「你想不想知道，那條玉項鍊是誰的？」

我可以感覺到我臉部的肌肉都僵硬起來。我努力的回想，但是我不是很有把握。然後突然間，我記得了。關於玉項鍊的事，我一個字都沒對她提過。

我伸手拿火柴，再點燃我的菸斗一次。「不是很想，」我說。「爲什麼問。」

「因爲我知道。」

「嗯——哼。」

「你眞的話多的時候，是怎麼表達來著的——扭動腳拇指嗎？」

「好吧，」我沒好氣的說。「你既然來這裡要告訴我。那就告訴我啊。」

她的藍眼睛睜得老大，有一會兒，我以爲那裡面有一點淚光。她用牙齒咬住下唇，就這樣咬了一陣子，同時垂眼俯視著桌子。然後她聳了聳肩膀，放開下唇，並且坦蕩蕩的對我露出微笑。

「噢，我知道我只是個該死的愛追根究柢的鄉下姑娘。但是我身上還遺傳了點警犬的因子。家父是警察。他的名字是克里夫．李奧丹。做過七年海灣市警局的局長。我想那才是重點所在。」

「我好像聽過這個名字。他怎麼了？」

「他被解職。那讓他心碎了。一群以一個名叫萊爾德．布魯奈特的人爲首的賭徒集團，拱出一個他們自己的市長。所以他們把爹調去管理紀錄暨鑑證局，那個單位在海灣市大約就只有一個茶包大。所以爹辭職不幹，毫無頭緒的晃了幾年，然後就過世了。媽在他之後很快的也過世。所以我就這樣獨自生活了兩年。」

「我很抱歉，」我說。

她捻熄香菸。菸蒂上沒有口紅。「我之所以會拿這來煩你的唯一理由是，對我來說，和警察相處是一件很容易的事。我想，昨天晚上我就應該告訴你了。所以今天早上，在查出誰在負責這件案子以後，我就跑去見他。他一開始對你有點不高興。」

「沒關係啊，」我說。「即使我把所有事實都一五一十告訴他，他還是不會相信我的。他還恨不得嚼掉我的一邊耳朵呢。」

她看起來很受傷。我站起來，打開另一扇窗戶。大道上的交通噪音一波波襲來，像作嘔的感覺。我心情壞透了。我打開桌子的深抽屜，把辦公室用酒拿出來，給自己倒了一杯。

李奧丹小姐用不贊同的眼光看著我。我不再是一個可靠的男人了。她沒說話。我喝下酒，又把酒瓶放回去，然後坐下來。

「你沒問我要不要喝，」她平靜的說。

「抱歉。現在才十一點，或者不到。我覺得你看起來不像是那一型的。」

她的眼角微微一閃。「那算是讚美嗎？」

「在我這一行，是的。」

她思考了一下。那對她沒有什麼意義。我也思考了一下，那對我也沒有什麼意義。但是那杯酒使我心情好很多。

她向前靠過來，並且緩緩的將她的手套劃過桌子的玻璃面。「你不會想要一個助手嗎，會嗎？即使代價只是三不五時賞一句好話就可以？」

「不會。」

她點點頭。「我就想你大概不會。看來我還是把消息提供給你，然後回家去算了。」

我沒說話。我又把菸斗點燃起來。那讓你看起來好像在思考，當你什麼也沒在想的時候。

「首先，我想到，像那樣的玉項鍊，是屬於博物館級的品項，應該是聞名遐邇，」她說。

我把火柴握在半空中，火還在燃燒，我看著火幾乎要爬到我的手指。然後才輕輕的吹熄，並把火柴丟進菸灰缸，然後我說：

「我沒有對你提起任何有關玉項鍊的事。」

「你沒有，但是藍道副隊長有。」

「應該叫個人去把他的嘴巴縫起來。」

「他認識家父。我答應他不會說出去。」

「你正在對我說呀。」

「你早就知道了啊，傻瓜。」

突然她的一隻手揚起來，彷彿要飛向嘴唇，但是只到半途就又緩緩的垂下，然後她的杏眼圓睜。表演高明，但是依我對她的了解，這招還耍不了我。

「你確實知道，不是嗎？」她戰戰兢兢的小聲說。

「我以爲被搶是鑽石。有一只手鐲，一對耳環，一個墜子，三只戒指，其中一只戒指上還有綠寶石。」

「一點都不好笑，」她說。「而且也不夠快。」

「是翡翠。十分稀有。那些雕琢的玉珠，每顆大約六克拉大，一共有六十顆。價値八萬元。」

「你有一對如此俊美的棕色眼眸，」她說。「而你還自以爲很狠呢。」

「好吧，玉項鍊是誰的，還有你是怎麼查出來的？」

「我是用非常簡單的方法查出來的。我想鎭上最好的珠寶商大概會知道，所以就跑去問布拉克百貨的經理。我告訴他，我是一個作家，想寫一篇關於稀有玉石的文章——你知道這類手法。」

「所以他就相信了你的紅頭髮和你的曼妙身材。」

她的臉一路紅到了太陽穴。「嗯，總之他就告訴我了。項鍊是屬於一位有錢的女士，住在海灣市峽谷上一處豪邸。路文・羅克黎吉・葛雷耶太太。她丈夫是投資銀行家之類的，家財萬貫，身價約有兩千萬。他曾經擁有比佛利山莊的一家廣播電台，KFDK電台，葛雷耶太太以前就是在那裡工作。他五年前娶了她。葛雷耶太太是個迷人的金髮美女。葛雷耶先生年紀很大，肝臟不好，待在家裡養病，而葛雷耶太太則經常出遊，四處享樂。」

「這個布拉克百貨的經理，」我說。「眞是個神通廣大的傢伙。」

「噢。我不是從他那裡得到所有的消息，傻瓜。只有項鍊的部分是從他那裡打聽來的。其餘的是得自吉第・戈愓・亞博噶斯特。」

我的手伸進深抽屜，又把那瓶辦公室用酒拿出來。

「你不會也變成那種酗酒偵探吧，會嗎？」她焦慮的問。

「有何不可？他們總是能夠破解案件，而且做來不費吹灰之力。繼續講你的故事。」

「吉第・戈愓是《紀事報》的社會版編輯。我跟他認識多年了。他體重兩百磅，留著一口希特勒鬍子。他找出葛雷耶夫婦的報社資料室檔案。你瞧。」

她探手到她的皮包裡，拿出一張照片擲過桌面，那是一張五乘三吋的光面照片。

那是一個金髮美女。一個會使主教興奮到踢破彩色玻璃窗的金髮美女。她穿著一身看起來是黑白兩色的外出服，戴著一頂搭配的帽子，態度有點倨傲，但還不至於太過分。無論你的需求是什麼，無論你正好身在何處——她都能符合你的條件。年齡看來三十左右。

我很快的倒了一杯，囫圇灌下，灼痛了喉嚨。「拿走，」我說。「我要開始不安於座了。」

「怎麼，我幫你安排好了。你會要想見她吧，不是嗎？」

我又看一眼照片。然後把它塞到行事曆底下。「今天晚上十一點怎麼樣？」

「聽著，這不是在搞笑。馬羅先生。我打電話給她。她願意見你。談正事。」

「事情有可能就是那樣開始的啊。」

她做了一個不耐煩的動作，所以我止住玩笑，恢復身經百戰的肅穆表情。「她爲什麼事情要見我？」

「當然是爲了她的項鍊啊。事情是這樣的。我打電話給她，要請她來接聽當然經過重重麻煩，但我最後還是辦到了。然後我把說服布拉克百貨那位好人的同一套說辭移用到她身上，結果一點效果也沒有。她聽起來好像宿醉未醒。她說了一些去和她祕書談之類的話，但是我設法將她留在線上，並且問她，聽說她有一條翡翠項鍊是不是眞的。她停了一下，說是。我問是不是可以看看這條項鍊。她說，爲什麼？我又把前面那一套說辭搬出來重複一次，結果並沒有比第一次得到更好的效果。我可以聽到她在打呵欠，並且在吆喝電話外的某人來應付我。然後我說，我在替菲力普．馬羅工作。她說『所以怎樣？』就這樣。」

「難以置信。但是現在的社交名媛講話都和流氓一樣。」

「那我就不知道了，」李奧丹小姐貼心的說。「大概有些眞的是流氓吧。所以我問她，她有沒有一支沒有分機的電話，她說那關我什麼事。但是好玩的是，她一直都沒有掛我電話。」

「她心裡一直記掛著那條玉項鍊，而且她不知道你到底有什麼意圖。再說她可能已經從藍道那裡聽到什麼了。」

李奧丹小姐搖搖頭。「不可能。我在那之後才打電話給藍道，等到我告訴他，他才知道項鍊的擁有人是誰。他很驚訝我竟然已經查出來了。」

「他以後會習慣你的，」我說。「他大概也非習慣不可。然後呢？」

「所以我對葛雷耶太太說：『你還是想要把項鍊拿回來吧，不是嗎？』就這樣。我不知道此外還能怎麼說。我總得說句什麼能夠稍微刺激她一下的話。她很快的就給我另一支電話的號碼。我打那支電話，我說我想見她。她似乎很驚訝。所以我必須告訴她實情。她聽了很不高興。但是她本來就一直在納悶，爲什麼都沒有聽到馬里歐特的消息。我猜她以爲他已經捲款逃跑了還什麼的。所以，我會在兩點鐘去見她。到時，我會向她提及你，告訴她你有多好、多謹慎，以及爲什麼你會是幫她找回項鍊的好人選，如果還有機會找回來的話，等等之類的。她已經顯露出一些興趣了。」

我沒說什麼。我只是瞪著她。她看起來很受傷。「怎麼啦？我做得對不對？」

「你的腦袋還是想不通嗎，這現在是警察的案子了，而且我已經受到警告不准插手？」

「葛雷耶太太絕對有權利僱用你，如果她想要的話。」

「僱用我做什麼？」

她不耐煩的把皮包開了又關。「噢，我的天哪——一個像那樣的女人——以她的容貌——你難道不知道——」她停下來，咬住嘴唇。「馬里歐特是什麼樣的男人？」

「我不怎麼認識他。我覺得有點娘娘腔。我不是很喜歡他。」

「他是那種會吸引女人的男人嗎？」

「某些女人吧。其他的女人會想吐。」

「嗯，可是看起來他好像頗吸引葛雷耶太太的。她和他一起出遊。」

「她大概會和上百個男人出遊。現在要找回項鍊，機會非常小了。」

「爲什麼？」

我站起來，走到辦公室的盡頭，用我的手心，非常用力的，拍了一掌牆壁。在牆另一邊咯噠咯噠響的打字機暫停一會兒，然後才又繼續敲打起來。我透過打開的窗戶，俯望介於我的大樓和隔壁梅遜屋旅館之間的通風管。隔壁咖啡廳的味道濃到足以在上面建一座車庫。我走回我的桌子，把威士忌瓶丟回抽屜裡，關上抽屜，再度坐下來。我第八或第九次點燃起菸斗，審愼的注視著在灰塵半掩的玻璃對面，李奧丹小姐嚴肅又誠實的小臉蛋。

你可以深深的喜歡上那張臉。耀眼的金髮美女一毛錢就有一打，但是那是一張禁得起歲月的臉。我對著那張臉微笑。

「聽著，安。殺死馬里歐特是個愚蠢的錯誤。這件搶案背後的黑道絕對不會做這樣的事情。一定是某個隨他們犯案的吸毒痞子一時昏了頭。馬里歐特做出某個錯誤的動作，某個混混把他打倒，因爲出手太快，於是做什麼都來不及挽回了。這是一群有組織的罪犯，他們有珠寶的內部消息，以及戴這些珠寶的女人的出入情報。他們只要求適度的贖金，而且願意協商。但同時這裡頭又有一樁後巷謀殺案，和全局根本不合。我猜想，無論是誰做的，他在幾小時之前就已經成了死人，腳踝綁著重物，深深的沉到太平洋底下去了。而玉項練呢，要不是隨著他沉進大海，就是他們大約知道項鍊的眞正價値，把它藏到某個地方，在那裡待一段很長的時間——也許好幾年，直到有一天，他們膽敢再把它拿出來爲止。或者，如果這個集團夠大，項鍊有可能出現在世界的另一頭。如果當眞知道那種玉的價値，他們所要求的八千元價碼似乎頗爲低廉。但是這種東西要賣有其困難。有一件事我敢確定。他們絕對沒有意思要殺任何人。」

安．李奧丹聽我說話聽到嘴唇微啓，全神貫注，彷彿她眼前望著的是達賴喇嘛。

她緩緩的闔上嘴唇，點了一個頭。「你太棒了，」她柔聲說。「但是你也瘋了。」

她站起來，收拾起皮包。「你要去見她還是不要？」

「藍道不能阻止我——如果是來自她的邀約的話。」

「好吧。我要去見另一個社會版編輯，撈更多關於葛雷耶夫婦的內幕，如果有辦法的話。是關於她的愛情生活。她應該會有，不是嗎？」

框在紅褐色頭髮裡的面孔滿是哀怨。

「哪個人沒有？」我嘲諷道。

「我就從來沒有。從沒眞正有過。」

我舉手摀住自己的嘴巴。她丟給我一個銳利的眼色，然後向門走去。

「你忘了一樣東西，」我說。

她停下腳步轉過來。「什麼？」她環顧整個桌面。

「你知道得很清楚是什麼。」

她走回桌旁，神情熱切的靠上來。「爲什麼他們要殺掉殺馬里歐特的人，如果他們原來根本沒有準備要殺人？」

「因爲他會是那種遲早會被抓，而且會洩漏口風的人——當他們把他的毒品拿走的時候。我的意思是，他們不會殺顧客。」

「你憑什麼這麼確定殺手吸毒？」

「我不確定。我只是這樣說。大多數混混都吸毒。」

「噢。」她挺起身子，點點頭，並且露出微笑。「我猜你是指這個，」她說著，很快的將手伸進皮包，拿出一個小棉紙包放在桌子上。

我伸手取來，小心的拿掉橡皮筋，然後打開棉紙。上面躺著三根又長又厚、附有紙蒂嘴的俄國香菸。我看著她，沒說話。

「我知道我不應該拿，」她幾乎喘不過氣來的說。「但是我知道它們是大麻菸。它們通常是用平常的紙包，但是近來海灣市一帶開始出現像這樣的包裝法。我看過好幾次。我覺得讓這個可憐人在被發現死亡以後，口袋裡還帶著大麻菸，好像有失厚道。」

「你應該連盒子也拿走，」我低聲說。「裡面掉了灰。而且盒子空空的更引人疑竇。」

「我沒辦法——你在場呀。我——我差點就又跑回去拿。但是我勇氣不足。這有讓你惹上麻煩嗎？」

「沒有，」我說謊。「爲什麼會？」

「那我就放心了，」她鬱鬱的說。

「你爲什麼沒把它們丟掉？」

她想了想，她的皮包夾在身邊，古怪的寬邊帽斜斜的遮住一隻眼睛。

「我猜一定是因爲我是警察的女兒，」終於她說。「你不隨便丟掉證物。」她的笑容疲軟無力又帶著罪惡感，而且她的雙頰泛紅。我聳聳肩。

「呃——」一個字懸在半空中，就像密閉房間裡的煙霧。她的嘴唇在吐出那個字以後，就那樣維持著半啓。我任由那個字懸著。她面頰的緋紅色更深了。

「我萬分抱歉。我不該那樣做的。」

我也任由那句話飄流而過。

她非常迅速的走向門口離去。

14

我用一隻指頭戳了戳其中一根俄國長菸，然後把它們排成整齊的一列，邊與邊對齊，弄得我的座椅吱吱嘎嘎響。你不隨便丟掉證物。所以它們是證物。是什麼的證物？證明某個男人偶爾會哈一根大麻，某個看起來好像任何帶有異國風味的東西都會引起他興趣的男人。可是話說回來，許多硬漢也抽大麻，還有許多樂隊的樂手，中學少年，以及不想再學乖的好女生。這是美國的印度哈希什葉。是隨便什麼地方都能生長的草。在當今屬於非法種植。這在一個像美國這麼大的國家，意義非同小可。

我坐在那裡一口接一口抽著菸斗，聆聽辦公室牆壁後的打字機喀噠喀噠響，好萊塢大道上交通號誌燈變換的咔咔聲，以及空氣中春風的騷動，就如那沿著人行道吹拂的紙袋。

這些香菸相當大，可是許多俄國香菸也都很大，再說大麻是很粗大的葉子。印度大麻。美國哈希什。證物。老天，女人家戴的什麼帽子。我的頭很痛。簡直瘋了。

我把我的削鉛筆刀拿出來，打開小而利的鋒刃，我從不用這把刀來清菸斗，然後我將其中一根香菸取過來。這是警方化驗專家會做的事。把香菸從中間割開，放在顯微鏡底下檢查，這是第一步。說不定會因此發現什麼不尋常的東西。可能性不大，但是管他的，反正他領的是月薪。

我從中間割下去。蒂嘴的部分相當難搞。OK，我是硬漢，總之割下去就對了。瞧，你擋得了我嗎？

從蒂嘴冒出來幾段捲成一卷的薄卡片的光亮片段，有一些自行攤開來，上面印了一些字。我坐直身子，把它們抓過來。我試著按次序把它們鋪開在桌子上，但是它們在桌子上翹來翹去。我又抓來一根香菸，瞇眼窺探蒂嘴的裡面。然後我改用口袋小刀，以不同的方式切割。我把手指掐在香菸蒂嘴開始的地方。整根菸的紙都很薄，你可以感覺到底下的東西的紋理。因此我很小心的切破蒂嘴，然後又更加小心的切開蒂嘴的縱長，但只切到恰好足夠的長度。蒂嘴打開來，底下又有一張卡片，捲成一卷，這次沒有被割破。

我喜孜孜的把它攤開來。是某個人的名片。薄薄的淺象牙色，等於是米色。上面印著精緻有明暗變化的字體。在左下角有一個斯蒂爾伍德高地的電話號碼。右下角銘刻著，「只接受預約」。正中間，字體稍微大一點，但是仍然顯得很謹慎：「裘爾斯．安索」。底下是一行更小一點的字：「心靈諮商師」。

我把第三根香菸拿過來。這次，費了很大的力氣，我沒有切割任何部分，只把卡片慢工細活的抽出來。是一樣的卡片，我把它放回原來的位置。

我看看我的手錶，把菸斗放到菸灰缸裡，然後又看了一次手錶才看清楚時間。我把兩根切過的香菸和切過的卡片包在一份棉紙裡，把另一根有卡片在裡面的完整香菸包在另一份棉紙裡，然後把兩份小棉紙包都鎖進我的桌子。

我坐在那裡看著名片。裘爾斯．安索，心靈諮商師，只接受預約，斯蒂爾伍德高地的電話號碼，沒有地址。三張像那樣的名片，捲在三根大麻菸裡面，裝在一個中國或日本製的仿玳瑁框的絲香菸盒裡，一件可能只值三毛五到七毛五的商品，在任何東方商店都買得到，譬如惠福興、龍興堂之類的商家，裡面有有禮貌的小日本店員嗯嗯哈哈的招呼你，當你說阿拉伯之月薰香聞起來像舊金山莎蒂酒店後房間裡的女孩時，他會對你衷心的開懷大笑。

這一切，都在一個早已死絕的男人的口袋裡，而這個男人，身上還有另一個如假包換的昂貴香菸盒，裡面裝著他當眞在抽的香菸。

他一定是忘記了。這看起來沒道理。或許這盒子根本不屬於他。或許這是他在某個旅館大廳隨手撿到的。然後忘了自己身上有這樣東西。忘了把它拿去還。裘爾斯·安索，心靈諮商師。

電話響起來，我心不在焉的接聽。那聲音帶著警察的冷硬風味，那種自以為是好人的聲音。是藍道。他沒有咆哮。他屬於冰霜型。

「所以，你不知道昨晚那個女孩是誰？而且她是在大道上載你上車，你是自己步行到大道上的。好會撒謊，馬羅。」

「也許你有個女兒，而且你不喜歡攝影記者從灌木叢裡跳出來對著她的臉拼命閃光拍照。」

「你對我說謊。」

「我的榮幸。」

他沉默了一會兒，彷彿在決定某件事情。「那件事就算了，」他說。「我見過她了。她進來這裡告訴我事情的經過。她恰巧是一位我認識，而且很尊敬的人的女兒。」

「她告訴你，」我說。「而且你也告訴她。」

「我告訴她一點，」他冷冷的說。「基於某種理由。就和我打電話給你的理由一樣。這件調查即將轉爲祕密勤務。我們有機會破獲這個珠寶犯罪集團，而且勢在必得。」

「噢，所以今天早上變成是犯罪集團謀殺案了。好吧。」

「順便一提，在那個怪煙盒子裡的東西是大痲菸灰——就是繡了龍的那個盒子。確定你沒有看見他從那裡面拿菸出來抽嗎？」

「相當確定。在我面前，他只抽另外那個菸盒裡的菸。但是他並不是所有時間都待在我面前。」

「我了解。好吧，就這樣。記得我昨天晚上對你說的話。不要對這件案子自作主張。我們需要你做的，就是緊閉尊口。否則——」

他停頓一下。我對著電話筒打呵欠。

「我聽到了，」他劈口說。「或許你以爲我沒有能耐可以把你怎麼樣。我有。只要有一個錯誤的動作，你就會被當做重要證人關起來。」

「你的意思是，新聞界不會得知這個案子？」

「他們會知道有謀殺案——但是不會知道背後的原由。」

「你也不知道，」我說。

「到現在我已經警告你兩次了，」他說。「第三次你就出局。」

「對一個手上握著牌的人而言，」我說，「你話很多耶。」

他當著我的臉掛我電話。好吧，管他的，讓他去自我排解吧。

我在辦公室走了幾圈，讓自己冷靜下來，給自己倒了一小杯酒，又看了看手錶，但是沒眞正看清楚時間，然後又在桌子旁坐下。

裘爾斯．安索，心靈諮商師。只接受預約的諮商。只要給他足夠的時間，付他足夠的錢，他就可以幫你治療從厭婚丈夫到蝗蟲爲害等等各種疑難雜症。無論是受挫的愛情，單枕獨衾的哀怨女子，不寫家書的浪子浪女，現下把房地產賣了還是再留待一年，或者接演這個角色會害我失去觀眾或讓我看起來更多才多藝？他都是專家。男人也會偷偷拜訪他，外表魁梧強壯的傢伙，在辦公室裡作獅子吼，然而骨子裡全是冷漿糊的男人。但是大多數求助者應是女性，氣喘吁吁的肥女人，心火中燒的瘦女人，滿懷幽夢的老女人，自以爲有戀父情結的年輕女人，各種尺寸、體態和年紀的女人，但她們有一個共通點——錢。裘爾斯．安索先生每周四不上郡立醫院。現金隨他請領。付牛奶帳單還得三催四求的有錢賤婦，掏錢給他卻毫不遲疑。

招搖撞騙的專家，瘋言痴語的傳播者，而且是一個把自己的名片捲在大麻菸裡的傢伙，然後那些大麻菸出現在一個死人的身上。

這會很精采。我伸手撥電話，請接線生接斯蒂爾伍德高地的號碼。

15

一個女人的聲音接聽，一個乾枯沙啞的外國口音：「啊囉。」

「請找安索先生聽電話好嗎？」

「啊，不行。很遺憾。灰常保歉。安索從來不接電話。我是塔的祕書。我科以幫你留言嗎？」

「你們的地址是哪裡？我想見他。」

「啊，你相要找安索諮商嗎？他喂灰常樂意。但是他灰常忙。你相要什麼時候見塔？」

「馬上。今天之內。」

「啊，」她的口氣很遺憾。「不可能。下禮拜可能。我看看登記簿。」

「聽著，」我說，「不用看登記簿了。你有筆嗎？」

「我當然有筆。我——」

「寫下來。我的名字是菲力普．馬羅。我的地址是好萊塢卡胡安加大樓615室。那是在好萊塢大道上，靠近伊瓦路。我的電話號碼是葛倫維區７５３７。」我把比較難的幾個字一一拼出來，然後等著。

「是，馬羅星生。我寫下了。」

「我要見安索先生，談關於一個姓馬里歐特的人。」我也把那個姓拼出來。「非常緊急。事關生死。我要快點見他。快快——很快。換句話說，就是很急速那樣。聽清楚了嗎？」

「你講話灰常奇怪，」外國口音說。

「不。」我抓緊電話，搖了搖。「我很好。我講話向來就是這樣。這件事很詭異。安索先生一定會想要見我。我是私家偵探。但是在見到他以前，我不想去找警察。」

「啊，」那聲音變得和自助餐廳賣的晚餐一樣冷。「你和警察有關係，沒有？」

「聽著，」我說。「我和警察有關係，沒有。我是私家偵探。暗中辦案。但是事情還是一樣非常緊急。你打電話回來給我，沒有？你有我的電話號碼，有？」

「系。我有你的電話號碼。馬里歐特星生——塔生病？」

「呃，他站不起來了，」我說。「所以你認識他嗎？」

「不認識。你說事關生死。安索塔醫好很多人——」

「這次他槓龜了，」我說。「我會等他的電話。」

我掛斷電話，探身拿我的辦公室用酒。我覺得自己好像剛被絞肉機碾過。十分鐘過去。電話響起來。那個聲音說：

「安索塔喂在六點鐘見你。」

「很好。地址是哪裡？」

「塔喂派車去。」

「我自己有車。就告訴我——」

「塔喂派車去，」聲音冷冷的說，然後電話在我耳邊喀啦一聲掛斷。

我又看一次手錶。早該吃午飯了。我的胃因爲上一杯酒而灼熱難當。肚子不餓。我點燃一根香菸。味道像水管修理工的手帕。我對著房間對面的林布蘭先生點點頭，然後拿了我的帽子出門。在走到電梯半途時，一個想法突然襲上心頭。它毫無理由或道理的襲來，就好像憑空掉下一塊磚頭。我停下腳步，靠在大理石牆壁上，把頭上的帽子一推，乍然放聲大笑。

一個從電梯走出來要回去上班的女孩子經過我身旁，轉過來瞪我一眼，那一眼應該是要讓你的脊背產生一陣像絲襪脫條線那樣的涼意。我對她揮了揮手，走回去我的辦公室，把電話抓過來。我打電話給一個認識的人，他在一家產權公司做土地登記的工作。

「你能不能光靠地址就查出某塊房地產的資料？」我問他。

「當然可以。我們有互見索引。什麼地址？」

「西五十四街1644號。我想知道一點有關那個產權的狀況。」

「我再打回來給你。什麼號碼？」

大約三分鐘他就打回來了。

「把你的筆準備好，」他說。「那是槭木四區卡拉岱增建段11小段8地號。登記的所有人，受限於某些特定事項，是潔西．皮爾斯．弗羅里安，寡婦。」

「是喔。受限於什麼事項？」

「下半年稅金，兩張十年街道改善債券，一張排澇評估債券，也是十年期，這些都沒有拖欠的話，還有一張二千六百元的第一信託契約抵押貸款。」

「你是說，他們可以在給你十分鐘通知以後，就把你的房子賣掉的那種特定事項？」

「沒有快到那樣啦，但是比房貸欠繳要快很多。這些都沒有什麼不尋常，只除了總金額。就那個區段來說，偏高了，除非那是一棟新房子。」

「那是一棟非常老的房子，而且極需要修理，」我說。「依我看，一千五百元就可以買下來。」

「那麼這就很顯然不尋常，因為再融資是在四年前才辦的。」

「OK，那債權人是誰？某家投資公司嗎？」

「不是。是一個個人。一個叫林賽．馬里歐特的人，單身。OK？」

我忘了我後來跟他說了什麼，或跟他道了什麼謝。大概聽起來像人話就對了。我坐在那裡，一味的瞪著牆壁。

我的胃突然好了。肚子餓起來。我下去梅遜屋咖啡廳吃午餐，然後把我的車子從我那棟大樓隔壁的停車場開出來。

我往南，再往東開，向西五十四街駛去。這次我沒有帶酒。

16

那個街區看起來就和前一天一模一樣。除了賣冰淇淋的卡車，兩輛停在人家車道上的福特轎車，和在角落裡飛旋的灰塵，街道上空蕩蕩一片。我慢慢的駛過1644號，把車停在較遠的路旁，然後查看我要去的那一棟房子兩側的房子。我走回來，站在房子的前面，看著堅韌的棕櫚樹和那一小片枯乏沒有澆水的草坪。房子看起來好像是空的，但大概不是。它只是看起來像空的而已。前廊那張孤單的搖椅和昨天一樣立在原處。步道上有一張紙屑。我把它撿起來，用它拍了拍自己的腿，然後看見隔壁的窗簾晃動，是靠前面那扇窗戶裡的窗簾。

又是那個老包打聽的。我打個呵欠，把帽子斜斜的往下拉一些。玻璃窗裡一根尖鼻子差點把自己壓扁。鼻子上面有白頭髮，而從我站的地方看去，眼睛歷歷在目。我沿著人行道踅過去，那對眼睛緊盯著我。我往她的房子轉進去。爬上木梯，按門鈴。

門像裝了彈簧一樣倏然打開。她是一隻高個子的老鳥，長著一個像兔子的下巴。近距離看，她的眼睛像靜止水中的兩盞燈，十分銳利。我摘下帽子。

「你就是打電話給警察，通報有關弗羅里安太太的那位女士嗎？」

她冷冷的盯著我，對我鉅細靡遺的打量一番，大概連我右肩胛骨上那顆痣都沒放過吧。

「我沒說我是，小夥子，我也沒說我不是。你是誰？」高昂的鼻音，聲量足以獨占八戶分享的電話線（譯註：早期美國的住家電話，常常是由多户人家共同使用一條線路）。

「我是私家偵探。」

「老天爺。怎麼不早說？她現在又做什麼了？我什麼也沒看見啊，而且我一分鐘也沒懈怠。亨利幫我上商店處理所有的採購工作。那邊到目前都沒傳出一點聲息。」

她啪一聲解開紗門的鉤子，把我拉進去。穿堂裡充滿了家具蠟油的味道。那裡有很多曾經算是好品味的暗色家具。桌角椅角上有許多鑲嵌的木條和扇形裝飾。我們走進一間前廳，幾乎每一樣可以插上別針的桌椅，都覆蓋著棉製的蕾絲防塵罩。

「喂，我以前不是見過你嗎？」她突然問，聲音中浮現一絲疑慮。「我敢說我見過你。你不就是之前那個——」

「沒有錯。我就是那個偵探。亨利是誰？」

「噢，他只是一個幫我跑腿的黑種小男孩。好吧，你想幹嘛，小夥子？」她拍拍乾淨的紅白兩色圍裙，用如豆的小眼珠瞪著我。好像練功似的磨了磨假牙。

「昨天那些警官在去過弗羅里安太太家以後，是不是有來過這裡？」

「什麼警官？」

「穿制服的警方人員，」我耐心的說。

「是，他們只來這裡待了一分鐘。什麼都不知道。」

「把那個大個子形容給我聽——就是帶了一把槍，促使你打電話的那個。」

她把他形容一番，精準無疑。是摩洛伊沒錯。

「他開什麼樣的車？」

「一輛小車。他幾乎擠不進去。」

「你就只知道這麼多嗎？這個人是謀殺犯哪！」

她張口結舌，但是眼神欣喜。「老天爺，但願我有辦法告訴你，小夥子。但是我對車子一竅不通。謀殺，欸？老百姓想在這個鎮上求一分鐘平安都不容易了。想我二十二年前搬來這裡的時候，我們幾乎不鎖門的。現在我聽說，幫派、貪腐警察、政客，拿著機關槍彼此廝殺。恬不知恥哪，小夥子。」

「是啊。你對弗羅里安太太知道多少？」

她的小嘴巴縮攏起來。「她一點都不敦親睦鄰。深夜把收音機放得震天價響。還唱歌咧。跟誰都不講話。」她向前靠過來一點。「我不敢鐵斷，但是依我看，她喝酒。」

「她有很多訪客嗎？」

「她根本沒有訪客。」

「你當然很清楚，這位——」

「叫我墨理森太太。老天爺，那是當然。除了觀察窗外動靜，不然我還有什麼事做？」

「我敢說那一定很有趣。弗羅里安太太住在這裡很久了嗎？」

「大概有十年了，我想。曾經有老公。我看像是個壞人。他死了。」她停下來思考一下。「我猜他是自然死的，」她補上一句。「從來沒聽說有別的講法。」

「有留錢給她嗎？」

她的眼睛往後縮，下巴也跟著往後退。她用力的吸鼻子。「你喝酒喔，」她冷冷的說。

「我剛去拔牙。是牙醫給的。」

「我不贊成喝酒。」

「難喝啊，只是當藥用的，」我說。

「當藥用我也不贊成。」

「我想你說得對，」我說。「他有留錢給她嗎？她老公？」

「我不知道。」她的嘴巴閉成像一顆乾梅子，而且一樣光滑。看來我沒輸了。

「自從那些警官以後，有沒有什麼人來過？」

「沒看到。」

「非常謝謝你，墨理森太太。那我就不打攪了。你人非常好，而且很幫忙。」

我走出房間，打開門。她跟在後面，清了清喉嚨，並且又磨了幾次牙齒。

「我應該打哪個電話號碼？」她問，態度有點緩和了。

「大學區4－5000。找納提副隊長。她靠什麼生活——救濟金嗎？」

「這一帶不是救濟金區，」她冷冷的說。

「我敢賭那件家具曾經是蘇瀑市受人景仰的作品，」我說，注視著因爲飯廳太小而被擺在穿堂上的一座雕琢精美的餐具櫃。它有彎弧的末稍，細瘦雕琢的櫃腳，整體都有鑲板裝飾，而且在前方還有一籃漆了色的水果。

「是梅森市出產的，」她柔聲說。「是啊，先生，我們曾經有一個美好的家，我和喬治。世界上最好的。」

我打開紗門，踏出門檻，並且再度向她道謝。此時她滿面笑容了。她的笑容和她的眼睛一樣銳利。

「每個月一號都會收到一封掛號信，」她突然說。

我轉過身來等著。她向我靠過來。「我看見郵差走上去門口給她簽名。每個月的第一天。然後她就會打扮整齊出門。直到很晚才回家。唱歌唱個大半夜。有時候我幾乎要打電話叫警察，因爲太吵了。」

我拍了拍那滿懷怨恨的瘦削臂膀。

「你眞是千中選一，墨理森太太，」我說。我戴上帽子，對她頂了頂帽簷致意，然後離開。走到步道的半途，我想到一件事，於是便折回來。她還站在紗門裡面，大門在她身後敞開著。我走回到台階上。

「明天就是一號，」我說。「四月一號。愚人節。請你務必告知她是不是有收到掛號信，好嗎，墨理森太太？」

那對眼睛灼亮的看著我。她開始笑起來——老女人的尖高笑聲。「愚人節，」她吃吃的笑著說。「也許她收不到了。」

我留她在那裡大笑。那聲音就像母雞打嗝兒。

17

隔壁沒有人來應我的門鈴或敲門。我再試一次。紗門沒上鉤。我試了試大門。大門沒鎖。我踏進屋裡。

裡面沒有什麼改變，連琴酒的氣味都一樣。地板上沒有死屍。一只髒玻璃杯立在弗羅里安太太昨天坐的那張椅子旁的小桌子上。收音機關掉了。我走過去沙發躺椅，摸索椅墊後面下方。一樣的死士兵，而且現在還多了一個伴。

我放聲喊。沒人回答。然後我以爲我聽到一陣長而遲緩，半像呻吟的苦惱喘息。我穿過拱門，溜進小走廊。臥室的門半掩，呻吟的聲音是從門後傳出來的。我把頭伸進去探看。

弗羅里安太太在床上。她面朝上平躺著，一條棉被拉到了下巴。棉被的一顆小球絮幾乎要掉進她的嘴裡。她蠟黃的長臉肌肉鬆馳，一副半死不活的樣子。骯髒的頭髮在枕頭上凌亂糾結。她緩緩的張開眼睛，毫無表情的看著我。房間裡有一股混合了睡眠、烈酒和髒衣物的噁心味道。一只六毛九的鬧鐘在梳妝台剝落的灰白漆面上滴答走動。那滴答聲大到可以震動牆壁。梳妝台上的鏡子投映出女人扭曲變形的臉孔。之前她拿照片出來的那個衣箱仍舊開著。

我說：「午安，弗羅里安太太。你生病了嗎？」

她兩片嘴唇一起緩緩的蠕動，一片摩娑過另一片，然後伸出舌頭濕潤嘴唇，而後又蠕動下巴。從她嘴巴發出來的聲音，像年久破舊的唱片。此時她的眼睛露出認出人的神情，但是並不快樂。

「你抓到他了嗎？」

「麋鹿？」

「當然啦。」

「還沒有。快了，我希望。」

她閉緊起眼睛，然後又啪的大睜，彷彿試圖去除上面的一層黏膜。

「你應該把你的房子鎖好，」我說。「他可能回來。」

「你以爲我怕麋鹿嗎，哼？」

「昨天我跟你談的時候，你的反應像是那樣啊。」

她思考了一下。思考是累人的工作。「有酒嗎？」

「沒有。我今天沒帶，弗羅里安太太。我手頭沒什麼現金。」

「琴酒便宜得很。而且有勁。」

「待會兒我可能就出去買一些。所以你不怕摩洛伊嗎？」

「我幹嘛怕他？」

「好吧，你不怕。那你怕什麼？」

一道光劃過她的眸子，在那裡駐留一會兒，然後又消逝無蹤。「唉，滾吧。你們這些條子就會惹我屁股痛。」

我沒說話。我靠在門框上，把一根香菸叼進嘴裡，試著把它撇高到能碰到鼻子。看似容易，其實頗難。

「條子，」她緩緩的說，彷彿在自言自語，「永遠也抓不到那個小子的。他很行，錢多，而且有朋友。你在浪費時間，條子。」

「只是例行公事罷了，」我說。「總之，實際上也只是一種自保手段。他會去哪裡？」

她竊笑一聲，在棉被上抹了抹嘴。

「冒牌貨色，」她說。「軟腳蝦。條子腦袋。你們這些傢伙，還以爲這樣可以得到什麼好處。」

「我喜歡麋鹿，」我說。

她的眼睛閃現覺得有趣的神情。「你認識他？」

「我昨天和他在一起——就在他在中央街殺掉那個黑人的時候。」

她把嘴巴張得大大的，笑到聲音不比折斷一條長棍麵包的聲音大。眼淚從她眼裡湧出來，流下了臉孔。

「一個強壯的大個子，」我說。「心腸有些地方也很軟。不辭千辛萬苦要找到他的薇瑪。」

她的眼睛蒙上陰影。「我還以爲是她的親人在找她，」她輕聲說。

「他們是在找她。但是她死了，你說。什麼都沒了。她是在哪裡死的？」

「德克薩斯州，達爾哈特市。感冒，染到肺部，於是就翹辮子了。」

「你在那裡嗎？」

「鬼咧，才沒。我只是聽說。」

「噢。誰告訴你的，弗羅里安太太？」

「某個跳舞的。我現在想不起名字。也許一杯好酒會有幫助。我口乾得像死亡谷。」

「而且你看起來像頭死騾子，」我心裡想，但是沒說出口。「只要再一件事就好，」我說，「然後我就出去買琴酒。我不知道爲什麼，我去查了你房子的產權登記。」

棉被下的她僵硬起來，像一具木頭女人。連半掩著阻塞的眼睛虹膜的眼皮都凍結了。她的呼吸也靜止下來。

「上面有一筆相當大的信託契約，」我說。「相對於這一帶房地產的低價值來看的話。持有者是一個名叫林賽．馬里歐特的人。」

她的眼睛快速眨動，但是其他地方都不動。然後兩眼發直的瞪著。

「我以前替他工作過，」終於她說。「我以前是他家的傭人。他現在算是在照顧我。」

我把含在嘴裡沒點火的香菸拿出來，毫無目的的看了看，然後又把它塞回嘴裡。

「昨天下午，在我見過你以後幾小時，馬里歐特先生打電話到我的辦公室。他要找我做一件工作。」

「什麼工作？」此時她的嗓音粗啞，啞得很厲害。

我聳聳肩。「我不能告訴你。是機密。我昨晚去見了他。」

「好個聰明的狗兒子，」她口齒濃濁的說，並且一隻手在棉被底下蠢動。

我瞪著她，沒說話。

「條子腦袋，」她冷笑道。

我一隻手在門框上上下滑動。門框摸起來黏黏的。光是摸一下就使我想要洗澡。

「好吧，就是這樣，」我順口說。「我只是好奇怎麼會這樣。也許根本沒什麼。只是碰巧罷了。不過是看起來好像有什麼意涵而已。」

「條子腦袋，」她空洞的應道。「沒有眞警察的能耐。只是個賤價偵探。」

「大概是吧，」我說。「好吧，再見了，弗羅里安太太。順便一提，我想你明天早上收不到掛號信了。」

她掀開棉被坐直起來，兩眼怒火熊熊。她的右手中有一樣閃閃發光的東西。一把小左輪手槍，是一把班克特製型。槍又老又舊，但是看起來還是很管用的樣子。

「說，」她吼道。「快說。」

我盯著槍，槍也盯著我。不是很穩定。槍後面的手開始顫抖，但是眼睛依然怒火熊熊。唾沫在她的嘴角冒泡。

「你跟我可以一起合作，」我說。

槍和她的下巴一起鬆弛了。我離房門只有幾吋遠。當那把槍還在往下掉的時候，我已經溜出房門走得遠遠的。

「好好考慮，」我回頭喊。

沒有回應，沒有任何聲響。

我快步穿回走廊和飯廳，走出房子。當我走下步道的時候，背部還是覺得怪怪的。雞皮疙瘩都起來了。

什麼事也沒發生。我沿著街道走，回到我的車子裡，從那裡駛離。

三月的最後一天，熱得可以當夏天。一邊開車，我一邊很想脫掉外套。在77街警察局門口，兩名巡邏警員正滿臉懊惱的在看車子撞彎的前保險桿。我走進彈簧門，發現一名穿著制服的副隊長正坐在欄杆後面瀏覽一份起訴名錄。我問他納提是不是在樓上。他說他想應該是，問我是不是納提的朋友。我說是。他說好吧，那就上樓，所以我便踏上破舊的樓梯，踅過走道，敲他的門。一個聲音回應，我走進去。

他正在剔牙，人坐在一張椅子上，兩腳則放在另一張椅子上。他在看他的左拇指，那根拇指以一臂之遙高舉在眼前。在我看來那根拇指好好的沒事，但是納提的眼神抑鬱，彷彿認為那根拇指好不了了。

他把拇指垂到大腿上，兩腳一甩著地，眼睛轉而看我不看拇指了。他穿著一套暗灰色的西裝，桌子上有一段歪扭的雪茄屁股在等候他剔完牙。

我把另一把椅子上鬆緊帶沒繫好的一塊毛氈椅墊翻過來坐下，然後把一根香菸塞進嘴巴裡。

「你，」納提說，並且看著他的牙籤，檢查是不是被他嚼夠了。

「運氣如何？」

「摩洛伊嗎？我已經沒在管那件案子了。」

「誰在管?」

「沒人在管。幹嘛?那傢伙逃走了。我們把他列上電報通報名單,解析員也分配出去了。媽的,他早就逃進墨西哥了。」

「嗯,他也不過是殺了一個黑人,」我說。「我猜頂多輕罪一條吧。」

「你仍然有興趣嗎?我以爲你有工作在忙?」他濕潤的淺色眼睛打量著我的臉。

「我昨晚有一份差事,但是沒能持續。你還留著那張皮葉洛小丑照嗎?」

他伸手摸摸找找,摸到他的行事曆底下。他把照片抽出來。看起來還是很漂亮。我瞪著照片上那張臉。

「這實際上是我的,」我說。「如果你的檔案不需要,我想自己保存。」

「應該收到檔案裡的,我猜,」納提說。「我忘了。好吧,就當做祕密收起來吧。我把檔案送進去了。」

我把照片收進胸口袋裡,站起來。「好吧,我想就這樣囉,」我說,態度有點太輕佻了些。

「我嗅到什麼怪怪的,」納提冷冷的說。

我看著他桌子邊的那段爛雪茄。他的眼睛追隨我的目光。他把牙籤丟在地上,把先前嚼得變形的雪茄塞進自己的嘴裡。

「不是指這個。」

「只是一個模糊的直覺罷了。等發展到比較具體以後,我不會忘記你的。」

「日子愈來愈難混了，我需要喘口氣，夥伴。」

「像你這樣勤奮敬業，是有資格喘口氣，」我說。

他往大拇指指甲上擦火柴，臉上露出欣悅的表情，因爲火柴一擦就著了，然後他開始大口的吸起雪茄。

「瞧我都笑了，」我走出去的時候，納提哀怨的說。

走道很安靜，整座建築物都很安靜。下去到門口，那些巡邏警員還在盯著他們撞彎的保險桿。我開車回好萊塢。

我踏進辦公室的時候，電話鈴正響個不停。我俯身越過桌子接聽，「是？」

「請問這位是菲力普．馬羅先生嗎？」

「是，我是馬羅。」

「這邊是葛雷耶太太的公館。路文．羅克黎吉．葛雷耶太太。葛雷耶太太希望在方便的時間，儘快和你在這邊見面。」

「在哪裡？」

「地址是阿斯特路862號，在海灣市。請問你可以在一小時內到達嗎？」

「你是葛雷耶先生嗎？」

「當然不是，先生。我是管家。」

「我立刻就到，」我說。

18

那裡靠近海，你可以從空氣中感覺到，但是從那個地方的前面看不見海水。到那邊的阿斯特路形成一條又長又順的彎弧，位在內陸側的房子固然是好房子，但是位在狹谷側的則更是靜謐宏偉，那些豪宅有十二呎高的圍牆、鑄鐵的柵門和修剪得很藝術的樹籬；而裡面，如果你進得去裡面的話，充斥著一種特殊品牌的陽光，非常安靜，附有特別只爲上等階級準備的隔音設備。

一個穿著暗藍色俄國式長襯衣、閃亮的黑色皮革綁腿和漏斗形馬褲的男子，站在半開的柵門前。那是個膚色黝暗、長相俊俏的小子，有厚實的肩膀和光亮滑順的頭髮，帥氣的帽尖在他眼睛上方攏罩出一層柔軟的陰影。他的嘴角含著一根香菸，頭部稍稍傾斜，彷彿是要避免煙薰到自己的鼻子。他一隻手上戴著光滑的黑色防護手套，另一隻手則是赤裸的。第三根指頭上戴著一只碩重的戒指。

眼前看不到任何號碼牌，但是這裡應該是862號。我停下車，探出頭問他。花了他好長一段時間才回答。他非得先十分小心的把我上下打量一番不可。同時也打量了我開的那輛車。他向我走來，而就在走過來的時候，漫不經心的把沒戴手套的那隻手搭在自己的臀部上。那是一種刻意要引人注意的漫不經心。

他在離我車子幾呎遠的地方停下來，再度打量我。

「我在找葛雷耶公館，」我說。

「這裡就是。沒人在家。」

「我有約。」

他點點頭。眼睛水汪汪的。「姓名？」

「菲力普．馬羅。」

「在這裡等著。」他一點也不急的漫步到柵門邊，打開一扇嵌在巨型柱梁內的鐵門鎖。裡面有一具電話。他簡短的說了幾句話，把鐵門啪的關起來，然後走回來我這裡。

「你有什麼可以證明身分嗎？」

我讓他看駕駛盤軸上的執照。「那不能證明什麼，」他說。「我怎麼知道這車是不是你的？」

我把鑰匙抽出引擎開關，把門一推，下了車。那使我站在離他大約一呎（約三〇點四八公分）的地方。他的口氣清香。喝的至少是「黑格&黑格」等級的威士忌。

「你又偷喝酒了，」我說。

他露出微笑。眼光衡量著我。我說：

「聽著，我可以用那支電話和管家談，他認得我的聲音。那可以讓我通過嗎，還是非得我騎上你的背才行？」

「我不過是在這裡上班，」他柔聲說。「要不然——」他讓剩下的話懸宕在空中，同時繼續哂笑。

「你是個好青年，」我說，並且拍拍他的肩膀。「達特茅斯還是丹特摩拉出來的（譯註：兩處皆有大型管教監獄）？」

「老天，」他說。「怎麼不早說你是警察？」

我們兩人都咧嘴而笑。他揮了揮手，我從半開的柵門進去。車道迴轉，高大有型的暗綠色長青樹籬將車道完全遮蔽，無論是從街道或從屋子都看不見。透過一道綠色的柵門，我看見一名日本園丁在廣闊的草坪上除草。他正在把一欉野草拔出絲絨般的大草坪，並且用那種小日本園丁的嘴臉對著野草訕笑。然後高大的樹籬再度將一切掩蔽，接下來的一百呎，我什麼也看不見。然後樹籬在一個寬廣的圓圈處結束，那裡停著半打車。

其中一輛是輛小型的雙人座轎車。有幾輛非常優質的最新型雙色別克轎車，可以開出去取郵件好引人注目。有一輛黑色的豪華長型轎車，裝有暗沉的鎳面百葉窗，和像腳踏車輪那麼大的輪軸蓋。有一輛長型敞篷跑車，遮雨篷拉下來著。一條非常寬大的晴雨兩用短水泥車道，從這些車子的所在通往房子的側面入口。

在停車場之外的左側，有一座四個角落各有一個噴水池的下沉式花園。花園入口用鑄鐵柵門擋住，柵門中間有一個飛翔的愛神邱比特。一些半身塑像立在輕巧的柱台上，還有一張石椅，兩端各匍匐著一隻半獅半鷹怪獸。一個長方形的水池裡點綴著石雕的水蓮，有一隻石雕大牛蛙坐在其中一片蓮葉上。更遠處，一條玫瑰柱廊引向一個像祭壇的地方，那裡兩邊用樹籬圍起來，然而沒有圍得很緊密，沿著祭壇台階，陽光投射出像阿拉伯風格的幾何形圖案。左邊再過去還有一個野生花園，不是很大，在靠近建得像廢墟的牆角的角落，有一個日晷儀。而且那邊有很多花。上百萬朵的花。

屋子本身倒沒什麼。比白金漢宮小，就加州而言太過灰樸，而且窗戶的數目大概比克萊斯勒大樓少。

我悄悄走到側門，按門鈴，屋內某處傳來一串深沉悠揚的鈴聲，有如教堂的鐘響。

一個身穿鍍金鈕扣條紋背心的男子打開門，鞠一個躬，接過我的帽子，完成了他今天的任務。在他背後的陰影中，另一個身穿如刀鋒般筆直的條紋長褲、黑外套、翻飛的衣領上綁著灰色條紋領帶的男子，將灰白的頭向前點了大約半吋，說：「馬羅先生嗎？請你往這邊走——」

我們走下一條走廊。那是一條非常安靜的走廊。連一隻蒼蠅也沒有。地上鋪著東方地毯，沿牆掛滿畫作。我們轉過一個角落，又是一條走廊。從一扇法式落地窗可以瞄見遠方的藍色海水，我這才幾近震撼的想起來，我們是在太平洋的近旁，而且這棟屋子是建在其中一座狹谷的山崖上。

管家抵達一扇門前，打開門，房內流出話語聲，他站到一旁，我走進去。那是一間優美的房間，幾張大型的切斯特菲爾德沙發（坐臥兩用長沙發）和淡黃色皮革休閒椅環繞著壁爐，在壁爐前方光亮而不滑腳的地板上，鋪著一面像絲那麼薄，像伊索（古希臘寓言作家，BC620-564）的姑媽那麼老的地毯。角落裡有一大束璀璨的花朵，矮桌上還有另外一束，牆壁漆成暗沉的羊皮紙色，裡面舒適、寬敞與溫馨皆具，帶著些許十分摩登的氛圍，也帶著些許十分古老的況味，坐在那裡的三個人，在一片突來的靜默中，看著我走過地板。

其中一個人是安．李奧丹，看起來就和我上次見到她時一個模樣，只除了，此時她手裡握著一玻璃杯的琥珀色液體。還有一個是一位又高又瘦、臉孔哀戚的男人，下巴僵硬，兩眼深陷，面孔除了不健康的枯黃之外，沒有其他顏色。他一定有六十好幾了，或者可以說，六十壞幾。他穿著一身暗色的正式西裝，插著一朵紅色康乃馨，表情消沉。

第三個是一位金髮女郎。一副像要外出的盛裝打扮，穿著一身淡藍綠色。我沒有花很多心思注意她的衣服。反正就是那種有人會爲她設計，而且她也會去找到對的人來幫她設計的衣服。其效果，就是要使她看起來非常年輕，而且要使她青金石般的眼睛看起來非常碧藍。她的頭髮顏色是像古畫中的那種金黃，且梳理得恰到好處，不會過於矯作。那一頭豐盛的鬈髮，完美無與倫比。那身洋裝，則除了喉頭的鑽石扣環以外，式樣頗爲簡單。她的手不算小，然而有形，指甲蔻丹則是常見的鮮豔奪目——幾近紫紅。她對我露出笑顏。她看似笑容可掬，但是眼睛帶著一種凝定的神態，彷彿總是在悠緩而審愼的思考。還有，她的嘴唇很性感。

「感謝光臨，」她說。「這位是外子。幫馬羅先生調一杯酒吧，親愛的。」

葛雷耶先生和我握手。他的手冰冷，而且有點潮濕。他的眼神哀傷。他調了一杯蘇格蘭威士忌加蘇打遞給我。

然後他在角落裡坐下，未發一言。我喝下半杯酒，然後對李奧丹小姐咧嘴而笑。她以一種心不在焉的表情看著我，彷彿心中又有什麼念頭。

「你想，你可以幫我們什麼忙嗎？」金髮女郎緩緩的發問，同時垂眼看著她的飲料。「如果你覺得可以，我會很高興。但是比起要再和黑道和可怕的人物交涉，那筆損失算是相當微小。」

「實際上，我對這事所知不多，」我說。

「噢，我希望你能多了解一些。」她丟給我一個令我屁股酥麻的笑容。

我把剩下的半杯酒喝下去。開始覺得比較放鬆了。葛雷耶太太按下一個裝在切斯特菲爾德皮沙發扶手裡的鈴，一名侍者走進來。她似有似無的指一下托盤。侍者環顧四周，然後調了兩杯酒。李奧丹小姐仍然把玩著原來的那一杯，而葛雷耶先生顯然不喝。侍者走出去。

葛雷耶太太和我各自拿起酒杯。葛雷耶太太將兩腿交疊，樣子有點隨便。

「我不知道我是否能幫什麼忙，」我說。「我很懷疑。接下來還能做什麼？」

「我相信你能。」她又對我投來一抹笑容。「林賽．馬里歐特對你透露了多少？」

她斜眼瞄一下李奧丹小姐。李奧丹小姐並未知覺。後者只是一味呆坐著。她又斜眼瞄另外一邊。然後葛雷耶太太注視著她的丈夫。「你有必要管這件事嗎，親愛的？」

葛雷耶先生站起來，說他很高興認識我，並且說想進去躺一會兒。他身體不太舒服。希望我能原諒。他如此有禮，我眞想把他抱出去休息，以表達心中的感激。

他走出去。輕手輕腳的關門，彷彿害怕吵醒睡覺的人。葛雷耶太太凝視著門好一會兒，然後把笑容擺回臉上，看著我。

「你完全信任李奧丹小姐囉，當然。」

「我不完全信任誰，葛雷耶太太。她只是剛好知道這件案子——就目前所知的部分。」

「是。」她先小啜一兩下酒，然後用一口把剩下的全部灌下，並且將酒杯擺到一旁。

「管他什麼飲酒禮節，」她突然說。「我們放懷暢飲吧。在你這行裡，你算是頂英俊的一個吧。」

「這是個腥臭的行業。」我說。

「我不是這個意思。這行有賺頭嗎——還是問這個問題太沒禮貌了？」

「這行沒有什麼賺頭。只有很多悲情。但是也有很多樂趣。而且總會有機會碰上大案子。」

「一個人是怎麼當上私家偵探的？你不在意我稍微打聽你一下吧？請你把那張桌子推過來這邊，好嗎？這樣我才拿得到酒。」

我站起來，把擺在一個檯子上的巨大銀托盤推過光亮的地板，到她的身邊。她又調了兩杯酒。我的第二杯酒還有一半沒喝完哩。

「我們大多數都當過警察，」我說。「我以前在地方檢察官底下做過一陣子。後來被炒魷魚。」

她笑得很優美。「不是因爲能力不足吧，我相信。」

「不是，是因爲愛回嘴。你有再接到什麼電話嗎？」

「嗯——」她注視著安・李奧丹。等著。那表情含意十足。

安・李奧丹站起來。帶著她還滿滿的酒杯走到托盤旁，把杯子放下來。「你們大概不缺，」她說。「但是如果不夠喝——非常感謝你願意和我談，葛雷耶太太。我不會把你的隻字片語用在文章裡的。這點你可以絕對放心。」

「天哪，你不會要走了吧，」葛雷耶太太面帶笑容的說。

安・李奧丹用牙齒咬著下唇，停在那裡好一會兒，彷彿是在考慮要把它咬斷了吐出來呢，還是就這樣繼續咬久一點。

「對不起，恐怕我得走了。我不是在替馬羅先生工作，你知道。我只是一個朋友。再見，葛雷耶太太。」

金髮女郎眸光閃閃的看著她。「希望你很快再來坐坐。隨時歡迎。」她按兩下鈴。這次來的是管家。他打開門等著。

李奧丹小姐很快的走出去，門關了起來。門關起來以後，有好一陣子，葛雷耶太太只是笑意依稀的瞪著門看。「這樣好多了，你不覺得嗎？」經過一段時間的沉默以後，她說。我點點頭。「你大概覺得奇怪，如果她只是一個朋友，怎麼會知道這麼多，」我說。「她是個奇怪的小女生。有些事是她自己挖掘的，譬如說你是誰，還有誰擁有那條玉項鍊。有些事是剛好就這樣子發生。昨天晚上她路過馬里歐特被害的那個小山谷。她在外面兜風。剛好看見燈光，所以就到下面去看看。」

「噢。」葛雷耶太太很快的舉起酒杯，扮了個鬼臉。「想了就覺得恐怖。可憐的林賽。他是個蠢蛋。我們多數的朋友都是。但是那樣子的死法，太可怕了。」她哆嗦了一下。眼睛大而黯沉。

「所以李奧丹小姐的事沒關係吧。她不會說出去的。她父親曾經在這裡擔任警察局長很長一段時間，」我說。

「是。她告訴過我。你的酒都沒喝。」

「我正在享受我所謂的喝酒啊。」

「你我應該會合得來的。林賽——馬里歐特先生——有沒有告訴你，那次搶劫是怎麼發生的？」

「在介於從這裡到特盧卡迪洛酒店的某處。他沒有說得很精確。三或四個人。」

她點點金黃閃亮的頭。「是的。你知道那次搶劫有一件滿好笑的事。他們把我其中一只戒指退還給我，而且還是滿貴重的一只。」

「他告訴我了。」

「話說回來，我根本很少戴那條玉項鍊。那畢竟是屬於博物館級的珠寶，全世界大概沒幾條，是一種非常少見的玉。他們竟然知道要來搶。我沒料到他們會曉得那是有價值的東西，你不認爲嗎？」

「他們知道如果沒有價值，你也不會戴了。還有誰知道這條項鍊的價值？」

她思考起來。看她思考是一件賞心悅目的事。她仍然翹著腿，仍然一副很隨便的樣子。

「各種各樣的人吧，我想。」

「但是他們不知道你那晚會戴出去。那晚有誰知道？」

她聳聳淡藍色衣裝的肩膀。我努力將視線停留在我應該要停留的地方。

「我的女傭。但是如果要偷，她多得是機會。再說我信任她。」

「爲什麼？」

「不知道。我就是信任某些人。我信任你。」

「你信任馬里歐特嗎？」

她的臉孔變得有點僵硬。眼神變得有點警覺。「有些事不信任。有些事，信任。但是程度不等。」

她說話的方式不錯，冷靜、半帶嘲諷，然而不強悍。用字遣詞得宜。

「好吧——除了女傭。司機呢？」

她搖頭，否定。「那晚林賽載我出去，用他自己的車。我想喬治那晚根本不在。那天不是星期四嗎？」

「我不在場啊。馬里歐特在告訴我的時候，說那是在之前的四或五天。如果是星期四，那就是距昨天晚上整整一星期的事情了。」

「嗯，那天是星期四。」她伸手拿我的玻璃杯，她的手指有點碰到我的，溫香軟玉。「喬治星期四晚上休假。那天就和平常沒什麼兩樣，你知道。」她加了滿滿一注看來香醇的蘇格蘭威士忌到我的杯子裡，並且摻了一些氣泡水。這是那種你以爲可以不停暢飲的酒，只要你不計後果就行。她也給自己調了一樣的一杯。

「林賽有告訴你我的名字嗎？」她柔聲問，眼神依舊警覺。

「他很小心沒說。」

「那麼他可能在時間上有點誤導你。我們來瞧瞧目前手上有的。女傭和司機，可以排除。我的意思是，排除共犯考慮。」

「我還沒有把他們排除。」

「好吧，至少我有在努力呀，」她大笑。「然後，還有牛頓，我的管家。他有可能在那晚看到我把項鍊戴在頸子上。但是項鍊垂得相當低，而且我披著一件白狐狸毛的晚宴罩袍；不，我想他不可能看得見。」

「我打賭你看起來如夢似幻，」我說。

「你不會是有點醉了吧，是嗎？」

「大家都知道，沒有人比我更清醒了。」

她把頭往後一仰，笑聲如珠玉落盤。我這輩子只認識四個女人在這樣做的同時，還能夠看起來很美。她是其中的一個。

「牛頓沒問題，」我說。「像他那種型的人不會結交流氓。然而那只是我的猜測。那個男僕呢？」

她思慮一下，並且回想，然後搖頭。「他沒看見我。」

「有誰叫你要戴那條玉項鍊嗎？」

她的眼睛立刻露出更爲警戒的神色。「別以爲我聽不懂你在暗示什麼，」她說。

她探手來拿我的杯子去加酒。我隨她加去，雖然我的杯子裡還有一吋高的酒尙未喝完。我在一旁欣賞她頸項的可愛線條。

等她把酒斟滿，我們又各自把玩著自己的酒杯時，我說：「我們先把背景交代清楚，然後我再告訴你一件事。描述一下那一晚。」

她看看自己的腕錶，而且是把袖子拉得很高起來看。「我必須——」

「讓他等。」

她的眸光一閃。我喜歡她眼睛的那種表情。「你沒聽說，話不好說得太白麼，」她說。

「在我這行，沒這回事。你要不跟我描述一下那一晚。要不就當下把我丟出去。只能二選一。下定你可愛的決心吧。」

「那你最好坐到我身邊來。」

「我已經這樣想很久了，」我說。「精確的說，是從你翹起腿來的那一刻開始的。」

她把裙裾往下拉。「這些討厭的東西老是往上溜。」

我移到切斯特菲爾德黃皮革沙發，在她身旁坐下。「你手腳很快嘛？」她低聲問。

我沒回答。

「你常常做這種事嗎？」她問，秋波斜睇。

「可以說從來沒有。在有空閒的時候，我是個西藏和尙。」

「問題是，你從來沒有空閒的時候。」

「我們集中精神吧，」我說。「我們來把我們——或者應該說我——心中還沒有釐清的問題解決。你要付我多少錢？」

「噢，原來那就是你的問題。我還以爲你是要幫我把項鍊找回來。或者試著要把它找回來。」

「我必須照我自己的方法做事。這種方法。」我喝下長而不間斷的一口，那勁道差點使我倒栽蔥。我暗暗噓一口氣。

「而且我要調查一樁謀殺案，」我說。

「那和這件事無關。我的意思是，那是警察的事情，不是嗎？」

「沒錯——只是，那個可憐的傢伙付我一百元照顧他——而我沒有做到。讓我覺得有罪惡感。讓我很想哭。我可以哭嗎？」

「喝酒吧。」她又給我們倆倒了一些蘇格蘭威士忌。酒之於她，好像水之於巨石水壩（譯註：即現今之胡佛水壩），沒有影響。

「好吧，我們說到哪裡了？」我說，並試著拿穩酒杯，以使威士忌維持在杯沿之內。「沒有女傭，沒有司機，沒有管家，沒有男僕。接下來我們得自己洗衣服了。搶劫是怎麼發生的？你可能可以提供我一些馬里歐特沒有給我的細節。」

她傾身向前，用一隻手撐著下巴。她看起來很認眞，但不是那種看來傻乎乎的認眞。

「我們去布蘭特伍德參加一個派對。然後林賽建議到特盧卡迪洛去喝幾杯，跳幾支舞。所以我們就去了。日落大道上有一些工程在進行，到處是沙塵。所以回程的時候，林賽彎道轉走聖塔莫尼卡。那條路帶我們經過一家看起來很破舊的旅館，出於某種毫無意義的愚蠢理由，我碰巧注意到它的店名叫印第歐旅館。在旅館對街有一家啤酒屋，有一輛車停在店門口。」

「只有一輛車——在一家啤酒屋的前面？」

「是。只有一輛。那是一個非常荒僻的所在。呃，這輛車發動起來，跟在我們後面，當然，我也沒有特別想到什麼。沒有理由啊。然後就在我們快開到要從聖塔莫尼卡轉阿圭羅大道的地方之前，林賽說：『我們走別條路』，接著就轉進某條弧形的住宅區街道。然後突然間，一輛車從我們旁邊衝過去，擦到保險桿，然後到路旁停下來。一個穿戴著大衣和圍巾，帽子低低壓在臉上的男人，走回來要道歉。那白色的圍巾紮成一團，引起我的注意。除了又高又瘦之外，我眞正在他身上看到的特徵也只有這樣。等他一靠近——我事後想起來，他完全沒有走進我們車頭燈的照射範圍內——」

「那是很自然的。沒有人喜歡正視車頭燈。喝點酒。這次我招待。」

她的身體往前靠，細緻的雙眉——不是用顏料畫出來的——因爲思考而蹙攏在一起。我調了兩杯酒。她繼續說。

「一靠近林賽坐的那邊，他就把圍巾拉起來遮住鼻子，而且一把手槍就亮閃閃的對著我們。『搶劫，』他說。『不要出聲就不會有事。』然後另外一名男子走過來另外一邊。」

「在比佛利山莊，」我說。「在加州警力最扎實的四平方哩之內。」

她聳聳肩。「事情照樣發生啊。他們要我的珠寶和皮包。圍了圍巾的那個男子說的。站在我那邊的那個男子從頭到尾都沒說話。我把東西從林賽的面前傳過去，那個男子把皮包和一只戒指退還給我。他說暫時不要通知警察和保險公司。他們會跟我們做一個平順的簡單交易。他說他們發現，直接抽成比較簡單。他不慌不忙，好像天底下的時間都是他的。他說必要的時候，他們也可以透過保險公司，但那表示得讓中間人插手，他們寧可不要。他聽起來像是有受教育的人。」

「那可能是盛裝打扮的艾迪（譯註：Eddie Tancl，艾迪．塔科，拳擊手暨芝加哥的一方之霸，後被黑道槍殺，死於街頭），只是他已經在芝加哥被狙殺了。」

她聳聳肩。我們喝了一口酒。她繼續說。

「然後他們就離開，我們也回家，我告訴林賽守住口風。隔天我接到一通電話。我們有兩支電話，一支有分機，一支在我的臥房裡，沒有分機。電話就是打到這支。這支在電話簿上當然沒有登記。」

我點點頭。「他們可以花幾塊錢就買到這個號碼。向來如此。有些電影界的人必須每個月換一次電話號碼。」

我們又喝了一口酒。

「我告訴打電話來的人和林賽連絡，他可以代表我，而且只要他們不是太不合理，我們可能願意交易。他說ＯＫ，在那以後，我猜他們先拖延一段時間對我們稍事觀察。最後，就如你所知，我們同意以八千元成交等等的那些後續狀況。」

「你能夠認出他們其中任何人嗎？」

「當然沒辦法。」

「這些藍道都知道嗎？」

「當然。我們非得再談這件事情不可嗎？我很煩了。」她拋給我一個可愛的笑容。

「他有沒有做任何評論？」

她打了個呵欠。「大概有吧。我忘了。」

我坐在那裡握著空酒杯思考。她拿走我手上的杯子，又開始斟酒了。

我把重新斟滿的酒杯從她手裡接過來，換到我的左手，然後用我的右手握住她的左手。她的手滑潤柔軟，溫暖舒適。她捏了捏我的手。那肌肉強壯。她是個健美的女人，不是紙做的花。

「我想他胸有成竹，」她說。「但是沒有透露他的想法是什麼。」

「任何人對這一切都可能有意見，」我說。

她緩緩的轉過頭來注視著我。然後點點頭。「你早就想到了，是不是？」

「你認識他多久了？」

「噢，很多年了。他以前是我先生擁有的電台KFDK的播音員。我就是在那裡認識他的。那也是我認識我先生的地方。」

「我知道。但是馬里歐特生活得好像很寬裕。不是非常富有，但是手頭好像頗寬鬆的樣子。」

「他繼承到一些錢，辭掉廣播電台的工作。」

「你知道他繼承到一些錢這件事實——還是只是聽他口頭這樣說？」

她聳聳肩。捏了捏我的手。

「也或許那不是很大一筆，他可能很快就花光了。」我也回捏一下她的手。「他有跟你借錢嗎？」

「你有點守舊，是不是？」她垂眼看我握著的她的手。

「我還在工作。而且你的威士忌也很好，讓我保持半清醒。這倒不是說，我必須酒醉才能——」

「是。」她把她的手從我手中抽走，並且搓了搓手。「你的控制力一定很好——在空閒的時候。當然，林賽．馬里歐特是個高級勒索犯。那是顯而易見。他靠吃軟飯生活。」

「他有你的什麼把柄嗎？」

「我應該告訴你嗎？」

「那可能不是聰明的做法。」

她大笑起來。「總之，我還是告訴你吧。有一次我在他家稍微喝醉了，昏死過去。我很少這樣。他拍了幾張我的照片——把我的衣服掀到頸子上。」

「下三濫，」我說。「你現在手上有嗎？」

她打一下我的手腕。柔聲說。

「你叫什麼名字？」

「菲力。你呢？」

「海倫。吻我。」

她軟綿綿的橫躺在我大腿上，我對著她的臉彎下身去，開始啄食她的眉眼口鼻。她眨動睫毛，輕輕觸吻我的雙頰。當我來到她的嘴巴時，她的雙唇半啓，火般灼熱，她的舌頭在齒牙之間如蛇遶動。門打開來，葛雷耶先生安靜的踏進房內。我正抱著她，來不及把她放開。我抬起頭看他。感覺就和芬尼根下葬那天的腳（譯註：取自詹姆斯．喬伊斯的小說《芬尼根守靈夜》）一樣冰冷。

我臂膀裡的金髮女郎動都沒動，連嘴唇都沒闔起來。她臉上有一種半似作夢、半似嘲諷的表情。

葛雷耶先生輕輕清一下喉嚨，說：「不好意思，我太唐突了。」然後安靜的走出房間。他的眼睛裡有無限的哀傷。

我把她推開，站起來，把我的手帕掏出來，抹了把臉。

她以我丟下她的樣子躺著，半側身橫陳在沙發上，其中一條腿的肌膚從吊襪帶以上暴露無遺。

「那是誰？」她口齒濃濁的問。

「葛雷耶先生。」

「別管他。」

我從她身邊走開，在我剛進房間時坐的那張椅子上坐下來。

一會兒之後，她挺直了身子坐起來，定睛看著我。

「沒關係。他了解。要不然他還期待怎樣？」

「我猜他知道。」

「嗯，我告訴你了，沒關係。這樣還不夠嗎？他是個病人。到底要——」

「不要對我大小聲。我不喜歡尖聲叫嚷的女人。」

她打開一個擱在她身邊的皮包，拿出一條小手帕擦嘴唇，然後在一只鏡子裡端詳自己的臉孔。

「我想你說得對，」她說。「威士忌喝太多了。今天晚上在比維迪爾俱樂部見吧。十點鐘。」她沒有看我。她的呼吸急促。

「那個地方好嗎？」

「萊爾德·布魯奈特擁有那個地方。我跟他相當熟。」

「好吧。」我說。我仍然覺得冰冷。我覺得難過，彷彿自己扒了一個窮人的口袋。

她拿出一支口紅，非常輕巧的點了點唇，然後瞥眼看我。她把鏡子丟過來。我接住鏡子，端詳自己的臉。我用手帕擦臉，然後站起來，把鏡子還給她。

她往後靠，露出整面咽喉，懶懶的垂下眼睛瞄我。

「怎麼啦？」

「沒什麼。十點鐘在比維迪爾俱樂部見。不要打扮得太華麗。我只有一百零一套晚宴西裝。在酒吧見？」

她點點頭。眼神依舊懶洋洋。

我穿過房間走出去，沒有回頭看一眼。男僕在廳廊裡迎接我，把我的帽子交給我，那張臉看起來就像人面巨石（譯註：新罕布夏州一個自然形成的人面形狀巨石）。

19

我走下弧形的車道，迷失在高大整齊的樹籬陰影中，最後來到大門口。這時已經換了另一個人在守衛，一個穿便服的壯漢，顯然是個保鑣。他點頭讓我出去。

有人按喇叭。李奧丹小姐的雙人座小轎車開上來到我車子的後面。我走過去探頭看她。她的表情冷靜又帶嘲諷。

她坐在那兒，兩手握住駕駛盤，戴著手套的手纖細修長。她露出微笑。

「我在等你。雖然也許不關我的事。你認爲她怎樣？」

「我打賭她彈吊襪帶的功夫了得。」

「你老是得這麼貧嘴嗎？」她臉脹得豬肝紅。「我有時候眞討厭男人。不管是老男人、年輕男人、足球選手、歌劇男高音、精明的百萬富翁、吃軟飯的漂亮男子，還是半渾球的——私家偵探。」

我對她傷感的咧嘴笑。「我知道我太愛耍嘴皮子。這年頭流行嘛。誰告訴你他是小白臉的？」

「你說誰？」

「不要裝蒜。馬里歐特啊。」

「噢，那不是很好猜麼。抱歉。我沒有惡意。我猜只要願意，你隨時都可以彈她的吊襪帶，一點困難都不會有。但是有一件事是可以確定的——在這場秀當中，你算是來晚了。」

寬闊的弧形街道在陽光下寧靜得昏昏欲睡。一輛有漆色格板的美觀卡車，無聲無息的駛到街對面一棟屋子的前面停下來，然後稍微往後退，再開上通往側門的車道。格板卡車的側面漆了幾個字：「海灣市嬰兒服務」。

安．李奧丹向我靠過來，灰藍色的眼睛帶著受傷的表情，而且有些朦朧。她噘起有點太長的上唇，然後用牙齒含著。她發出一小聲尖銳的呼吸聲。

「你大概希望我不要多管閒事，對不對？而且不要提供你不是你自己先想出來的主意。我以為我只是在幫你一點小忙。」

「我不需要任何幫忙。警方沒有要我幫忙。我也不能幫葛雷耶太太做什麼。她有一個關於一輛車從一家啤酒屋開始跟蹤他們的奇情故事，但那又能歸結出什麼？那是在聖塔莫尼卡的一家不入流酒吧。可是這是一群高級的黑道人物。他們裡頭甚至有人在看到翡翠的時候，還能識貨。」

「也許有人指點。」

「那是另一個可能，」我說，同時從香菸盒裡翻找出一根香菸。「無論是哪一種，橫豎這當中都沒有我插手的份。」

「連靈媒那部分也沒有嗎？」

我一時腦袋空白的瞪著她。「靈媒？」

「我的天，」她輕聲說。「而我還以爲你是偵探呢。」

「這事情帶著種叫人噤聲的氛圍，」我說。「我必須步步為營。這個姓葛雷耶的褲袋非常飽滿。在這鎮上，如果有什麼需要收買的，必然是警方。瞧瞧警方對這事情的有趣反應。沒有堆砌證據，沒有新聞發表，沒有開放機會給無辜的陌生人提供看似微小實則重大的破案線索。除了緘默，以及警告我不要插手以外，什麼都沒有。我一點也不喜歡。」

「你臉上還有一點點口紅沒擦掉，」安．李奧丹說。「我剛說的是靈媒。好吧，再見了。很高興認識你——就某方面來說。」

她壓下引擎開關，踩下油門，車子一溜煙走了。

我凝視她離去。等她走了以後，我看看街對面。從寫著「海灣市嬰兒服務」的格板卡車出來的男子，從屋子的側門走出來，他穿著一身又白又挺又光鮮的制服，光是看著那身制服就讓我覺得乾淨起來。他抱著一紙箱東西。爬上他的格板卡車開走。

我想他剛去換了尿布。

我上了自己的車，在發動引擎以前看一眼手錶。幾乎是五點了。

那些蘇格蘭威士忌，就如同夠優質的蘇格蘭威士忌該有的勁道，一路伴隨我回到好萊塢。我一路闖紅燈。

「有一個很好的小女生，」在車子裡，我大聲的告訴自己。「對有興趣的傢伙而言，是一個很好的小女生。」沒有人回應。「但是我沒有興趣，」我說。對這句話，也沒有人回應。「十點鐘，在比維迪爾俱樂部，」我說。有人回應：「呸。」

聽起來像是我的聲音。

等我又回到辦公室的時候，時間是差十五分六點。大樓十分安靜。隔間牆之外的打字機寂靜無聲。

我點起菸斗，坐下來等待。

20

那個印地安人很臭。當信號器響起來，我打開中間的門看是誰時，他的臭味直穿過小接待室。他剛好站在從走廊進來的那扇門裡面，看起來就像一尊銅打的雕像。他從腰部以上很魁梧，有一個大胸脯。他看起來像個小混混。

他穿著一套棕色西裝，外套對他的肩膀而言太小，長褲大概連腋下都有點嫌緊。他的帽子至少小了兩號，而且曾經被比他合尺寸的人戴過，上面沾了淋漓的汗水漬。他戴帽子的樣子，很像房子上裝著風向儀。他的衣領像馬頸圈一樣緊匝脖子，而且是像馬頸圈一樣的髒褐色。一條領帶懸在他扣了扣子的外套外面，那條黑領帶好像是用鉗子打出來的，上面的領帶結緊到有如一顆豆子。裸露出他骯髒的衣領上方的碩壯脖子，綁著一條寬幅的黑絲帶，彷彿老女人試圖美化她的頸部一般。

他有一張大餅臉，高聳而多肉的鼻子看起來和遊艇的艇首一樣堅硬。他有一對沒有眼瞼的眼睛，低垂的下顎，鐵匠的肩膀，和黑猩猩似的短而長相彆扭的雙腿。後來我發現，那雙腿只是太短罷了。

如果他稍微清洗一下，並且穿上白色睡袍，就會看起來像非常愛戲謔的古羅馬元老院議員。

他的臭是屬於原始人的土味，不是城市的齷齪積塵。

「嗬，」他說。「趕快來。現在來。」

我一邊後退到我的辦公室，一邊對他搖著一根手指頭，他跟著我進到辦公室，像爬壁蒼蠅似的，沒有一點噪音。我在我的桌子後面坐下，一副很專業模樣的吱吱嘎嘎搖動我的旋轉椅，並且指指對面的客戶座椅。他沒有坐下。他的小黑眼珠充滿敵意。

「來哪裡？」我說。

「嗬，我二次種植。我好萊塢印地安。」

「請坐，種植先生。」

他哼一聲，鼻孔掀得非常大。那兩個鼻孔原來就寬到可以當老鼠洞。

「名字叫二次種植。名字不叫種植先生。」

「我能爲你做什麼嗎？」

他提高了音調，開始用洪鐘般深沉響亮的聲音吟誦起來。「他說趕快來。偉大的白人父親說趕快來。他說我用風火輪帶你。他說——」

「好了。不必再耍那種狗屁倒灶拉丁文了，」我說。「我不是你蛇舞祭典上的阿媽老師。」

「神經病，」印第安人說。

我們隔著桌子相對睥睨一陣子。他的功力比我高。然後他以一副萬分厭惡的神態脫下帽子，把帽子顚倒過來。他的手指沿邊摸索帽內的吸汗帶底面。吸汗帶被他翻過來，其中的汗漬，果然讓那條帶子名副其實。他摘掉夾在邊緣上的一只迴紋針，把一份摺疊起來的面紙丟到桌上。他用一根指甲咬到不成形的手指，生氣的指著面紙。他柔軟細長的頭髮在較高處有一圈像架子的形狀，那正是由那頂太緊的帽子所壓出來的。

我打開面紙，發現裡面有一張名片。那張名片對我來說並不新奇。在那三根看起來像俄國香菸的菸蒂嘴裡面，也有三張和這一模一樣的名片。

我把玩我的菸斗，瞪著印地安人，打算用我的如炬目光懾服他。他看起來和一堵牆一樣，八風不動。

「好吧，他想做什麼？」

「他要你趕快來。現在來。用風火輪——」

「神經病，」我說。

這反應很合印地安人的胃口。他緩緩闔起嘴巴，巴眨著一隻眼睛，然後幾乎要咧嘴笑開來。

「他得先付我一百元預聘金才行，」我加上一句，努力擺出一百元對我來說等同於五分錢的樣子。

「嗬？」他又露出一臉狐疑的表情。仍然堅持使用最基本的英文。

「一百元，」我說。「銅板。錢。算到一百的鈔票。我沒錢，我不來。懂嗎？」我開始用兩手做出算錢的動作。

「嗬。大人物，」印地安人對我嗤之以鼻。

他摸索帽子上油污的緞帶底下，丟出另一份摺疊起來的面紙到桌子上。我拿過來，打開面紙。裡面有一張嶄新的百元鈔票。

印地安人把帽子戴回頭上，連把緞帶扳回原位的力氣都省了。那樣子看起來有點滑稽。我坐在那裡，張口結舌瞪著那張百元鈔票。

「確實是靈媒，」終於我說。「這麼精明的傢伙，令我害怕。」

「沒有整天時間，」印地安人隨口應道。

我打開抽屜，拿出一把咸稱「超級賽」的柯爾特點三八口徑自動手槍。我去拜訪路文・羅克黎吉・葛雷耶太太的時候，並沒有把它帶在身上。我脫下外套，把皮槍帶套上，把自動手槍插進槍袋，把下面的帶子束好，然後再穿上外套。

這些動作對印地安人而言，就好像我給脖子抓癢一樣，毫無意義。

「有車，」他說。「大車。」

「我近來不喜歡大車，」我說。「我有自己的車。」

「你來我的車，」印地安人語帶威脅的說。

「我來你的車，」我說。

我把桌子和辦公室都鎖起來，關掉信號器，然後走出去，和平常一樣留著接待室的門沒鎖。

我們沿著走道走到電梯。印第安人很臭。連電梯服務生都注意到了。

21

車子是暗藍色的七人座大轎車，是一輛最新型的帕卡德汽車，客製款。那是那種要戴著長珍珠項鍊去搭乘的轎車。它停在消防栓旁邊，一名長著木雕臉孔、深色皮膚、外國人模樣的司機，坐在方向盤的後面。車內的座椅是雪尼爾絨織被的鋪面。印地安人叫我坐後面。一個人獨坐後座，讓我感覺好像是一具由一名非常有品味的殯葬業者陳列在那裡的高級屍體。

印地安人坐進司機旁邊的位置，車子在馬路的中央迴轉，街對面一名警察微弱的喊了一聲「嘿」，彷彿只是無意中發出聲音，然後很快的就彎下腰去綁他的鞋帶。

我們往西走，轉進日落大道，快速而且無聲無息的沿著那條路開下去。印地安人一動不動的坐在司機旁邊。偶爾會有一陣他的個人氣味飄到我後面這邊。司機一副好像昏昏欲睡的樣子，但是他超越那些開敞篷跑車的急速小子時，卻讓那些車看起來好像是用拖車拖吊的。他一路都碰到綠燈。有的司機就是有這種運。他一盞也沒有錯過。

我們順著日落大道的彎弧前進，經過以著名影星爲店招的古董店，經過掛滿針織蕾絲和古白鑞的窗戶，經過由紫幫混出來的角頭經營的、有著名廚師和同等著名賭場的新開張輝煌夜總會，經過如今已褪流行的喬治國王殖民時期風尚建築，經過住著滿口錢經的好萊塢靈肉仲介的漂亮現代樓房，經過一家似乎和當地格調不搭的免下車服務午餐店，雖然那裡的女侍身上套著白色絲襯衫，頭上戴著鼓樂隊高筒帽，然而臀部以下除了光亮的長筒軍靴，什麼也沒穿。經過所有這些以後，我們轉下一條寬大平順的彎道，來到比佛利山莊的騎馬路徑，南邊的燈火輝煌，在無霧的夜裡閃著五光十色，如水晶般透亮，北邊的山丘上是矗立在陰影下的棟棟豪宅，出了比佛利山莊以後，我們開上七彎八轉的山麓大道，然後突然有涼爽的薄暮微風從海上襲來。

那天下午很暖和，但此時熱氣已經散去。我們疾駛過遠方成串燈火明亮的建築，然後是無數距離馬路頗遠的燈火明亮的豪宅。道路往下沉，繞著一個油綠的大馬球場和旁邊一個一樣大的練習場走，然後路又往上升到一座小山頂，隨著山勢彎上一條陡峭的清水泥山路，經過一些應該是有錢人家種著玩的橘子林，因爲這裡並不是產橘區，然後漸漸的，百萬富豪家的燈火消失了，道路變窄了，這裡就是斯蒂爾伍德高地。

從峽谷飄上來的鼠尾草氣味，使我想起一個死人和一個沒有月亮的夜空。平貼著山壁蔓延的灰泥房子，看起來就像淺浮雕。然後接下來又沒有房子了，只有靜止的黑暗山麓，頂上懸著一兩顆早昇的星星，而底下則是緞帶般的水泥路，路的一側是交纏著橡樹和石南灌木叢的斷崖，如果你停下來靜靜的等候，有時候可以在那裡聽到鵪鶉的叫聲。路的另一側是原始的淤泥山壁，在它的邊緣長著一些打不垮的野花，像死賴在那裡不肯上床睡覺的淘氣孩子。

然後路突然轉進一處小岔道，大輪胎輾在鬆動的碎石礫上，車子以些微噪音奔馳上一條兩側長滿野天竺葵的冗長車道。在車道的頂端，昏黃的燈光下，有如燈塔般孤寂的聳立著一棟高房子，一座老鷹的巢穴，那是一棟有稜有角的灰泥、玻璃和磚塊的建築，原始又現代，然而並不醜陋，整體而言，的確是心靈諮商師掛牌營業的好地方。在這裡不怕任何人會聽到尖叫聲。

車子轉到房子的側邊，在凹進厚牆裡面的黑門頂上，一盞燈亮起來。印地安人哼著氣爬下車，並且打開車子的後門。司機用電動打火機點燃香菸，一陣刺鼻的菸草味穿過夜色，軟綿綿的傳到我所在的後座。我下了車。

印地安人粗聲大氣的說：「喃。你進去，大人物。」

「你先走。種植先生。」

他臭著臉走進去，門就和打開時一樣，無聲又神祕的在我們背後關起來。在狹窄的走道盡頭，我們擠進一座小電梯，印地安人關起電梯門，按下一個按鈕。我們和緩的上升，周圍一點聲音也沒有。比起此時在這小空間裡所感受到的，印地安人之前所散發的臭味可謂如月影一般稀薄。

電梯停下來，門打開。外面有光，我踏進一間像塔樓的房間，在那裡，白天還在努力流連不去。周圍有窗戶。遠處有海浪繾綣。黑暗在山丘上緩緩潛行。旁邊有一些沒有窗戶的鑲板牆，地板上的地毯是古波斯的柔和顏色，還有一張接待桌，看起來像是用老教堂偷來的刻木做的。桌子後面做著一個女人，對著我微笑，那是一抹乾燥凋萎的笑容，如果你用手去碰觸，就會化成粉末散落。

她有一頭光滑鬈曲的頭髮，和一張黯沉、瘦削、又枯槁的亞洲裔臉孔。她耳朵上掛著沉重的彩色寶石，手指上戴著沉重的戒指，包括一只月長石和一只鑲在銀座裡的綠寶石，那塊綠寶石可能是眞的，但不知怎的，就是讓人覺得和廉價店鋪賣的奴隸手鐲一樣虛假。而且她的手又乾又黯沉，既不年輕，也不適合戴戒指。

她開口說話。聲音很熟悉。「啊，馬羅星生，灰常謝謝你來。安索他喂灰常高興。」

我把印地安人給我的百元鈔票擺在桌子上。我回頭看。印地安人已經又坐電梯下去了。

「抱歉。謝謝好意，但是我不能收。」

「安索他——他相要僱用你，沒有？」她又展露微笑。她的嘴唇像面紙一樣颯颯作響。

「我必須先了解是什麼樣的工作。」

她點點頭，慢慢從桌子後面站起來。她在我面前颼颼扭動像美人魚肌膚般貼身的緊身洋裝，向我展示她有個好身材，那是說，如果你喜歡從腰部以下又加大四號的曲線的話。

「我帶你去，」她說。

她按下鑲板牆上的一個按鈕，一扇門無聲無息的滑開。門後亮著乳白色的光輝。我回頭看一眼她的笑容才踏進去。此時她的笑容比埃及還要古老。門在我身後無聲無息的關起來。

房間裡空無一人。

那是一間八角形的房間，從天花板到地板垂著黑色的絨布，高遠的黑色天花板可能也罩著絨布。在沒有光澤的碳黑地毯中央，立著一張八角形的白色桌子，大小只夠擺兩個人的手肘，並且在桌子的中央，有一顆放在黑色架子上的乳白色球體。光線就是從這顆球體發出來的。至於是如何發出來的，我看不懂。在桌子的兩邊各有一張白色的八角形凳子，那造型正是桌子的縮小版。靠著一面牆邊，還有一張這樣的凳子。沒有窗戶。除了這些，房間裡沒有其他東西，完全沒有。牆壁上連個燈具也沒有。如果說還有其他門扇，我看不出來。我回頭看剛剛進來的那扇門。連那扇門也不見了。

我在那裡站了約莫十五秒，有一種彷彿被監視的模糊感覺。可能在某個地方有窺視孔，但是我找不出來。我放棄追查。只是聆聽著自己的呼吸。房間如此靜止，我可以聽到自己的氣息穿過我的鼻尖，如此輕柔，像小小的窗簾拂動。

然後在房間遠處有一扇隱密的門滑開來，一個男人踏進房間，門在他身後闔上。男人垂著頭直直走向桌子，在其中一把八角形凳子坐下來，然後用我所見過最美麗的手勢，做出一個揮灑的動作。

「請坐。在我的對面。不要抽菸，也不要焦躁。試著放鬆，完全放鬆。現在，我能幫你什麼忙？」

我坐下來，塞了一根香菸到我的嘴巴裡，並沒有點燃，只是放在唇間滾來滾去。我上下打量他。他又瘦又高，像一根鋼桿一樣筆直。他有一頭我所見過最白最細的白髮。可以用絲網過濾。他的皮膚像玫瑰花瓣一樣鮮嫩。有可能才三十五歲，也有可能已經六十五。歲月在他身上不留痕跡。他的頭髮直直往後梳，可以比美影星約翰・巴利摩最俊俏的側影。他的眉毛和牆壁、天花板，以及地板一樣的碳黑。他的兩眸深邃，無可比擬的深邃。是夢遊者的那種看不到底的迷幻眼。它們就像我曾經讀到的一口井。那口井已經有九百年歷史，位於一座古堡裡面。你可以丟一顆石頭到井裡面，然後開始等。你聆聽等待，然後你會放棄等待，放聲大笑，然後就在你準備轉身離去時，一個模糊輕微的濺水聲從井的底部傳上來你這邊，如此細小，如此遙遠，你會難以置信，那樣的一口井竟然可能存在。

他的眼睛就是像那麼深。而且沒有表情，沒有靈魂，是那種可以看著獅子把人撕成碎片而無動於衷的眼睛，也是那種可以看著一個人眼皮被割掉、被釘在炙熱的太陽下曝曬尖叫的眼睛。

他穿著一套藝術家剪裁的雙排釦黑色西裝。他似有似無的看著我的手指。

「請不要焦躁，」他說。「那會破壞波動，干擾我集中精神。」

「那會使冰化水，使奶油融解，使貓呱呱大叫，」我說。

他露出一抹全世界最雲淡風輕的微笑。「你不是只來這裡找碴的，我相信。」

「你好像忘了我爲什麼來這裡。順便一提，我把那張百元大鈔退還給你祕書了。如果你還記得，我是爲了幾根香菸來的。裡面塡了大麻的俄國香菸。有你的名片捲在空心的菸嘴裡。」

「你想要查出來，爲什麼會發生那樣的事？」

「是啊。應該是由我來付你一百元吧。」

「沒有必要。答案很簡單。有些事情連我也不知道。這就是其中的一件。」

一時之間，我幾乎相信他了。他的臉就像天使翅膀一樣的光滑。

「那麼爲什麼要送給我一百元——還派來一個臭得要命的惡棍印地安人——和一輛車？順便問一聲，印地安人爲什麼非得那麼臭不可？如果他是在爲你工作，你難道不能叫他洗個澡嗎？」

「他是天生的靈媒。這種人很稀少——就像鑽石一樣，而且和鑽石一樣，有時候是在骯髒的地方挖掘出來的。據我了解，你是個私家偵探？」

「是的。」

「我想你是個非常愚蠢的人。你看起來很愚蠢。你從事一個愚蠢的行業。而且你爲了一項愚蠢的使命來這裡。」

「我懂了，」我說。「我很愚蠢。這要花點時間才發現。」

「而且我想我不用再耽擱你了。」

「你沒有耽擱我，」我說。「是我在耽擱你。我想知道，爲什麼那些名片會在那些香菸裡面。」

他似有似無的聳聳肩。「任何人都可能拿到我的名片。我沒有給我朋友大麻菸。你的問題還是很愚蠢。」

「我不知道這是不是會讓問題明朗一點。香菸是放在一個廉價的中國或日本仿玳瑁盒子裡。你曾經看過像那樣的盒子嗎？」

「沒有。據我記憶所能及，沒有。」

「我可以再讓問題更明朗一點。盒子是放在一個名叫林賽．馬里歐特的人的口袋裡。你有聽過他嗎？」

他想了一下。「有。我曾經幫他治療攝影機羞怯症。他想要從影。但那只是白浪費時間。攝影機不要他。」

「我可以猜想得出，」我說。「他想和伊莎朵拉．鄧肯（譯註：著名現代舞舞蹈家）一樣上照。我還有一個大問題。你爲什麼給我那張百元大鈔？」

「我親愛的馬羅先生，」他冷冷的說。「我不是笨蛋。我從事一個非常敏感的行業。我是個郎中。換句話說，我處理醫生在他們狹小膽怯自私的同業公會之內所無法治療的毛病。我隨時都處在危險當中——來自像你們這號人物的危險。我只是想在面對危險之前，先對它做一下評估。」

「就我的案例看來，算是小事一樁，嗯？」

「幾乎等於不存在，」他有禮貌的說，並且用左手做了一個詭異的動作，使我的眼睛跟著一跳。然後他把手非常緩慢的放在白桌子上，並且垂眼注視。然後他又抬起深不見底的眼睛，並且將兩臂交疊胸前。

「你聽到——」

「我現在聞到了，」我說。「我心裡想的不是他。」

我把頭轉向左邊。印地安人坐在靠著黑絨布的第三張白凳子上。他在其他衣服上套了一件白色罩衫。他一動不動的坐著，閉著眼睛，頭有點向前傾斜，彷彿已經在那裡睡了一個鐘頭之久。他黑暗壯碩的臉孔滿布陰霾。

我回顧安索。他露出他那種雲淡風輕的笑容。

「我打賭那可以嚇掉有錢老寡婦的假牙，」我說。「他賺錢的真本領是什麼——坐在你膝蓋上唱法國歌嗎？」

他做了一個不耐煩的手勢。「請你把重點講出來。」

「昨天晚上，馬里歐特雇我陪他去做一場探險，到一個對方挑選的地點，去付給那些騙子一些錢。我的頭被敲了一記。等我恢復神智，馬里歐特已經被謀殺了。」

安索臉上的表情沒有太多改變。他沒有尖叫或跑去撞牆。但對他來說，那反應已經夠尖銳了。他放開交疊的雙臂，然後又以另一個方式將雙臂交疊在一起。他的嘴巴看起來很陰森。然後他像公共圖書館外面的石獅子那樣直挺挺的坐著。

「香菸是在他身上找到的，」我說。

他冷冷的看我。「但不是被警察找到的，我想。因為警察還沒有現身此地。」

「正確。」

「那一百元，」他非常輕柔的說。「根本不夠。」

「那得看你想要買的是什麼。」

「你手上有那些香菸嗎？」

「有其中的一根。但是它們不能證明什麼。就如同你所說的，任何人都可能拿到你的名片。我只是好奇，為什麼它們會出現在它們出現的地方，你有什麼看法嗎？」

「你對馬里歐特先生了解多少？」他柔聲問。

「根本不熟。但是我大概知道他是什麼樣的人。那些特徵如此明顯，讓人一眼就看穿了。」

安索輕輕的敲了敲白桌子。印地安人仍然把下巴垂在大胸脯裡睡他的覺，沉重的眼皮闔得緊緊的。

「順便問一下，你有沒有見過一位葛雷耶太太，一位住在海灣市的有錢女士。」

他心不在焉的點點頭。「有，我幫她治療過語言問題。她有非常輕微的語言障礙。」

「你的醫術太高明了，」我說。「她現在講話的能力和我一樣好。」

那並沒有贏得他的歡心。他仍然敲著桌子。我聽著敲打的聲音。那裡面夾雜著某種我不喜歡的東西。聽起來像是某種信號。他停下來，又把雙臂交疊起來，並且憑空往後靠。

「這件差事讓我喜歡的地方是，每個人認識每個人，」我說。「葛雷耶太太也認識馬里歐特。」

「你是怎麼發現這點的？」他緩緩的問道。

我沒說話。

「你必須告訴警方——關於那些香菸的事，」他說。

我聳聳肩。

「你在納悶，我爲什麼沒有把你丟出去，」安索神情愉悅的說。「二次種植可以像折芹菜梗一樣的折斷你的頸子。我自己也在納悶。你似乎抱持著某種理論。我是不付勒索金的。那種錢什麼也買不到——再說我多得是朋友。但是當然啦，有些特定人士一直就想讓我難看。例如精神科醫師、性學專家、神經病學家，那些手裡拿著橡皮槌、書架上堆滿了變態研究著作的難纏小人物。當然，他們都是——醫生。而我終究還是——郎中。你的理論是什麼？」

我試圖用目光壓倒他，但是沒辦成。我感覺自己在舔嘴唇。

他輕輕的聳聳肩。「你如果不想講，我也不怪你。這件事，我必須好好的想一想。或許你是個比我料想還要聰明很多的人。我也會犯錯。同時呢——」他身體向前靠，把兩隻手各放在乳白球體的兩邊。

「我想馬里歐特是個專門勒索女人的傢伙，」我說。「而且是一個珠寶犯罪集團的哨兵。但是，是誰告訴他哪些女人可以交往——所以他會知道她們的日常進出，設法和她們親近，和她們做愛，叫她們穿金戴銀，帶她們出門，然後偷溜去打電話，通知小子們到哪裡行動的？」

「那，」安索小心翼翼的說，「是你所想像的馬里歐特——也是你所想像的我。我覺得有點噁心。」

我向前靠過去，直到我的臉和他的臉相距不超過一呎。「你從事的是不正當的行當。隨你愛怎麼裝扮門面，這仍然是一個不正當的行當。而且不只是名片的問題，安索。正如你所說的，任何人都可能拿到那些名片。也不只是大麻的問題。你不會只做像那樣的便宜買賣——以你所可能掌握到的機緣。在每一張名片的背後，都有一個空白的空間。而且在空白的空間上，或甚至在已經有字的地方，有時候可以有隱藏性的書寫。」

他淡淡的一笑，我幾乎錯失那抹笑容。他的手在乳白色的球體上一揮。

燈光熄滅。房間就和凱莉・奈森（譯註：Carry Nation，1846-1911，美國二十世紀初禁酒運動提倡者）的無邊帽一樣漆黑。

22

我把我的凳子往後一踢，站起來，並且想把槍從臂膀底下的槍袋抽出來。但是沒有用。我的外套鈕釦是扣住的，而且我太慢了。總之，如果要說到拿槍殺人，我的動作總是太慢。

有一股無聲的氣流衝過來，還有一陣泥土的氣味。在全然的黑暗中，印地安人從背後攻擊，並且把我的臂膀往身側釘住。他開始把我舉高。我仍能把槍抽出來，對著房間周圍盲目掃射，但是眼前毫無援手。而且這樣做似乎也沒有什麼意義。

我放棄手槍，抓住他的手腕。他的手腕油膩滑溜，很難抓攫。印地安人粗重的喘息，用力把我一摔，使我的頭頂順勢往上彈跳。這時換他抓住我的手腕，而不是我抓住他的了。他很快的把我的手腕扭到背後，然後磐石似的膝蓋往我的身後一頂。他使我屈身彎了下去。我是可以彎屈的。我不是市政府。他使我彎屈了。

不爲任何理由的，我試圖喊叫。然而一口氣堵在喉嚨裡，出不來。印地安人把我往側邊一摔，並且趁我摔倒時，用兩腿交叉箝住我的肢體。我像陷在一只大桶子裡，動彈不得。他的兩手伸向我的頸子。後來有時我會在夜間醒來。感覺那雙手還在那裡，而且聞到他的氣味。我感覺呼吸吃力，快要喘不過氣來，而那些油膩的手指又不停往內掐。然後我就起床喝個飲料，並且轉開收音機。

就在我快昏死過去時，燈光又亮起來，眼前一片血紅，想必是我的眼球和眼球後方都充血了。有一張臉孔在我眼前浮浮沉沉，有一隻手輕輕的拍打我，但是另外那兩隻手仍然掐在我的咽喉上。

一個聲音柔和的說：「讓他呼吸——稍微放一點點。」

那些手指頭放鬆了。我扭脫它們的箝制。某個閃閃發光的東西對著我的顎骨側邊打下去。

那聲音柔和的說：「把他拉起來。」

印地安人把我拉站起來。他把我拉靠著牆壁，用兩隻彎轉的手腕壓住我。

「業餘的料，」那聲音柔和的說，那個和死亡一樣堅硬嚴酷的閃亮東西又打了我一記，從我臉上橫掃而過。某種溫熱的東西潺潺流下臉孔。我伸舌去舔，嘗到鐵和鹽的味道。

一隻手探索我的皮夾。一隻手探索我所有的口袋。包在面紙裡的香菸被掏出來打開。模糊中，被拿到我眼前的某個地方。

「一共有三根香菸？」那聲音溫和的說，閃亮的東西又打了我的顎骨一記。

「有三根，」我嚥了一大口氣。

「你剛說其餘的在哪裡？」

「在我的桌子裡——在我辦公室。」

閃亮的東西又打了我一下。「你可能說謊——但是我會查出來。」鑰匙在我眼前閃著奇異的細微紅光。那個聲音說：「再多勒他幾下。」

鐵手指又掐進我的咽喉。我使盡全力抵擋，抵擋他的臭味和他腹部堅硬的肌肉。我舉起手抓住他的一根手指頭，試圖扭歪它。

那聲音柔和的說：「有意思。他在學習呢。」閃亮的東西又橫空劃過。它擊中我的下顎，那個曾經是我的下顎的部位。

「放開他。他已經學乖了，」那聲音說。

厚重強壯的臂膀陡然放鬆，我往前搖搖晃晃踏出一步，穩住自己。安索站在那裡，露出雲淡風輕的微笑，在我面前幾乎如夢似幻。他纖細可愛的手握著我的槍。他把槍對準我的胸膛。

「我可以教你一些東西，」他用那柔和的聲音說。「但是有什麼用？骯髒小世界裡的骯髒小人物。就算點亮你身上的一個點，你仍舊是個骯髒小世界裡的骯髒小人物。不是嗎？」他面露笑容，笑得如此美麗。

我用僅存的力量往他的笑容一拳甩過去。

以我當時的狀況來看，這一拳不算差。他腳步一踉蹌，血從兩個鼻孔流了出來。然後他穩住自己，挺直了身子，又把槍舉起來。

「坐下，我的孩子，」他柔聲說。「我有客人來訪。很高興你打我。這幫了我很大的忙。」

我摸索到白凳子，坐下來，並且把頭放在白桌子上的乳白球體旁邊，此時球體又發出柔和的光芒了。我的臉在桌子上，我側著臉看球。那光芒令我著迷。美好的光，美好柔軟的光。

我的後面和周圍除了寂靜，別無他物。

我想我就這樣睡著了，一張擺在桌子上、血跡斑斑的臉孔，和一個瘦削美麗的惡魔，手裡握著我的槍，微笑著注視我。

23

「好了，」一個大個子說。「不要再拖了。」

我睜開眼睛，坐起來。

「到另一間房間去，老兄。」

我站起來，仍然像在做夢。我們穿過一扇門，走到某個地方。然後我看出來那是哪裡了——周圍都是窗戶的接待室。此時外面已經一片漆黑。

戴錯戒指的女人坐在她的桌子後面。一個男人站在她旁邊。

「坐這裡，老兄。」

他推我坐下。那是一張好椅子，直背，但是舒服，只是我現在沒有心情享受。桌子後面的女人打開一本記事本，大聲的照本宣讀。一個面無表情、一口灰白鬍髭的矮老頭子在旁邊聆聽。

安索站在一面窗戶旁，背對著房間，眺望著遙遠的，在港口燈火之外，在世界之外的，平靜的海平線。他彷彿鍾愛的注視著那裡。他一度半轉過頭來看我，我可以看出，他臉上的血已經洗掉了，但是他的鼻子不是我一開始看見的那根鼻子，尺寸差了兩號。那使我不禁莞爾，笑咧了破裂的嘴唇。

「你覺得好玩嗎，老兄？」

我查看聲音的來源，那站在我面前，把我帶到這裡來的傢伙。他重達兩百磅（約九十點八公斤），像朵被風吹歪的花，滿口蛀斑點點的牙齒，而且具有馬戲團司儀般豐潤的聲音。他難惹又迅速，他吃紅肉。沒有人能夠隨便指使他。他是那種每晚對著包皮短棍吐口水以取代禱告的警察。但是他有一對帶有幽默感的眼睛。

他跨開兩腿站在我面前，手裡拿著打開著的我的皮夾，並且一邊用右手大拇指的指甲在皮革面上摳啊摳的，彷彿他就是喜歡損壞東西。損壞小東西，如果那些就是他所能弄到手的。但是大概損壞人的臉孔，才會給他帶來更多樂趣。

「偷窺狂，呃，老兄？從大黑道區來的，呃？想搞點勒索把戲嗎，呃？」

他的帽子戴在頭部後方。額頭上粉棕色的頭髮因爲汗水而染成暗棕色。幽默感的眼睛布著血絲。

我的喉嚨感覺好像被絞乾機絞過。我舉起手來觸摸。那個印地安人。他的手指像造器械的鋼材。

黯膚女人停止宣讀，闔上記事本。一口灰白鬍髭的小老頭點點頭，走過來站在跟我說話的那個人後面。

「警察？」我問，搓了搓我的下巴。

「你認爲呢，老兄？」

警察式幽默。那個小個子有一隻眼睛斜視，而且看起來半盲。

「不是洛杉磯的，」我說，同時瞪著他。「要在洛杉磯警局，那隻眼睛早讓他退休了。」

大個子把皮夾還給我。我整個查過一遍。所有的錢都在。所有的卡片都在。每一樣原來在裡面的東西都沒有短少。我很驚訝。

「說句話吧，老兄，」大個子說。「說句什麼會讓我們喜歡你的話。」

「把我的槍還我。」

他身體稍微向前傾，思考起來。我可以看出他在思考。思考使他的雞眼疼痛。「噢，你要你的槍嗎，老兄？」他瞥眼看那個有灰白鬍髭的老頭。「他要他的槍，」他告訴他。他又轉回來看我。「你要槍做什麼，老兄？」

「我要射一個印地安人。」

「噢，你要射一個印地安人，老兄。」

「對——只要射一個印地安人，砰。」

他又轉過去看那個有鬍髭的老頭。「這傢伙非常剽悍，」他告訴他。「他要射一個印地安人。」

「聽著，海明威，不要複述我說的每一句話，」我說。

「我想這傢伙是神經病，」大個子說。「他剛剛叫我海明威。你想他是神經病嗎？」

有鬍髭的咬著一根雪茄，沒說話。站在窗邊那個高個俊美的男人緩緩的轉過身來，柔聲說：「我想他可能有一點不平衡。」

「我想不出有任何理由他要叫我海明威，」大個子說。「我的名字不是海明威。」

老頭子說：「我沒看到槍啊。」

他們看著安索。安索說：「在裡面。我收起來了。我會把槍交給你，布連恩先生。」

大個子的屁股蹲下來，稍微彎下膝蓋，對著我的臉呼氣。「你為什麼叫我海明威，老兄？」

「因爲有女士在場。」

他又站直起來。「你瞧。」他看著那個有鬍髭的。有鬍髭的點點頭，然後轉身穿過房間離去。滑門打開來。他踏進去，安索跟在他後面。

四下一片安靜。黯膚女人垂眼看著她的桌面，蹙起眉頭。大個子注視著我的右邊眉毛，緩緩的搖頭，暗自納悶。

門又打開來，有鬍髭的男人回來了。他從某個角落拾起一頂帽子，交給我。他從他的口袋裡拿出我的槍，交給我。從槍的重量，我知道裡面是空的。我把槍塞進臂膀底下，站起來。

大個子說：「我們走吧，老兄。離開這裡。我想也許來點新鮮空氣，可以幫助你清醒過來。」

「好吧，海明威。」

「他又來了，」大個子傷心的說。「因爲有女士在場，所以叫我海明威。你想在他的想法裡，這是不是某種黃色笑話？」

有鬍髭的男人說：「快走吧。」

大個子抓起我的手臂，我們走到小電梯旁。小電梯升上來。我們踏進去。

24

到了底層，我們踏出去，步過狹窄的走道，然後走出黑色的大門。外面空氣清爽，這裡的高度位於從海上飄來的霧靄之上。我深吸一口氣。

大個子仍然抓著我的手臂。外面停著一輛車，一輛純黑色的轎車，私家車牌。

大個子打開前門，抱怨道：「這並不符合你的格調，老兄。但是來點新鮮空氣對你有好處。你看這樣沒關係吧？我們可不想做你不喜歡我們做的事喲，老兄。」

「印地安人呢？」

他輕搖一下頭，把我推進車子裡。我坐進前座的右邊。「噢，對喔，印地安人，」他說。「你得用弓箭才能射他。那是法律規定的。我們把他抓進車子的後座了。」

我看車子的後座。那裡是空的。

「媽的，他不在那兒了，」大個子說。「一定是有人把他偷走了。這年頭真的是不能留任何東西在沒上鎖的車子裡。」

「快走吧，」有鬍髭的男人說著，鑽進後座。海明威繞過車子，把他堅硬的肚子塞進方向盤的後面。他發動車子。我們轉過彎，忽忽開下兩側長著野天竺葵的車道。一陣冷風從海上襲來。星星距離太遙遠。它們靜默無語。

我們來到車道底端，轉出去混凝土的山路，不疾不徐的往前開。

「你自己怎麼沒開車，老兄？」

「安索派車來接我。」

「爲什麼會那樣，老兄？」

「一定是他想見我吧。」

「這傢伙眞是了得，」海明威說。「他都設想好了。」

他對著車子外側啐了口痰，俐落的轉了一個彎，然後讓車子優哉游哉的往山下駛去。「他說你打電話給他，想跟他勒索。所以他想，最好親眼瞧瞧要跟他做生意的是什麼樣的傢伙——如果他眞要做生意的話。所以他派自己的車下去。」

「因爲他知道他會打電話找他認識的警察來，而我不會需要開我自己的車回家，」我說。「OK，海明威。」

「是喔，又來了。OK。好吧，他的桌子底下有裝錄音機，而且他的祕書把一切都記下來了，我們到達以後，她把紀錄對這位布連恩先生讀了一遍。」

我轉頭看布連恩先生。他正在安詳的抽雪茄，彷彿腳上穿的是居家拖鞋。他沒看我。

「見鬼她記下來了，」我說。「八成是他們早就捏造出來的一堆筆記。」

「也許你願意告訴我們，爲什麼你要見這個傢伙，」海明威有禮的提議。

「你是說在我還保有一部分臉的時候？」

「哎喲，我們才不是那種人咧，」他說，比了一個大手勢。

「你和安索相當熟，不是嗎，海明威？」

「布連恩先生認識他吧。我呢，我只是遵命行事。」

「布連恩先生到底是誰？」

「就是後座那位紳士啊。」

「除了坐在後座，他到底是誰？」

「怎麼，耶穌基督，每個人都認識布連恩先生啊。」

「好吧，」我說，突然開始覺得非常擔心。

接著是更多一點的靜默，更多的轉彎，更多彎彎曲曲、緞帶似的水泥路，更多的暗夜和更多的痛楚。

大個子說：「現在只有我們哥兒們了，沒有女士在場，我們實在也不怎麼在乎你爲什麼要上那兒去，但是這個海明威什麼的，真的讓我感覺很不是滋味。」

「那只是一個玩笑，」我說。「一個很老、很老的玩笑。」

「那這個叫海明威的人又是誰？」

「是一個不斷反覆又反覆說同樣東西的傢伙，一直到你終於開始相信，那個東西一定是好的。」

「那一定要花他媽的很長一段時間，」大個子說。「就一個私家偵探而言，你的思想也眞是天馬行空。你的牙齒都還是眞的嗎？」

「是啊，有幾顆還補過洞。」

「好吧，那你確實很幸運，老兄。」

後座的那個男人說：「好了。在下一個路口右轉。」

「遵命。」

海明威把轎車轉進一條貼著山壁的狹隘泥路。我們沿著那條路開了大約一哩。鼠尾草的氣味濃郁起來。

「這裡，」後座的男人說。

海明威停下車子，踩下煞車。他靠過來越過我面前，打開車門。

「好吧，很高興認識你，老兄。但是不要再回來了。總之，不要再爲了生意回來。下車。」

「我從這裡走路回家嗎？」

後座的男人說：「快走吧。」

「對，你從這裡走路回家，老兄。你看這樣沒關係吧？」

「當然沒關係。這可以給我時間好好思考幾件事。譬如說，諸位小子不是洛杉磯的警察。但是你們其中一個人是警察，也或許你們兩個都是。我敢說，你們是海灣市的警察。我倒很好奇，你們爲什麼會跑出自己的轄區。」

「那不是頗難證明嗎，老兄？」

「晚安，海明威。」

他沒有回答。他們兩人都沒有吭聲。我動身要下車，把一隻腳踩到腳踏板上，同時身體往前傾，整個人還有點昏沉沉的。

後座的男人突然做了一個閃眼而過的動作，與其說是我看到，不如說是我感覺到。我腳下張開一個黑暗的大窟窿，比最黑暗的黑夜還要深沉許多許多。

我一頭栽進去。那個洞沒有底。

25

房間充滿了煙霧。

煙霧像細細的線條筆直的懸掛在空中，由上到下像用透明小珠子串起來的珠簾。尾端的牆壁似乎有兩扇打開的窗戶，但是煙霧一動不動。我從來沒有見過這間房間。窗戶上橫掛著鐵條。

我感覺遲鈍，腦袋空空。我覺得自己好像睡了一整年。但是那個煙霧很困擾我。我面朝上躺著，想著這件事。過了很長一段時間以後，我深吸一口氣，那使我的肺部疼痛。

我大叫：「失火了！」

那使我大笑起來。我不知道有什麼好笑，但是我開始大笑。我躺在床上大笑。我不喜歡那笑聲。那是瘋子的笑聲。

那一聲大叫很足夠了。房間外面傳來火急的腳步聲，一根鑰匙插進鎖孔，門倏地打開。一名男子側身衝進來，並關上身後的門。他的右手伸向臀部後方。

他是個矮胖的男子，穿著白色外套。他的眼睛看起來很怪異，烏黑平板。眼睛的外圍是一坨坨灰色的肌膚。

我從硬枕頭上轉頭，打了個呵欠。

「沒事，老兄。一時口誤，」我說。

他站在那裡一臉怒容，右手懸在右臂後方。發綠的臭臉，平板烏黑的眼睛，灰白色的皮膚，和一根似乎只是個空殼子的鼻子。

「也許你需要加一件拘束衣，」他冷笑道。

「我很好，老兄。很好。睡了長長的一覺。做了點夢，我猜。我在哪裡？」

「在你應該在的地方。」

「似乎是個好地方，」我說。「人好，氣氛好。我想我還是再小睡一會兒吧。」

「最好是，」他厲聲說。

他走出去。門關上。鎖孔喀啦一聲。腳步聲漸行漸遠，及至消失。

他的來去沒有改善煙霧的狀況。煙霧仍然懸浮在房間中央，布滿了整間房間。像簾子。不消減，不流失，不移動。房間裡有空氣，而且我的臉可以感覺到空氣。但是煙霧沒有感覺。它像由上千隻蜘蛛織出來的灰色蛛網。我好奇他們怎麼有辦法使那麼多蜘蛛一起工作。

身上是棉布條紋的睡衣。郡立醫院裡穿的那種。前面沒有開口，沒有一針一線是多餘的。低劣粗糙的質料。領圍摩擦我的咽喉。我的咽喉還在痛。我開始記起事情來了。我舉手觸摸喉頭的肌肉。那裡的肌肉還在痛。只要射一個印地安人，砰。OK，海明威。所以你想當偵探？好好賺筆錢。只要九堂簡易課程。我們提供徽章。多繳五十分錢，還送給你托架。

咽喉會痛，但是手指感受不到任何感覺。它們就和一串香蕉沒什麼兩樣。我看看它們。它們看起來像手指。不太好。郵購手指。它們一定是和徽章，還有托架，一起寄來的。還有畢業證書。

現在是晚上。窗外的世界一片漆黑。有一個玻璃瓷碗從天花板的中央用三條銅鍊垂吊下來。裡面有光。它的邊緣有小小的彩色光團，橘紅色和藍色次第排列。我瞪著那些光團。我厭倦了煙霧。就在我瞪著它們的時候，它們開始像小小的舷窗一樣打開來，頭從裡面伸出來。小小的頭，但是是活的，像小洋娃娃的頭，但是是活的。一個戴著遊艇帽、長著一根像約翰走路威士忌標誌人物鼻子的男子，一個有一頭蓬鬆金髮、戴著漂亮的寬邊帽的女子，還有一個打著歪扭的蝴蝶結領帶的瘦削男人。他看起來像是專門做觀光客生意的海邊城鎮侍者。他張開嘴巴，輕蔑的問：「你的牛排是要生的還是半熟，先生？」

我緊緊閉上眼睛，用力的眨幾下，當我再度張開眼睛時，那只不過是一個垂吊在三條銅鍊上的仿瓷燈罩。

但是煙霧依然一動不動的懸浮在流動的空氣中。

我抓住粗床單的一角，用函授學校在九堂簡易課程以後寄給我的麻木手指抹掉臉上的汗水，九堂簡易課程，預付一半學費，愛荷華州悉達市兩百四十六萬八千九百二十四號信箱。瘋了。完全瘋了。

我在床上坐起來，一會兒之後，終於能把腳踩到地上。地板光禿禿的，有釘子和針在裡面。賣針線的櫃檯在左邊，夫人。超大型安全別針在右邊。兩腳開始可以感覺到地板了。我站起來。離地太遠了。我匍匐下來，吃力的喘息，扶住床的邊緣，然後一個似乎是從床底下傳出來的聲音一次又一次的說：「你得了震顫性譫妄……你得了震顫性譫妄……你得了震顫性譫妄。」

我開始走路，像喝醉酒一樣顛顛仆仆。在兩扇有鐵條窗戶中間的白色小搪瓷桌上，擺著一瓶威士忌。樣子看起來不錯。看起來還約莫有半瓶滿。我走向它。這世界無論如何還是有很多好人。你可以對著早報發脾氣，在戲院踢隔壁座位傢伙的脛骨，覺得厭惡，沒有希望，並且譏嘲政治人物，但無論如何，世界上還是有很多好人。就拿留半瓶威士忌在這裡的那個傢伙來說吧。他擁有和梅．蕙絲（譯註：Mae West，1893-1980，美國一九三〇年代電影明星暨性感偶像）的屁股一樣大的心胸。

我探過去，用兩隻還半麻木的手抱住瓶身，把它舉到嘴邊，感覺就像舉起金門大橋一端似的，大汗淋漓。

我稀哩嘩啦的灌了長長一口。再用無比小心的動作把酒瓶放下。我試著舔自己的下巴。

那威士忌有一種奇怪的味道。就在意識到威士忌有一種奇怪的味道的時候，我看見有一座洗臉槽嵌在牆的一角。我及時趕到。我正好及時趕到。我吐了。迪奇．狄恩（譯註：Dizzy Dean，1910-74，美國職棒投手）一輩子也沒投過什麼是比這更兇猛有力的。

時間流逝——我在噁心反胃，顛仆搖晃，和頭昏眼花中掙扎，憑靠著洗臉槽的邊緣，發出動物般的呼聲求救。

那些感覺消逝了。我腳步踉蹌的回到床邊，再度面朝上躺下來，躺在那裡喘著大氣，看著那些煙霧。那煙霧並不是那麼清晰。並不是那麼真實。也許那只是我眼球後面的某種東西。然後突然間，煙霧根本不存在了，來自天花板瓷燈的光線鮮明的鐫刻出房間的形狀。

我再度坐起來。貼近門邊，有一張碩重的木頭椅子靠牆而立。穿白外套那個男子進來的那扇門邊，還有另一扇門。衣櫃的門吧，大概。裡面說不定還有我的衣服呢。地板鋪著綠色和灰色的方格油氈。牆壁漆成白色。一間乾淨的房間。我坐著的床是一張狹窄的醫院鐵床，比一般所使用的還要低，而且有厚實的附扣環皮帶連在床邊，大約位在一個人的手腕和腳踝的位置。

這眞是一間了不起的房間——一間叫人避之唯恐不及的房間。

我現在全身都有感覺了，頭、喉嚨和手臂都在痛。我不記得手臂發生了什麼事。我捲起棉布睡衣的袖子，頭暈目眩的看。從手肘到肩膀的皮膚滿是針孔。每個針孔的周圍都有一小圈變色的殘痕，大約一枚二角五分錢幣的大小。

毒品。我被注射了一堆毒品，好使我安靜。或許也注射了莨菪鹼，好使我說話。一時之間注射了太多毒品。所以甦醒過來以後，還在持續痙攣。有的人會，有的人不會。得看你是什麼樣的體質。毒品。

那就是爲什麼會有那些煙霧，天花板燈具周邊的小人頭，各種聲音，怪異的念頭，皮帶，鐵條，還有麻木的手指和腳。那瓶威士忌大概也是某人布置的四十八小時酒精療法的一部分。他們故意把它留在那裡，以確保我不會錯過。

我站起來，腹部差點撞上對面的牆壁。那使我又躺下來，微弱的喘息了很長一段時間。現在我全身都在刺痛，而且汗流不止。我可以感覺到小滴的汗在額頭上形成，然後緩緩的、小心翼翼的沿著鼻子側邊滑落到嘴角。我傻乎乎的用舌頭去舔。

我再度坐起來，把腳放到地板上，站起來。

「好吧，馬羅，」我咬著牙說。「你是個硬漢。六呎高的鐵人。脫了衣洗了臉以後也有一百九十磅。肌肉結實，下巴堅硬。你可以承受得了。你被敲昏過兩次，喉嚨被勒過，而且下巴被用槍柄打到昏頭轉向。你被注射了滿身毒品，整個人處在毒品的影響下，變得和兩隻跳華爾滋的老鼠一樣瘋癲。而這一切又能把你怎樣？家常便飯啦。現在讓我們瞧瞧你的真功夫吧，例如，穿上你的長褲。」

我再度在床上躺下來。

時間繼續流逝。我不知道多久。我沒有手錶。總之，手錶也無法記錄這種時間。

我坐起來。又要舊戲重演了。我站起來，開始走路。走路一點都不好玩。那使你的心臟跳得像神經緊張的貓。最好躺下來，再回去睡覺。最好放鬆一陣子。你的狀況不佳，老兄。好吧，海明威，我很衰弱。我連一只花瓶都打不倒。我連一片指甲都折不斷。

不行。我要走路。我是硬漢。我要離開這裡。

我再度在床上躺下來。

第四次好一點了。我起來穿越房間，然後再走回來，兩次。我走到洗臉槽，把水槽沖洗乾淨，靠在上面，用手掌捧起水來喝。把要嘔吐的感覺壓下去。稍微等一會兒，然後再喝更多水。現在好多了。

我走路。走路。走路。

走了半小時，我的膝蓋在顫抖，但是我的腦袋很清醒。我喝更多水，很多很多水。喝水的時候，我差點要埋首到水槽裡痛哭。

我走回床邊。那是一張可愛的床。那是一張用玫瑰花葉做的床。那是全世界最美麗的床。那是從卡洛·隆巴德（譯註：Carole Lombard，1908-42，美國電影女明星）那裡要來的。那張床對她太軟了。那值得我用餘生交換躺在上面兩分鐘。美麗柔軟的床，美麗的睡眠，美麗的眼睛閉起來，眼睫毛闔起來，溫柔的呼吸聲，黑暗，休息，陷進深深的枕頭裡……

我走路。

他們建築金字塔，厭倦了，把金字塔拆掉，絞碎石塊，做成混凝土來建築巨石水壩，他們建成了巨石水壩，把水帶到陽光加州，並且用水來造洪。

我走過這一切。我不管這一切干擾。

我停止走路。我已經準備好可以和人說話了。

26

衣櫃門鎖著。碩重的椅子對我來說太碩重。它本來就故意要如此碩重。我扯掉床單，去除護墊，把床墊拉到一邊。底下是網狀的彈簧墊，上下都用大約九吋長的黑色亮漆金屬螺旋彈簧固定住。我動手拔其中一根。那是我所做過最辛苦的工作。十分鐘以後，我的兩手都流血，然而也弄鬆了一根。我甩動彈簧。平衡良好。有重量。有甩勁。

等準備妥當，我放眼望見威士忌酒瓶，那其實也可以當個很好的武器，只是我完全把它給忘了。我又喝了一些水。坐在光禿的彈簧墊旁邊稍事休息。然後我走到門邊，把我的嘴巴靠在門鉸鍊旁邊，大叫：

「失火了！失火了！失火了！」

那是一段短暫而且愉快的等待。他沿著外面的走道使勁跑來，他的鑰匙兇猛的插進鎖孔，奮力的轉動。

門猛然打開。我身體平貼在門開處的牆上。這次他把短棍抽出來了，一根大約五吋長，短小精幹的工具，包覆著棕色的編織皮革。他一看被扯開的床鋪，眼珠暴凸，於是開始轉身尋找。

我吃吃竊笑，予以重擊。我把螺旋彈簧往他的頭側打去，他踉蹌向前。我隨著他下跪彎身。再補他兩棒。他發出呻吟。我把短棍從他疲軟的手中抽走。他發出哀號。

我用膝蓋撞他的臉。那把我的膝蓋弄痛了。他沒有告訴我，我有沒有把他的臉弄痛了。就在他還在呻吟的時候，我用短棍把他擊昏。

我從門的外面抽出鑰匙，從內面把門鎖上，並且搜索他全身。他還有更多鑰匙。其中一根符合我衣櫃的鎖孔。我的衣服掛在裡面。我摸索所有口袋。我皮夾裡的錢不見了。我回到穿白外套男子的旁邊。依他的工作而言，他的錢未免太多了。我拿走我原有的數目，然後把他搬到床上，綁住他的手腕和腳踝，並且將半碼床單塞進他的嘴巴。他的鼻子摔爛了。我等了一段時間，確定他還能夠透過那根鼻子呼吸。

我爲他感到抱歉。一個辛勤工作的簡單小人物，只是試圖做好份內的職務，以求每星期能領到薪資支票。也許還有妻子有兒女。眞不幸。而他所能依靠的，竟只有一根短棍。似乎很不公平。我把摻了毒品的威士忌放在他手所能及的地方，假設他的手沒有被綁住的話。

我拍拍他的肩膀。差點就對著他哭起來。

我所有的衣服，甚至我的槍帶和槍，都掛在衣櫥裡，但是槍裡面沒有子彈。我手指笨拙的穿好衣服，同時不斷的打呵欠。

床上的男子乖乖的躺著。我留他在那兒，把他鎖在房內。

外面是一條寬闊安靜的走道，有三扇緊閉的門。任何一扇門背後都沒有傳出聲響。一條酒紅色的地毯沿著走道中央迤邐而下，和房子的其餘所在一樣悄然無聲。末端有一個轉彎，然後右轉之後又有一個廳廊，那裡是一座有白橡木扶欄的老式大樓梯的樓梯口。樓梯優雅的彎進底下陰暗的廳廊。底層廳廊的尾端是兩扇彩色玻璃的室內門。地板有鑲嵌花紋圖案，而且鋪著厚厚的地毯。一小撮光線從一扇沒有完全關緊的門旁縫隙滲透出來。但是四下完全沒有聲響。

一棟老房子，當初怎麼建造就怎麼留存，以後沒有再增添什麼。它大概矗立在一條安靜的街道上，一邊是玫瑰藤架，屋前栽滿了花。在明亮的加州陽光底下，雅緻，涼爽，又靜謐。至於裡面如何，誰管它，只要別讓裡面的人尖叫得太大聲就好。

就在跨出腳要步下樓梯時，我聽到一個男子咳嗽的聲音。那使我縮了回來，然後我看見在末端的另一條走道上，有一扇半開的門。我墊著腳尖走過長條地毯。我等著，在靠近半開的門旁，但是不到它的門內。一方楔形光線投射在我腳下的地毯上。男子又咳了一聲。那是一聲深沉的咳嗽，發自深沉的胸崁。聽起來祥和又隨性。那其實不關我的事。我的事應該是設法逃出那個地方。但是有個人能夠在那棟房子裡敞開著房門，讓我感到有興趣。他可能是個有地位的人，值得你舉帽致敬。我偷偷溜進楔形光線的範圍內一點點。一陣報紙的窸窣聲。

我可以看見房內的一部分，裡面的擺設像房間，不像牢房。有一座暗色的五斗櫃，上面放著一頂帽子和幾本雜誌。窗戶有蕾絲窗簾，地上有一條好地毯。

床墊的彈簧唧唧嘎嘎叫得很大聲。有一個和他的咳嗽聲一樣大的大塊頭傢伙。我伸出手指頭把門再推開一兩吋。什麼也沒發生。我把頭慢得不能再慢的往前伸。現在我看見整間房間了，床鋪，床鋪上的男子，堆滿了菸蒂的菸灰缸，菸蒂滿到掉到床頭桌上，還從床頭桌上掉到地毯上。床上有十來張胡亂堆置的報紙。其中一張握在一張大臉前面的一雙大手掌裡。我看見露出綠色紙張邊緣上方的頭髮。暗色，蜷曲——甚至可以說是黑色的——而且十分茂盛。頭髮底下露出一橫條白皮膚。報紙稍微動了一下，我不敢喘氣，床上那個男子也沒有抬頭。

他需要刮鬍子。他隨時都需要刮鬍子。我以前見過他，在中央街上，在一家叫做弗羅里安的黑人酒店裡。我見過他穿著一套顏色鮮豔的西裝，外套上有白色高爾夫球鈕釦，手裡拿著一杯檸檬威士忌。而且我見過他握著一把柯爾特軍用手槍，緩步踏過打破的門扇，那把槍在他的掌握中看起來有如玩具。我見過他做的一些事情，那種下手後無可轉圜的事情。

他再度咳嗽，挪動在床上的屁股，用力的打了個呵欠，然後側身撈取床頭桌上一包皺巴巴的香菸。一根香菸插進他的嘴裡。他的拇指端亮起一朵火。煙從他的鼻孔裡噴出來。

「啊，」他哼一聲，然後報紙又擋在他面前了。

我不再理會他，兀自走回側邊廳廊。麋鹿摩洛伊先生似乎受到很好的照顧。我回到樓梯處，走下樓。

那扇開了一條縫隙的門後傳出呢喃的語聲。我等待有人回答。然而什麼也沒有。原來是在講電話。我走近門邊傾聽。聲音低沉，只是一陣喃喃。聽不出是在講什麼。最後一個乾涸的喀啦聲。在那之後，房間裡就只剩持續的沉默。

該是離開的時候了，遠遠的離開這裡。所以我推開門，悄然無聲的踏進去。

27

那是一間辦公室，不小，也不大，有著整潔的專業形象。一座有玻璃櫥窗的書架裡陳列著厚重的書籍。牆上有個急救箱。一具白色搪瓷和玻璃的消毒箱裡，裝了許多正在蒸煮的皮下注射針和針筒。一張又寬又平的桌子上，擺著一面吸墨紙，一把銅製切信刀，一套書寫用筆，一本記事簿，此外再沒有太多東西，只除了，一個坐在那裡沉思、臉埋在雙手中的男子的一雙手肘。

在張開的蠟黃手指之間，我看見一頭像褐色溼沙的頭髮，如此滑順，看來像是畫在他頭骨上的。我向前走了三步，他的視角一定有超越桌子，看到我移動的鞋子。他抬起頭，注視著我。凹陷沒有顏色的眼睛，嵌在一張像羊皮紙的臉孔裡面。他鬆開手，身體緩緩的往後靠，完全沒有任何表情的看著我。然後他以一種類似無助而又不贊同的姿態攤開兩手，等兩隻手又放下來的時候，其中一隻手放得非常靠近桌角。

我又向前踏出兩步，把短棍展示給他看。他的食指和中指仍然往桌角的方向移過去。

「警報器，」我說，「今天晚上不能給你帶來任何幫助。我讓你的硬漢小子睡著了。」

他的眼睛顯得昏昏欲睡。「你是個重症病人，先生。病得非常厲害。我不推薦你起來到處亂跑。」

我說：「右手。」我把短棍對準那隻手敲過去。手像受傷的蛇一樣縮回去。

我繞過桌子，臉上掛著根本沒有什麼值得一笑的笑容。他的抽屜裡果然有一把槍。這些人總是在抽屜裡有一把槍，而且他們的動作總是太慢，假設他們有機會拿槍的話。我把槍拿出來。那是一把點三八口徑的自動手槍，標準型，沒有我的好，但是我可以用它的子彈。抽屜裡似乎沒有任何子彈。我動手拆他的彈匣。

他蠢蠢欲動，眼睛仍然凹陷哀傷。

「也許你地毯底下還有另一個警報器，」我說。「也許那連通警局局長的辦公室。不要碰。只要再一個鐘頭，我就會變得非常武勇。任何從那扇門進來的人都會進棺材。」

「地毯底下沒有警報器，」他說。他說話帶著非常輕微的外國口音。

我把他的彈匣拿出來，把我的空彈匣也拿出來，然後相互交換。我把他槍膛裡的殼子彈出來，讓它躺在桌子上。把另一個裝進我的槍膛裡，再走回到桌子的另一邊。

門上有一個彈簧鎖。我退到門邊，把彈簧鎖往內推，聽到它喀啦一聲鎖起來的聲音。另外還有一個門栓。我把它轉關起來。

我走回桌子旁，在一張椅子坐下來。那用掉我最後一盎司的力氣。

「威士忌，」我說。

他兩手開始移動。

「威士忌，」我說。

他走去藥物櫃，拿出一個上面有綠色國稅局封印的扁瓶，和一只玻璃杯。

「兩個杯子，」我說。「我曾經喝過你的威士忌。媽得差點就叫我去撞卡塔利娜島。」

他帶回來兩只小玻璃杯，破開封印，然後把兩只杯子倒滿。

「你先，」我說。

他淡淡的一笑，舉起其中一只杯子。

「祝你健康，先生——你僅存的健康。」他喝了。我也喝了。我伸手把酒瓶抓過來，把它立在靠近我的地方，並且等候那熱力抵達我的心臟。我的心臟開始跳動，這次是用力的撞擊胸膛，而不是像之前的氣如游絲。

「我做了一個噩夢，」我說。「很蠢。我夢見我被綁在一張小床上，被注射了滿身毒品，鎖在一間用鐵條封住的房間。我變得非常衰弱。我睡著了。沒有食物。病懨懨的。我是在頭被敲昏以後，被帶進一個地方，他們在那裡對我做了這些事情。他們費了很多功夫。我其實沒有那麼重要。」

他沒說話。他注視著我。他的眼睛在做某種遙遠的臆測，彷彿他在納悶，我還能活多久。

「我醒來，房間裡充滿了煙霧，」我說。「那只是一種幻覺，視神經發炎，或你們這種人所稱的某種什麼症狀。我看見了煙霧，而不是粉紅色的蛇。於是我放聲大叫，一個穿白外套的硬漢進來，讓我見識到一根短棍的厲害。花了我很長的時間，才終於把短棍從他身上拿走。我找到他的鑰匙，我的衣服，甚至還從他口袋裡拿回我的錢。所以我現在在這裡。所有毛病都痊癒了。你有什麼話要說嗎？」

「我沒有評論，」他說。

「可是評論希望你把它們說出來哩，」我說。「它們自己有舌頭，現在正懸在外面等著要被說出來。這裡這樣東西——」我輕輕搖了搖短棍，「是一位勸說專家。我必須從某個傢伙那裡借來使用。」

「請你馬上把它交給我，」他帶著笑容說，那是一抹你會愛上的笑容。就像死刑執行手的笑容，當他來你牢房幫你丈量墜地所需高度時的笑容。有點友善，有點慈愛，同時又有點提防。你會愛上它的，如果有什麼辦法能讓你活得夠久的話。

我把短棍丟進他的手掌心，他的左手掌。

「現在請你給我槍，」他柔聲說。「你曾經病得很嚴重，馬羅先生。我想我必須堅持你回到床上。」

我瞪視著他。

「我是宋德柏格醫生，」他說，「我不聽任何藉口。」

他把短棍放在面前的桌上。他的笑容像冷凍魚一樣僵硬。他長手指的動作像垂死的蝴蝶。

「槍，請你，」他柔聲說。「我要強烈的忠告——」

「現在幾點，典獄長？」

他表情有點驚訝。我手上帶著手錶，但是錶壞了。

「幾乎午夜。爲什麼問？」

「今天是星期幾？」

「怎麼，我親愛的先生——當然是星期天晚上啊。」

我穩住自己在桌上的姿勢，試著思考，並且把槍握在靠他夠近的地方，這樣他才有過來奪槍的可能。

「超過四十八小時。難怪我會痙攣得那麼厲害。是誰把我帶來這裡的？」

他瞪著我，同時左手開始偷偷的往槍的方向靠過來。他是毛毛手會社的社員。女孩兒們和他在一起會很有樂趣。

「不要逼我耍狠，」我怨嗔道。「不要逼我喪失美好的態度和無瑕的英文。只要告訴我，我是怎麼到這裡來的。」

他很有勇氣。他想抓槍。他沒抓到。我往後靠坐，並且把槍放到大腿上。

他面紅耳赤，轉而抓起威士忌，又給自己倒了一杯，並且囫圇灌下。他深吸一口氣，哆嗦了一下。他不喜歡酒的味道。吸毒鬼從來就不喜歡酒的味道。

「如果你離開這裡，馬上就會被逮捕，」他厲聲說。「你是被執法人員依照正當程序送進來這裡的——」

「執法人員不可能這樣做。」

那讓他一時語塞。他的蠟黃臉孔開始扭曲。

「振作起來，一吐爲快吧，」我說。「是誰把我送進來這裡，爲什麼，如何辦到的？我今天晚上情緒正瘋狂。我想到海裡去跳舞。我聽到女妖的呼號。我一個星期沒有開槍殺人了。說吧，費爾醫生（譯註：Dr. Fell，引自童謠〈我不喜歡你，費爾醫生〉）。取下老六弦琴，讓柔美的音樂流瀉吧。」

「你麻醉藥中毒，」他冷冷的說。「你差點就死掉。我必須給你三劑毛地黃。你掙扎，尖叫，你必須被強力壓制。」他的話傾瀉而出，像跳跳蛙一個緊接著一個。「如果你以這種狀況離開我的醫院，你會惹來很嚴重的麻煩。」

「你剛才說你是醫生嗎——治病的醫生？」

「當然。我是宋德柏格醫生，就如我剛才告訴你的。」

「麻醉藥中毒不會尖叫掙扎，醫生。只會昏迷不醒。我們再來試一次。而且廢話少說。我只要聽重點。是誰把我送進你的私人瘋人院的？」

「但是——」

「不要跟我但是。否則我會讓你變成落湯雞。我會讓你淹死在馬侖榭酒的酒桶裡。我希望自己能有一桶馬侖榭酒可以淹死在裡面。莎士比亞。他也很懂酒的（譯註：據傳莎士比亞的薪水有一部分以馬侖榭酒抵算，而且他的劇作中多次提及這種酒）。我們自己也來點吧。」我把他的杯子拿過來，給我們兩人各倒了一些酒。「繼續說，卡洛夫（譯註：Karloff，1887-1969，英國出生至加拿大發展，以飾演科學怪人走紅的電影明星）。」

「是警察把你送來這裡的。」

「什麼警察？」

「當然是海灣市的警察。」他不安的蠟黃手指轉動著酒杯。「這裡是海灣市。」

「噢。這個警察有名字嗎？」

「一位姓賈伯磊斯的警佐，我想。不是一般的巡邏警察。星期五晚上，他和另一位警官發現你在房子外面亂逛，意識不太清楚。他們送你進來，因爲這裡剛好靠近。我以爲你是癮君子，吸毒過量。但是有可能我弄錯了。」

「好故事。我無法證明是錯的。但是爲什麼一直把我留在這裡?」

他把不安的兩手一攤。「我已經一而再的告訴你,你病得非常嚴重,而且還沒有痊癒。要不然你指望我怎麼樣?」

「那麼我一定欠你不少錢囉。」

他聳聳肩。「當然。兩百元。」

我把我的椅子往後推一點。「眞是賤價。試試看來拿呀。」

「如果你離開這裡,」他厲聲說。「馬上就會被逮捕。」

我靠到桌子上,對著他的臉呼氣。「不只是因爲離開這裡,卡洛夫。打開牆上那個保險箱。」

他快捷順當的站起來。「這太過分了。」

「你不開嗎?」

「我當然不開。」

「我手裡握的可是槍喔。」

他露出勉強而尖苛的笑容。

「那是個超大的保險箱,」我說。「而且很新。這是一把好槍。你不開嗎?」

他的表情沒有任何改變。

「媽的,」我說。「當你手裡有槍的時候,別人應該要聽任你指使。看來沒效,是不是?」

他面露微笑。他的笑容含有虐待狂的喜悅。我正在搖搖欲墜。我快要垮掉了。

我在桌旁搖搖晃晃，他等著，他的嘴唇輕輕的啓開。

我靠立在那裡好一陣子，凝視著他的眼睛。然後我咧嘴而笑。笑容像一塊破敗的抹布從他臉上垮下來。汗珠從他的額頭凝結而出。

「再會，」我說。「我把你交給比我更髒的手。」

我退到門邊，打開門，然後走出去。

前門沒鎖。那裡有一個有屋頂的門廊。花園花團錦簇。有白色的尖樁圍籬和柵門。房子立在街角上。那是個清涼溼潤的夜晚，沒有月亮。

街角上的路牌寫著迪斯堪索街。沿街區一路上的房子都亮著燈。我聆聽警車的警笛聲。沒有任何聲響。另一塊路牌寫著二十三街。我竭力走到二十五街，然後開始向800號的街區挺進。819號是安‧李奧丹的門牌號碼。避難的所在。

走了很久一段時間以後，我才意識到我的手裡還握著槍。而且都沒有聽到警車的警笛。

我不停的走。戶外的空氣對我有好處，但是威士忌的效力正在消逝，隨著酒力消逝，痛感也開始浮現。沿著街道有樅樹，有磚造的房屋，看起來比較像是西雅圖國會區的房子，不像是在南加州。

819號還亮著燈。它有一個白色的前廊，非常小，緊貼著高大的柏樹樹籬。房子的前面有玫瑰花叢。我步上走道。按鈴之前，我先聆聽。仍然沒有警車的警笛聲。門鈴輕敲，一會兒之後，從那種可以讓你和上鎖的前門外通話的電子裝置裡，傳出低沉粗嗄的語聲。

「請問什麼事？」

「是馬羅。」

也許她嗆到了，也許那種電子裝置在關掉的時候就是會發出那種聲音。

前門大開，安．李奧丹小姐穿著一身淺綠色的褲裝站在那裡，望著我。她兩眼大睜，露出懼色。在前廊刺眼的燈火照耀下，她的臉色在瞬間轉爲蒼白。

「我的天啊，」她驚呼。「你看起來像哈姆雷特的爸爸！」

28

客廳裡鋪著褐色有圖案的地毯，擺著幾張白色和玫瑰色的椅子，一座黑色大理石壁爐附有很高的銅與鐵柴薪架，牆上有建入式高書架，放下來的百葉窗上垂掛著奶油色粗布簾。

除了一面全身式長鏡和鏡前掃得乾乾淨淨的地板，房間裡沒有一樣東西是女性化的。

我半坐半躺在一張深椅面的椅子，兩腿跨在腳凳上。我已經喝了兩杯黑咖啡，然後也吃了兩顆水煮蛋和一片撕碎了攪和在蛋裡的吐司，接著又喝了更多黑咖啡，咖啡裡還摻了一點白蘭地。這些都是在早餐室裡吃的，但是我已經記不起來早餐室長什麼樣子。那已經是太久以前的事情。

我又恢復精神了。我幾乎完全清醒，而且即使還反胃，也只會嘔到第三壘，還不至於吐到中外野旗桿。

安・李奧丹坐在我的對面，身體往前靠，潔淨的下巴捧在潔淨的手裡，幽暗的眼睛掩映在蓬鬆的紅褐色頭髮底下。她的頭髮裡插著一支鉛筆。她一臉憂慮。我已經告訴她一部分經過，但是不是全部。尤其是關於麋鹿摩洛伊的部分，我還沒有告訴她。

「我以為你喝醉酒，」她說。「我以為你必須喝醉酒才會來見我。我以為你和那個金髮女人出去。我以為——我不知道我以為什麼了。」

「我打賭這一切不是靠你寫作賺來的，」我環顧四周說。「即使發表你以爲的看法是有報酬的。」

「而且這也不是我爹靠警察職權弄來的，」她說。「不像當今他們稱爲警察局長的那個肥老粗。」

「那不關我的事，」我說。

她說：「我們在德爾雷有一些土地。一些人家騙他買的沙地。結果那些沙地竟然有石油。」

我點點頭，喝幾口我手裡那只漂亮水晶杯裡的飲料。那裡面的飲料有一股美好的溫暖口感。

「一個男人隨時可以在這裡安頓下來，」我說。「隨時可以搬進來。一切都爲他安排得妥妥貼貼了。」

「如果他是那種男人。而且有人要他那樣做的話，」她說。

「可是沒有管家，」我說。「那樣日子會很辛苦。」

她臉紅起來。「但是你——你寧可讓自己的頭被打成膿包，臂膀被毒品針頭刺成蜂窩，下巴被當成棒球賽記分板。天曉得你的下巴有多大。」

我沒說話。我太疲倦了。

「至少，」她說。「你還有腦袋要檢查那些蒂嘴。聽你在阿斯特路說話的樣子，我還以爲你錯解了整件事情。」

「那些名片不具任何意義。」

她利眼盯著我。「在那個人派幾名不肖警察把你痛打一頓，還用兩天酒精療法毒害你，好教訓你不要多管閒事以後，你還能坐在那裡告訴我這種話？這當中如此明顯的事有蹊蹺，簡直就是痲臉婆抹粉，欲蓋彌彰。」

「這句話應該由我來講，」我說。「那屬於我的風格。粗鄙直率。是什麼蹊蹺？」

「這個高雅的靈媒根本就是個高級流氓。他探勘機會，壓榨心靈，然後派底下的混混出去奪取珠寶。」

「你眞的認爲是這樣？」

她瞪視著我。我喝完玻璃杯裡的飲料，然後又在臉上擺出一副虛弱的表情。她當做沒看見。

「我當然這樣認爲，」她說。「而且你自己也這樣認爲。」

「我認爲事情比那還要再複雜一點。」

她的笑容既溫馨可親，同時又微帶嘲諷。「對不起。我一時忘了，你是個偵探。案子一定得複雜才好，對不對？我猜簡單的案子就是會給人一種不入流的感覺。」

「事情比那還要再複雜一點。」我說。

「好吧。洗耳恭聽。」

「不知道。我就是這樣認爲。可以再給我一杯嗎？」

她站起來。「你知道麼，即使不爲什麼，你有時候也該嘗嘗白開水的味道。」她過來取走我的玻璃杯。「這是最後一杯喔。」她走出房間，某處傳來冰塊叮叮咚咚的聲音，我閉起眼睛，聆聽那細微而不重要的音響。我實在沒有理由來這裡。如果他們是如我所懷疑的那麼了解我，他們有可能找到這裡來。那就會搞出一場亂子。

她帶著玻璃杯回來，因爲捧著冰玻璃杯而冰冷的手指碰著了我的手，我握住她的手好一會兒，然後才緩緩的放開，那就好像當太陽照上你的臉，把你從魔幻幽谷的夢中喚醒，使你不得不依依不捨的放走夢境一樣。

她臉紅起來，走回她的座椅坐下，花了許多不必要的功夫讓自己安頓妥當。

她點起一根香菸，看著我喝飲料。

「安索是個相當殘忍的傢伙，」我說。「但是不知怎的，我就是不認爲他會是珠寶黑道集團的首腦。也許我看錯了。可是如果他確實是，而且他認爲我握有他的把柄，那麼我想我不可能活著離開那間戒毒醫院。但是他確實有需要害怕的事情。一直要到我開始喋喋不休有關隱形文字的事，他才眞的開始態度兇惡起來。」

她坦然的注視我。「眞有隱形文字嗎？」

我咧嘴而笑。「如果有，我並沒有讀到。」

「用那種方法把對某人的惡評隱藏起來，很好笑，你不覺得嗎？藏在香菸的蒂嘴裡。要是永遠沒有人發現呢。」

「我想重點是，馬里歐特害怕某些事情，而萬一他發生了三長兩短，那些名片就會被人發現。警方會用細齒梳子爬梳他口袋裡的所有東西。那正是令我感到困惑的地方。如果安索眞是個惡棍，那麼根本不會有蛛絲馬跡留下來讓人發現。」

「你的意思是，如果安索謀殺他——或者派人謀殺他？但是馬里歐特認識安索這件事，可能和謀殺案並沒有直接關連。」

我往後靠，把背部壓進椅背，喝光飲料，然後假裝在仔細思考。我點點頭。

「但是珠寶搶劫和謀殺案有關。而且我們假定安索和珠寶搶劫有關連。」

她的眼神有點促狹。「我打賭你覺得糟透了，」她說。「你想睡覺嗎？」

「在這裡？」

她臉紅到髮根裡去了。她抬起下巴。「是啊。我不是小孩子了。誰能管我做什麼，什麼時候做，或怎麼做？」

我把玻璃杯放到一邊，站起來。「我罕見的神經敏感正好發作，」我說。「你能不能載我去計程車站，如果不太累的話？」

「你該死的笨蛋，」她生氣的說。「你被打成一個膿包，被注射了天知道多少種毒品，我以為你只要睡個好覺，醒來神清氣爽，就可以再開始當你的偵探。」

「我想我稍微晚點睡沒關係。」

「你應該上醫院的，你這個大笨蛋！」

我哆嗦一下。「聽著，」我說。「我今天晚上腦袋不太清楚，而且我想我不應該在這裡停留太久。對這些人，我還拿不出一樣東西來具體證明，但是他們好像不怎麼喜歡我。無論我想說什麼，都是我一個人的話和執法當局對抗，而這個鎮的執法當局似乎相當腐敗。」

「這是一個好城鎮，」她有點喘不過氣來的厲聲說，「你不能判斷……」

「好吧，這是一個好城鎮。芝加哥也是啊。你可以在那裡生活很久，而從來沒有看過一把衝鋒槍。當然，這是一個好城鎮。這裡大概不會比洛杉磯糟糕。但是在一個大城市，你只能收買一部分。而在這種大小的城鎮，你卻可以把它整個買下來，連同原包裝盒和包裝紙一併吞下。那就是區別所在。那就是我要退出的原因。」

她站起來，對我揚起下巴。「你在此時此地給我上床睡覺。我有一間多出來的房間，你馬上就可以就寢，而且——」

「答應要鎖上房門？」

她兩頰飛紅，並且咬著嘴唇。「有時候我覺得你是舉世無雙的無敵手，」她說，「有時候又覺得你是我所遇過最遜的遜咖。」

「不管是哪一個，能不能請你載我去可以叫計程車的地方？」

「你給我留在這裡，」她啐口道。「你狀況不佳。你是病人。」

「我還沒有病到不能被套口供，」我惡意的說。

她如此快速的跑出房間，差點就被從客廳到走道的兩級階梯絆倒。她在瞬間回來，長褲套裝上已經罩了一件法蘭絨長外套，她沒戴帽子，紅髮看起來和面容一樣憤怒。她打開一扇側門，刷一聲把門摔開，倏忽跑出去，腳步聲在車道上劈劈啪啪響。微微傳來車庫門開啓的聲音。一扇車門開了又用力關上。油門啓動，引擎轟隆作響，車燈掃過客廳打開的法式落地玻璃門前。

我從椅子上拾起我的帽子，關掉幾盞燈，看見落地玻璃門上有一個耶魯鎖。關門前，我回顧室內一會兒。那是一間好房間。那是一間可以在裡面穿起居家拖鞋休息的好房間。

我關上門，小轎車開上來我身邊，我繞過車後方上車。

她把我一路載回家，雙唇緊閉，十分生氣。她像團怒火般狂飆。當我在我的公寓門前下車時，她冷冷的道了聲晚安，沒等我把鑰匙從口袋裡拿出來，就把小轎車在馬路中央迴轉，消失了蹤影。

公寓大樓在十一點就鎖上入口大廳的門。我打開鎖，穿過老是散發著霉味的大廳，走到樓梯和電梯間。我乘電梯到我的樓層。我的樓層亮著慘淡的燈光。服務門前面立著幾只牛奶瓶。走廊盡頭隱約可見紅色的逃生門。那裡有一扇打開著的紗窗，讓懶洋洋的微風得以流通進來，但是流通的微風從來也無法完全清除大樓內煮食的味道。我回到一個沉睡的世界，一個和沉睡的貓一樣無害的世界。

我打開我公寓的門鎖，走進去，嗅了嗅裡面的味道，我只是靠著門站在那裡一會兒，然後才打開燈。那是一股家的味道，一股灰塵與菸草的味道，一股屬於男人所居住，而且仍然在居住的味道。

我脫下衣服，上床睡覺。我做了幾個噩夢，幾度在汗水中醒來。但是到了早上，我又是一尾活龍了。

29

我穿著睡衣坐在床畔，考慮要起床，但是還沒有完全下定決心。我還沒有完全好，但是也沒有感覺像我應該感覺的那麼糟，至少沒有像如果我做的是薪水工作的感覺那麼糟。我的頭很痛，又脹又熱；我的舌頭很乾，上面像有砂礫；我的喉嚨僵硬，下巴也好不到哪裡去。但是這並不是我所經歷過的最糟糕的早晨。

那是個灰濛濛的早晨，迷霧籠罩，氣溫還不算高，但是待會兒可能會暖和起來。我從床上跳起來，撫了撫胃部因爲嘔吐而造成疼痛的部位。我的左腳感覺還好。已經不痛了。所以我用左腳踢了踢床角。

當我還在兀自詛咒時，門外傳來刺耳的敲門聲，是那種讓你很想把門打開兩吋，給它啐一大口口水，然後再大力關上的、專橫的敲門聲。

我把門打開比兩吋稍微大一點。藍道警探副隊長站在那兒，身上穿著一套軋別丁西裝，頭上戴著一頂輕毛呢軟帽，十分整齊清潔又莊嚴，而且眼中不懷好意。

他把門稍稍推開一些，我從門邊退開。他進來，關上門，並且舉眼四望。「我找你兩天了，」他說。他沒有看我。他的眼睛打量著房間。

「我生病了。」

他用輕快的步伐四處走動，他滑順的灰髮閃閃發亮，此時他的帽子已經夾在臂膀底下，兩隻手則插在口袋裡。就警察來說，他的個子不是很大。他把一隻手從口袋裡抽出來，把帽子小心翼翼的擺在一些雜誌上面。

「不是在這裡，」他說。

「在醫院裡。」

「哪一家醫院？」

「一家寵物醫院。」

他彷彿臉被我打了一巴掌似的，身體突然抽搐一下。皮膚泛起一陣紅暈。

「有點早，不會嗎——一大早就要這種嘴皮？」

我沒有回應。我點燃一根菸。深吸一口，然後很快的又在床沿坐下來。

「像你這種傢伙眞是沒藥救，不是嗎？」他說。「只能把你丟進牢籠裡。」

「我病了好一陣子，而且還沒喝我的晨間咖啡。你不能指望我的心智處在最佳狀態。」

「我告訴過你，不要插手這件案子。」

「你不是上帝。你甚至也不是耶穌基督。」我又吸了一口菸。體內某處感覺赤裸疼痛，但是那樣還讓我比較高興一點。

「你會很驚訝，如果知道我能讓你日子多難過。」

「大概吧。」

「你知道我爲什麼還沒有那樣做嗎？」

「知道啊。」

「爲什麼？」他身體有點向前傾，像小獵犬一樣的警覺，眼睛裡帶著那種警察遲早都會有的無情神色。

「因爲你找不到我。」

他身體往後靠，然後用腳跟前搖後擺。他臉色有點變。「我以爲你要講別的，」他說。「如果你那樣講的話，我就揍扁你。」

「兩千萬大洋嚇不了你。但是你可能有接到指示。」

他呼吸得很用力，嘴巴有點開開的。然後他非常緩慢的從口袋裡拿出一包香菸，拆開包裝紙。他的手指有點發抖。他把一根菸含在嘴唇中間，走過去我的雜誌桌找火柴夾。他審慎的點燃香菸，把火柴放進菸灰缸裡，而不是丟在地板上，然後深吸一口。

「我前幾天在電話上給過你忠告，」他說。「星期四。」

「星期五。」

「對——星期五。沒有效。我可以了解爲什麼。但是當時我不知道你隱瞞了證據。我只是建議一些行動，就這件案子而言，似乎是個好主意。」

「什麼證據？」

他沉默的瞪著我。

「你要來點咖啡嗎？」我說。「那可能可以使你有人性一點。」

「不要。」

「我要。」我站起來，開步往小廚房走去。

「坐下，」藍道啐口道。「我還沒說完。」

我逕自走去小廚房，放了一些水到茶壺裡，把茶壺放上爐子。我從水龍頭接了一杯冷水喝，然後又喝一杯。然後手裡握著第三杯回來，站在門檻上，看著他。他動也沒動。他香菸的煙幕幾乎就像一面堅實的物品掛在他的身側。他兩眼凝視著地板。

「爲什麼在葛雷耶太太找我的時候去見她是錯的？」我問。

「我不是在說那件事。」

「是喔，但是你之前指的就是那件事。」

「她沒有找你。」他抬起眼睛，但是仍然帶著那種無情的神色。而且紅暈仍然染在他的顴骨上。「是你霸王硬上弓，提及醜聞，給自己勒索到一件差事做。」

「奇怪了。就我記憶所及，我們根本沒有談什麼差事。我不認爲她的故事裡有什麼東西。我的意思是，有什麼須要我幫忙的東西。根本無從插手起。而且我理所當然的以爲，她已經把事情告訴你了。」

「她是告訴我了。那間在聖塔莫尼卡的啤酒屋是宵小惡棍的窩藏地點。但那並不代表什麼。我在那裡查不出個所以然。對街的旅館也是個臭窩。沒有我們要找的人。全是些便宜貨色。」

「她告訴你我霸王硬上弓嗎？」

他眼睛有點垂下來。「沒有。」

我咧嘴而笑。「要來點咖啡嗎？」

「不要。」

我走回小廚房煮咖啡，並且在那裡等著它滴泡。這次藍道跟著我到廚房，並且換他自己站在門檻上。

「就我所知，這個珠寶黑幫已經在好萊塢一帶混了至少十年了，」他說。「他們這次做得太過火。殺了一個人。我想我知道爲什麼。」

「嗯，如果這是黑幫幹的，而且被你偵破，那就是我住在這個城市以來，第一樁破案的黑幫謀殺案。我可以把之前的案子一一舉出來描述一番，至少可以舉出一打。」

「謝謝你的誇獎，馬羅。」

「如果我說錯了，更正我啊。」

「媽的，」他不快的說。「你說得沒錯。紀錄上有幾件破了，但全是造假。只是一些小混混替上頭大隻的頂罪。」

「是啊。來點咖啡嗎？」

「如果我喝一點，你可以和我好好的談，男子漢對男子漢，不要耍嘴皮子嗎？」

「我試試看。但是我不能保證會跟你吐露所有想法。」

「我不需要你的所有想法，」他酸溜溜的說。

「你身上那套西裝很帥。」

紅暈又染上了他的臉。「這套西裝花了我二十七塊五，」他啐口道。

「噢，天哪，別那麼敏感嘛，」我說，同時走回去爐子旁。

「聞起來很香。你怎麼煮的？」

我倒出咖啡。「法式滴泡法。用粗碾咖啡。不要用濾紙。」我從櫥子裡拿出糖，從冰箱裡拿出鮮奶油。我們在廚房一角面對面坐下。

「剛剛那是插科打諢嗎？關於你生病住院的事？」

「不是。我碰到了一點麻煩——在海灣市。他們把我抓進去。不是抓進監獄，是抓進一家私人的毒品和酒精戒療所。」

他的眼色若有所思。「海灣市，呃？你喜歡硬幹，是不是，馬羅？」

「不是我喜歡硬幹。我是被打鴨子上架。但是以前從來沒有發生過這種情況。我被敲昏兩次，第二次是被一個警察打的，或者說，是一個看起來像警察，而且自稱是警察的人。我被人用我自己的槍痛毆，而且被一個印地安壯漢勒脖子。我在失去知覺的情況下，被丟進這家戒毒醫院，被鎖在裡面，而且有一部分時間可能還被綁在床上。而且我沒有辦法證明以上任何一件事，只除了，我身上確實有一大堆瘀青，而且我的左手臂上滿是針孔。」

他聚精會神的瞪著桌子的一個角落。「海灣市，」他沉吟道。

「那名稱就像一首歌。一首在骯髒的浴缸裡的歌。」

「你去那裡做什麼？」

「我沒有去那裡。是這幾名警察把我抓過界。我去斯蒂爾伍德高地見一個傢伙。那是在洛杉磯。」

「一個叫做裘爾斯・安索的傢伙。」他低聲說。「你爲什麼偷那些香菸？」

我俯視我的杯子。那個該死的小笨蛋。「因爲看起來很奇怪，他——馬里歐特——身上有那個額外的菸盒。裡面有大麻菸。似乎在海灣市，他們把那種東西做得像俄國香菸，有中空的蒂嘴，還有羅曼諾夫王朝徽章等等的。」

他把他的空杯子推向我，我又幫他倒了一杯。他的眼睛搜索我的臉，每一根線條，每一顆微粒，都不放過，就像拿著放大鏡的謝拉克・福爾摩斯，或拿著口袋型檢驗鏡的宋戴克醫師。

「你應該早點告訴我的，」他口氣嚴厲。他啜了口咖啡，用公寓大樓給人當餐巾紙用的那種有飾邊的小紙條擦嘴。「其實不是你偷的。女孩兒告訴我了。」

「唉，好吧，算了，」我說。「男人在這個國家做不了什麼事了。都要靠女人了。」

「她喜歡你，」藍道說，就像電影裡面和善的聯邦調查員，有點哀傷，但是非常男子氣概。「她老頭是個爲了原則不惜丟工作的正直警察。她根本不應該拿那些東西。她喜歡你。」

「她是個好女孩。只是不是我要的型。」

「你不喜歡好女孩嗎？」他又抽起一根香菸。他用手把煙霧從面前搧開。

「我喜歡圓滑亮麗的女孩子，冷硬，而且滿身罪惡。」

「他們把你送去給打手乾洗，」藍道冷淡的說。

「當然。要不然你以爲我去哪裡了？你要稱呼我們這段談話叫什麼？」

他露出今天的第一個笑容。他大概每天只容許自己笑四次。

「我沒有從你身上問到多少東西，」他說。

「我可以提供你一個理論，但是你大概比我早想到很多了。這個馬里歐特專門勒索女人，因爲葛雷耶太太算是已經跟我透露了這點。但是他還有別的身分。他是珠寶黑幫的眼線。集團的斥候，負責結交受害者，並且舖設舞台的男孩子。他會和他能約出門的女人培養感情，深入了解她們。就拿周四前一個禮拜的這件搶劫案來說。當中疑點重重。如果馬里歐特沒有開車，或者沒有帶葛雷耶太太去特盧卡迪洛，或者沒有走他走的那條路回家，經過那家啤酒屋，那麼搶劫案就不可能發生了。」

「有可能由私家司機開車，」藍道很合理的說。「但是那也不會改變多少事實。司機不會自告奮勇面對劫匪的鉛彈——只爲了一個月九十元的薪水。但是馬里歐特單獨與女人出門遇到搶劫的次數應該也不會很多吧，否則消息早就到處傳了。」

「這種買賣的重點，就在於消息不會到處傳，」我說。「要知道，東西是用很便宜的價錢賣回去的。」

藍道往後靠，搖了搖頭。「你得有更好的理論才能引起我的興趣。女人什麼都談。如果這個馬里歐特是那種和他出門就會出問題的傢伙，話就會到處傳。」

「也許眞的傳出去了。那就是爲什麼他們要暗算他。」

藍道木然的瞪著我。他的湯匙在空杯子裡攪空氣。我伸手要拿他的杯子，他把咖啡壺撇到一邊。

「繼續講，」他說。

「他們把他利用完了。他的用處已經耗盡了。就如同你所說的，可能開始有關於他的事在到處傳了。但是一旦參與這種買賣，你不能退出，也不能要求暫停。所以這最後一次搶劫對他就是名副其實的——最後一次。你瞧，如果考慮那條玉項鍊的價值，他們要的價錢眞的非常少。而且由馬里歐特負責連絡的工作。但無論如何，馬里歐特還是很害怕。到最後一刻，他覺得還是不要自己一個人去比較好。而且他想出一個小手段，萬一自己眞的發生三長兩短，身上有個東西可以指向某人，某個既無情又聰明到可以擔當那種黑幫的首腦的人，而且這個人又具有某種特殊的身分，可以取得關於有錢女人的消息。那是頗爲幼稚的手段，但也確實發生了效用。」

藍道搖頭。「黑幫會把他全身搜得清潔溜溜，甚至可能把屍體帶到外海去丟掉。」

「不。他們要讓謀殺看起來像是外行人幹的。他們還想繼續留在這一行。他們可能已經又找到一個人當眼線了。」

藍道還是搖頭。「這些香菸所指的那個人，不是那種類型的人物。他自己已經有一樁好買賣在經營。我查過了。你認爲他怎樣？」

他的眼睛全無表情，完全沒有一點表情。我說：「對我而言，他看起來相當危險。而且，錢永遠不嫌多，不是嗎？再說，畢竟，無論在什麼地方，他的靈媒買賣都是一種暫時性的買賣。今天他流行，每個人都去找他，過一段時間，流行冷卻下來，生意就做不下去了。那是說，如果他只是個靈媒，其他什麼都不兼的話。就和電影明星一樣。給他五年的時間。他可以就做那麼久。但是如果給他好幾種管道來使用他必然能從這些女人身上取得的情報，那麼他就可以狠狠的撈一大筆。」

「我會再更仔細的調查他，」藍道空無表情的說。「但是此刻我更有興趣的是馬里歐特。我們再往回推——再更往回推上去一些。回到你是怎麼認識他的那個點。」

「他打電話給我啊。從電話簿裡挑出我的名字。總之，他是這麼說的。」

「他有你的名片。」

我露出驚訝的表情。「對喔。我忘了。」

「你有沒有好奇過，爲什麼他會挑到你的名字——暫且不要管你記性短暫這件事？」

我瞪著坐在咖啡杯對面的他。我開始喜歡他了。在他的背心後面，除了襯衫以外，顯然還有很多很多其他東西。

「所以那就是你爲什麼會來這裡的眞正理由？」我說。

他點點頭。「其餘的，你知道，只是聊聊而已。」他有禮的對我微笑，同時等著。

我又倒了一些咖啡。

藍道身子往旁邊一彎，從桌沿側面看一下米白色的桌面。「有點灰塵，」他心不在焉的說，然後又挺直了身子，正眼看著我。「或許我應該用不太一樣的角度來切入這件事情，」他說。「譬如說，我覺得你對馬里歐特的直覺可能是對的。他的保險箱裡有兩萬三千大洋的現鈔——順便一提，那可是我們花了很大的功夫才找到的。裡面還有爲數不少的證券，和一份位於西五十四街的房地產信託契約。」

他拿起湯匙，輕敲著咖啡杯碟的邊緣，同時微微的笑著。「那有引起你的興趣嗎？」他溫和的問道。「地址是西54街1644號。」

「有，」我口氣沉重的說。

「噢，馬里歐特的保險箱裡也有不少珠寶——相當好的貨色。但是我想不是他偷的。我想很可能是人家給他的。這一點算你得分。他不敢賣那些珠寶——因爲考慮可能會引起的連想。」

我點點頭。「他會覺得像是偷的。」

「對。一開始，那份信託契約一點也沒有引起我的興趣，但是後來事情有了以下的演變。這就是你們這種傢伙和警方相抗衡的地方。我們通常會收到外圍區域所有謀殺案或可疑死亡案件的報告。我們應該要在同一天讀到報告。那是規定，就像你不應該在沒有搜索令的時候搜索，或者在沒有合理根據的時候對某人搜身。但是我們會不守規定。我們實在情非得已。我一直到今天早上才看到某些報告。然後我讀到其中一篇，是關於上星期四在中央街上的一樁黑人謀殺案。兇手是一個心狠手辣的前科犯，叫做麋鹿摩洛伊。而該案有一個出面作證的目擊者。我的天，你竟然是那個目擊者。」

他露出柔和的微笑，他的第三個笑容。「喜歡這個故事嗎？」

「我在聽啊。」

「這才發生在今天早上，了解嗎？所以我看看寫報告的人的名字，我認識他，納提。所以我知道這案子沒輒了。納提就是那種傢伙——呃，你有去過克雷斯萊恩嗎？」

「有啊。」

「在克雷斯萊恩附近一個地方，有一大票用舊貨車廂改裝的小木屋。我自己在那裡有一間小木屋，但是不是用貨車廂改的。相不相信，這些貨車廂是用卡車載來的，它們就這樣立在那裡，一個輪子也沒有。好了，納提就是那種會在這種沒車輪的貨車廂裡，扮演出色的煞車手的傢伙。」

「不是很厚道，」我說。「這樣講一個警官同事。」

「所以我打電話給他，他嗯嗯啊啊一陣子，啐了幾次痰，然後說，你有個想法，是關於摩洛伊在很久以前愛上的、某個叫做薇瑪什麼的女孩子，說你有去見過謀殺案那家酒店的前擁有人的寡婦，當時那裡還是白人酒店，而且摩洛伊和女孩子都在那裡工作。這個寡婦的住址就是西54街1644號，就是馬里歐特擁有信托契約的那棟房子。」

「所以？」

「所以我只是想，一個早上有這麼多巧合，很夠了，」藍道說。「所以我就上這兒來啦。而且到目前爲止，我都還相當和顏悅色。」

「麻煩的地方就在於，」我說。「事情好像看起來不只表面的那樣。這個叫薇瑪的女孩子死了，根據弗羅里安太太的說法。我有她的照片。」

我進去客廳，把手伸進我的西裝外套，當我的手還在半空中的時候，我開始覺得怪怪的，預期手會落空。但是他們居然連照片都沒拿走。我把東西掏出來，帶到廚房，並且將穿著皮葉洛式小丑服的女孩照片丟在藍道面前。他小心翼翼的審視一番。

「我從來沒見過，」他說。「那是另外一張嗎？」

「不是，這是葛雷耶太太的報紙照片。是安．李奧丹弄來的。」

他看一看，點點頭。「看在兩千萬身家的份上，我自己都想娶她。」

「還有一件事，我必須告訴你，」我說。「昨晚我氣不過，產生了瘋狂的想法，想單槍匹馬去那裡把那地方砸了。這家醫院位在二十三街和迪斯堪索街的交口。是由一個姓宋德柏格，自稱是醫生的人經營的。他還附帶經營黑道人物的窩藏所。我昨天晚上在那裡看見麋鹿摩洛伊。在一間房間裡面。」

藍道毫髮未動的坐著，凝視著我，「你確定？」

「不可能看錯人。他是個大塊頭，龐然大物。你絕對沒看過任何一個和他類似的人物。」

他坐在那裡瞪著我，一動不動。然後，他緩緩的從桌子底下抽身，站起來。

「我們去看看這個姓弗羅里安的女人。」

「那摩洛伊呢？」

他又坐下來。「把整件事情鉅細靡遺的說給我聽。」

我說給他聽了。他仔細聆聽，視線自始至終沒有離開我的臉。我想他眼睛連眨都沒眨一下。他從微啓的唇間呼吸。他的身體沒有移動。手指頭輕輕的敲著桌緣。等我說完以後，他說：

「這個宋德柏格醫生，他看起來什麼樣子？」

「看起來像個吸毒鬼，可能是個毒販。」我盡所能把他的長相描述給藍道聽。

他一言不發的走到另一間房間，在電話邊坐下來。他撥了個號碼，很小聲的說了很久的電話。然後他走回來。我剛剛又煮了更多咖啡，煮了幾顆蛋，烤了兩片吐司，而且正在給吐司抹奶油。我坐下來吃。

藍道在我對面坐下來，用手支著下巴。「我叫州方緝毒人員藉口一件假告發案上那裡去，要求到裡面到處瞧瞧。可能可以看出個蛛絲馬跡。可是他不會找到摩洛伊的。昨晚在你離開那裡以後十分鐘，摩洛伊也離開了。這點是可以篤定的。」

「爲什麼不找海灣市的警察？」我在蛋上面灑鹽。

藍道沒吭聲。等我抬起頭看他，只見他滿臉通紅，顯得很不自在。

「就警察來說，」我說。「你是我所見過，最敏感的一個。」

「趕快吃吧。我們得走了。」

「在這之後，我還得沖澡、刮鬍子和穿衣服。」

「你就不能穿著睡衣去嗎？」他尖刻的說。

「所以那整座城市就和這些人一樣歪風邪道嗎？」我說。

「那是萊爾德·布魯奈特的城市。聽說他投下三萬大洋選出一名市長。」

「就是擁有比維迪爾俱樂部的那個傢伙？」

「他還擁有兩艘賭博遊輪。」

「但是這是在我們的國家裡啊，」我說。

他俯視自己乾淨閃亮的指甲。

「我們先到你的辦公室一趟，去拿另外那兩根大麻菸，」他說。「如果它們還在那裡的話。」他彈一下手指。「如果你可以把鑰匙借給我，我可以趁你刮鬍子換衣服的時候跑一趟。」

「我們一起去，」我說。「我可能有信件。」

他點點頭，過了一會兒以後，坐下來，又點燃一根香菸。我刮鬍子，換衣服，然後我們坐藍道的車子離開。

我有一些信件，但都不值得一讀。收在桌子抽屜裡的兩根割開的香菸，都沒有被人碰過。辦公室看起來並沒有被搜索過的跡象。

藍道拿起兩根俄國香菸，嗅了嗅菸草，然後把它們收進他的口袋。

「他從你那裡拿到一張名片，」他玩味地說道。「名片背後並沒有任何東西，所以他也不在乎其餘的。我猜安索沒有什麼好怕的——他只是以爲你想撈點什麼好處。我們走吧。」

30

老包打聽把她的鼻子伸出前門一吋，小心的嗅了嗅，彷彿可能有紫羅蘭提早開花似的，她用尖銳的眼神探視街道上下，然後點了點那顆白頭。藍道和我摘下我們的帽子。在那個區域，這種舉動大概足以讓你和大明星范倫鐵諾相提並論了。她似乎記得我。

「早安，墨理森太太，」我說。「我們可以進去一會兒嗎？這位是從總局來的藍道副隊長。」

「老天爺，我忙死了。我有一大堆衣服要燙，」她說。

「我們不會耽擱你很久的。」

她從門邊退開一步，我們穿過她面前，走進擺著一座據說是梅森市或哪裡生產的餐具櫃的穿堂，然後從那裡走進窗戶上有蕾絲窗簾的整潔客廳。房子後面傳來熨斗的味道。她把介於客廳和內室的門小心翼翼的關闔，彷彿那是用易碎的派餅皮做的。

她今天早上穿著一件藍白相間的圍裙。她的眼神和之前一樣銳利，而她的下巴也絲毫沒有長長。

她在離我大約一呎的地方站定，把臉往前一推，定睛看著我。

「她沒收到。」

我擺出自恃聰明的表情。我點點頭，看看藍道，藍道也點點頭。他走到窗邊，張望弗羅里安太太房子的側面。他走回來，把他的軟帽夾在臂膀底下，像大學話劇裡的法國伯爵一樣的溫文有禮。

「她沒有收到，」我說。

「沒有，她沒有收到。星期六是這個月的一日。愚人節。嘻！嘻！」她停下來，正想拉圍裙起來抹眼睛，忽然記起來那是膠布圍裙。那讓她有點快快不樂。她的嘴巴嘟了起來。

「郵差來的時候，沒有走上去她家，她跑出來喊郵差。郵差搖搖頭，繼續往前走。她走回家裡。關門的時候，門摔得如此用力，我猜連窗戶都給震破了。像是氣瘋了。」

「眞是的，」我說。

老包打聽厲聲對藍道說：「讓我看你的警徽，年輕人。這個少年仔那天來的時候，嘴巴裡有威士忌的味道。我從來就不全然信任他。」

藍道從口袋裡掏出一只上了金釉和藍釉的徽章，秀給她看。

「看起來像是眞警察，」她確認道。「好吧，星期天什麼事也沒發生。她出去買酒。帶了兩罐方瓶子回來。」

「琴酒，」我說。「你可想而知。善良人士不喝琴酒。」

「善良人士根本就不喝酒，」老包打聽尖嘴薄舌的說。

「是喔，」我說。「再來是星期一，就是今天，郵差又過門不入。這一次，眞把她氣壞了。」

「自以爲什麼都知道，是不是，少年仔？等不及讓別人開口。」

「對不起，墨理森太太。這事情對我們很重要——」

「這邊這位年輕人守口如金一點困難也沒有。」

「他結婚了，」我說。「他有練過。」

她的臉色一下轉為青紫，令我很不愉快的聯想到發紺病。「滾出我的房子，否則我就叫警察！」她喊道。

「你的面前就站著一名警官，夫人，」藍道馬上接口。「你不會有危險的。」

「說得也是，」她承認。青紫的顏色開始自她臉上消退。「我不怎麼喜歡這個傢伙。」

「我和你同感，夫人。所以弗羅里安太太今天也沒有收到掛號信——是不是？」

「沒有。」她的聲音尖銳短促。她的眼神變得鬼祟起來。她開始加快說話的速度，甚至過於快速。「昨天晚上那邊有人來過。我連人都沒看到。朋友帶我去看電影。就在我們回來的時候——不，就在他們開車離開的時候——有一輛車從隔壁開走。開得很快，沒開車燈。我沒有看到車牌號碼。」

她鬼祟的眸子對我斜拋來一個銳利的眼色。我納悶為什麼那對眼睛要鬼鬼祟祟的。我漫步走到窗邊，掀起蕾絲窗簾。一個穿藍灰色制服的公家人員正要走近房子。穿制服的男子肩上背著一個沉重的皮袋，頭上戴著一頂有帽簷的帽子。

我從窗邊轉過來，咧嘴而笑。

「你失手了，」我毫不客氣的告訴她。「明年你得降級到C級聯盟當游擊手。」

「這樣很不聰明，」藍道冷冷的說。

「過來窗邊看一下吧。」

他走過來看，他的面孔僵硬起來。他定定的站在那裡看著墨理森太太。他在等待，等待這世界上前所未聞的某種聲音。那聲音一會兒就傳來了。

那是東西被塞進前門郵件孔的聲音。那有可能是廣告傳單，但是不是。有腳步聲往回走下步道，然後是沿著街道走去的聲音，然後藍道又回到窗邊。郵差沒有在弗羅里安太太的房子停下來。他繼續往前走，在沉重的皮郵袋之下，他藍灰色的背影穩定又平和。

藍道轉過頭來，用致命的有禮口氣問：「這個區每天早上送幾次信，墨理森太太？」

她想要硬撐過去。「就一次，」她尖著嗓子說——「早上一次，下午還有一次。」

她眼睛不安的掠來掠去。兔子下巴顫抖到瀕臨崩潰邊緣。兩手緊抓著藍白圍裙飾邊的橡膠皺褶。

「早上這趟剛剛來過，」藍道像在做夢似的說。「掛號信是由一般郵差遞送嗎？」

「她向來有特別遞送，」老女人的嗓音破碎。

「噢。但是當星期六郵差沒有在她家停下的時候，她跑出來和郵差講話。而且你也沒有提及任何有關特別遞送的事。」

看他逼供很精采——在對象是別人的時候。

她的嘴巴張得很大，假牙因爲在清潔液裡浸過整晚而美觀閃亮。然後，突然間，她發出一聲尖叫，把圍裙往頭上一甩，跑出了房間。

他看著她跑出去的那扇門。那是在拱門之外。他露出微笑。那是一抹頗爲疲憊的笑容。

「很俐落，而且一點也不低俗，」我說。「下次由你來扮黑臉吧。我不喜歡對老太婆耍狠——即便她們滿口謊言。」

他仍然掛著微笑。「老套。」他聳聳肩。「警察例行工作了。唉。一開始說的是事實，她所知道的事實。但是因爲材料累積得不夠快，或者好像不夠刺激。所以她就開始加油添醋。」

他轉回身，我們走出去穿堂。房子後部隱隱傳來一陣啜泣聲。對某個早已過世的耐心男人而言，那大概是最後致敗的武器。對我而言，那只是一個老女人在嗚咽，但是也不是什麼令人愉快的事。

我們靜靜的走出房子，悄悄的關上前門，並且留意紗門沒有造成砰然巨響。藍道戴上帽子，嘆了一口氣。然後他聳聳肩，把兩隻保養良好的手往身前一攤。仍然聽得見房子後部有薄弱的啜泣聲。

郵差的背影出現在街道下距兩棟房子的所在。

「警察例行工作，」藍道在鼻息下低聲說，並且扭了扭嘴巴。

我們穿過兩間房子的間距，來到隔壁。弗羅里安太太連之前洗濯的衣物都還沒收走。那些衣物還在側邊院子裡的晾衣繩上僵硬發黃的搖搖晃晃。我們走上台階，按門鈴。沒有反應。我們敲敲門。也沒有反應。

「上次門沒鎖，」我說。

他試試門，謹愼的用身體遮掩他的動作。這次門是鎖著的。我們步下門廊，從距離老包打聽較遠的那一側繞過房子。後門廊有一扇上了鉤子的紗門。藍道敲敲那扇門。沒有動靜。他步下兩階漆幾乎都掉光的木台階，走過久未使用且雜草叢生的車道，然後打開木造車庫的門。門吱吱嘎嘎響。車庫裡堆滿了無用的東西。有幾只破舊的老式衣櫃，連劈下來當柴燒都不值。生鏽的園藝工具，舊罐子等，多不勝數，裝在一些紙箱裡。在兩扇門的每一邊，沿牆角各有一隻又大又肥的黑寡婦蜘蛛，坐鎮在不怎麼整齊的蛛網上面。藍道撿起一塊木頭，隨手把牠們打死。他再把車庫門關起來，沿著雜草叢生的車道走回前面，步上面對老包打聽那邊的屋前台階。沒有人回答他的門鈴或敲打。

他緩緩的走下來，轉頭張望街道。

「後門比較容易，」他說。「隔壁的老母雞現在不能做什麼了。她已經撒了太多謊。」

他走回去後面那兩階台階，俐落的把一把小刀的刀鋒伸進門縫，挑開鉤子。那讓我們進到有紗窗圍起來的門廊。裡面滿是罐子，有些罐子上滿是蒼蠅。

「耶穌基督，這什麼生活啊！」他說。

後門就容易了。隨便一根五分錢的萬能鑰匙就可以打開鎖。但是門閂拴住了。

「這令人感到不安，」我說。「我猜她逃走了。她不會把門鎖得這麼緊。她太邋遢了。」

「你的帽子比我的舊，」藍道說。他看著後門上的玻璃鑲板。「借給我來撞破玻璃。或者我們應該做得整潔一點？」

「用踢的吧。這一帶誰會在乎呢？」

「那就來吧。」

他往後退，腿舉到和地板平行，往門鎖衝刺過去。有個東西喀啦一聲垮掉，門鬆開了幾吋。我們把門推開，從油氈地板撿起一塊參差不齊的鑄鐵，很有禮貌的把它放在流理台的矽化木瀝水板上，和大約九瓶琴酒的空酒瓶比鄰。

蒼蠅在廚房緊閉的窗戶上嗡嗡飛舞。那地方臭氣沖天。藍道站在地板中央，仔細的觀察四周。

然後他輕悄的穿過彈簧門，手都沒有去碰，只用腳尖去把它推到能夠在定點上停下來，維持住開門的狀況。客廳就和我記憶中沒什麼兩樣。收音機關起來了。

「那是台好收音機，」藍道說。「花不少錢喔。如果是自己買的的話。這裡有個東西。」

他彎下一邊膝蓋，沿著地毯看過去。然後他走過去收音機的側邊，用腳把一條被拉掉的電線移出來。插頭出現在眼前。他彎下身去檢查收音機前面那幾顆轉鈕。

「對啊，」他說。「光滑，又相當大顆。蠻聰明的嘛，用這種方法。你不會在電線上留下指紋，對麼？」

「把插頭插進去，看收音機是不是還開著。」

他繞過去旁邊，把插頭插進踢腳板的插座。收音機馬上亮起來。我們等著。收音機先發出一陣低鳴，然後宏大的音量突然從擴音器傾瀉而出。藍道跳到電線旁，又把它扯掉。聲音立刻啪一聲斷掉。

等他站起來，他的眼睛裡已經閃爍著光芒。

我們迅速跑進臥室。潔西．皮爾斯．弗羅里安太太和床鋪呈對角線斜躺著，身上是又皺又亂的棉布家居服，頭擱在靠近床腳板的一端。床的角柱上沾了某種黑黑的，蒼蠅很喜歡的東西。

她已經死很久了。

藍道沒有碰她。他俯視她良久，然後像狼一樣的呲開了牙齒看我。

「滿臉腦漿，」他說。「那似乎是這個案子的主題曲。只是這一次，只憑著一雙手。可是耶穌基督，那是什麼樣的一雙手啊。瞧瞧那頸子上的瘀青，那些指痕之間的距離。」

「你在這裡看著，」我說。我轉身走開。「可憐的老納提。這已經不是一件單純的黑人謀殺案了。」

31

一隻有粉紅色的頭、身上有粉紅色圓點的黑亮小蟲，緩緩的沿著藍道光滑的辦公桌桌面爬行，牠不時揮動著幾根觸鬚，彷彿在測試風向以便起飛。牠爬動的時候有點搖搖晃晃，像一個老女人扛著太多包袱。一個不知名的傢伙坐在另外一張桌子，不斷的對著一支老式的靜音裝置電話筒說話，以致他的聲音聽起來像是某人在隧道裡耳語。他說話的時候眼睛半闔，一隻有疤痕的大手放在面前的桌子上，第一和第二指的指關節間夾著一根正在燃燒的香菸。

小蟲爬到藍道桌子的邊緣，並且直挺挺的往半空中跨出去。牠面朝上掉在地板上，幾隻細小疲累的腳在半空中軟弱的揮動，然後牠躺在那裡裝死。沒人理會牠，所以牠又開始揮舞著幾隻腳，最後終於掙扎著翻過身來。牠緩緩的爬進一個無處可通，無處可去的角落。

牆上的警用揚聲器在發布一個公告，是關於一件在四十四街以南聖佩德羅區的搶案。劫匪是一名中年男子，穿著暗灰色的西裝，戴著灰色的毛呢帽。他最後一次被人目擊，是在四十四街上往東跑，然後閃進兩棟房子的中間。「接近時小心，」播報員說。「這名嫌犯攜帶一把點三二口徑的左輪手槍，而且剛剛挾持了位於南聖佩德羅路3966號一家希臘餐館的業主。」

一個平板的喀哩聲，那名播報員結束公告，接著另一個聲音接手，開始念起一份贓車名單，既緩慢又單調，每一個條目都要重複兩次。

門打開來，藍道抱著一疊信紙尺寸的打字紙進來。他快步穿過房間，在與我隔著桌子相對的座位坐下，然後把一些紙張推過來給我。

「簽四份，」他說。

我在四份紙張上簽名。

粉紅色的小蟲爬到房間的一個角落，把觸鬚伸出去尋找一個好地點起飛。牠好像有點喪氣。牠繼續沿著踢腳板爬向另一個角落。我點燃一根香菸，原來在使用靜音裝置電話的傢伙突然站起來，走出辦公室。

藍道往後靠上椅背，看起來就和他向來的德性一樣，一樣冷靜，一樣平穩，一樣的可以隨局勢要求而扮起黑臉或白臉。

「我要告訴你幾件事，」他說。「免得你又在那裡腦力激盪。免得你又再到處扮演智多星。所以也許看在老天的份上，你可以放手不要再管這件案子。」

我靜候下文。

「那個垃圾堆裡沒有指紋，」他說。「你知道我在講哪一個垃圾堆。電線被扯掉是爲了把收音機關掉，但是把聲量轉得那麼大的大概是她自己。那點相當明顯。酒鬼喜歡把收音機開得很大聲。如果你戴手套行兇，而且你把收音機轉得很大聲以淹沒槍聲或其他噪音，那麼你大可以在事後以相同的方式把收音機關起來。但是現場的狀況不是如此。那個女人的脖子斷了。在那個傢伙開始抓起她的頭來撞以前，她已經死了。好，為什麼他要把她的頭抓起來撞？」

「我在洗耳恭聽啊。」

藍道皺起眉頭。「他大概不知道，他早已扭斷她的脖子了。他對她很火大。」他說。「這是靠演繹法推算出來的。」他露出嘲諷的微笑。

我吐出一口煙，並且把它從面前揮走。

「好吧，為什麼他對她很火大？當年他因為奧瑞岡的銀行搶案在弗羅里安酒店被捕的時候，有一筆很大的懸賞。獎金是付給一名事後過世的中間人，但是弗羅里安夫婦很可能也分到一些。摩洛伊可能一直有這樣的懷疑。也許他真的知道。也許他只是想逼她講出來。」

我點點頭。這聽起來很值得點頭。藍道繼續說：

「他只抓了她的脖子一次，而且抓得很牢。如果逮到他，我們可能可以藉由上面的印痕間距來證明那是他的手。也有可能不行。法醫推斷命案發生在昨天晚上相當早的時候。總之，是在隔壁去看電影的那段時間內。到目前為止，我們還沒有摩洛伊進去那棟房子的證據，還沒有任何鄰居指證。但是看起來顯然像是摩洛伊。」

「是啊，」我說。「應該是摩洛伊。可是他大概沒有意思要殺她。他只是天生太強壯了。」

「那也不能幫他除罪啊，」藍道沉著臉說。

「我想是吧。我只是要指出，就我的觀點，摩洛伊不像是個殺手型的人。如果被逼到絕境，他會殺人——但是不會為了樂趣或金錢——也不會為了女人。」

「那是一個重要的觀點嗎？」他嘲諷的問。

「也許你識多見廣，知道什麼重要。以及什麼不要重。我不知道。」

他瞪視我良久，久到足以聽完一名警察播報員念完另一次有關南聖佩德羅區希臘餐館劫持案的公告。現在嫌犯已經落網了。後來發現，他是一名十四歲的墨西哥仔，武器是一把水槍。這就是所謂目擊證人的可靠度。

藍道等到播報員發布完才又繼續：

「我們今天早上把關係搞得不錯。讓我們保持友好。回家去，躺下來，好好的休息。你看起來形容枯槁。就讓我和警局來處理馬里歐特的謀殺案，還有尋找麋鹿摩洛伊等等的工作吧。」

「我收了馬里歐特的費用，」我說。「我沒有達成任務。葛雷耶太太也已經雇用我了。你要我怎麼樣──退休，靠我的體脂肪活下去嗎？」

他又瞪視著我。「我知道。我也是人。當局發給你們這些傢伙執照，一定表示他們也期待你們除了把它掛在辦公室牆壁上，還會用這些執照來做些什麼。可是就另一方面來看，任何有所不滿的在職警長也隨時可以把你吊銷。」

「如果有葛雷耶家當靠山就不會。」

他仔細鑽研這句話。即使我這句話只說對一半，他也不會甘心承認的。所以他蹙起眉頭，敲了敲桌子。

「既然我們彼此明白了，」停了一會兒，他說：「如果你不當干涉這件案子，你會給自己惹上一身腥。也許這次你可以脫困。我不知道。但是一點一滴的，你會在這個局裡給自己建立起一群敵人，到時不管你要做什麼，都會比登天還難。」

「每一名私家偵探在他生活裡的每一天都要面對這個問題——除非他只辦離婚案件。」

「你不能插手謀殺案。」

「你已經把你該說的說了。我已經聽到你說的話了。我不期望我能單槍匹馬完成一個大警局無法完成的事。如果我有什麼微小而私人的見解，它們也只能維持如此這般——微小而私人。」

他緩緩的靠到桌子上方。他細瘦不安定的手指不斷輕敲，就像聖誕紅的新生枝椏敲打著潔西·弗羅里安太太的屋前牆壁。他乳灰色的頭髮閃閃發亮。冷靜而穩定的眸子凝視著我。

「我們繼續來談，」他說。「目前手上擁有的東西。安索出遠門了。他的妻子——兼祕書——不知道，或者不肯說，去了哪裡。那個印第安人也失蹤了。你要不要對這些人提出告訴？」

「不。我沒有足夠的證據讓它成案。」

他看起來鬆了一口氣。「他妻子說從來沒有聽說過你。至於那兩名海灣市的警察，如果那真是他們的身分——那超出了我的權限範圍。我寧可事情不要變得比目前還要複雜。有一件事，我覺得相當有把握——安索和馬里歐特的死沒有關連。那些裡面夾有他名片的香菸，只是栽贓。」

「宋德柏格醫生呢？」

他兩手一攤。「整座賊窟人去樓空。檢察官辦公室的人毫未聲張的到達當地。完全沒和海灣市當局聯絡。房子鎖起來了，而且空空如也。他們進去了，當然。對方在倉促間清除了一切，但是還是留下了指紋——數量相當多。要一個星期整理，才能知道我們掌握了什麼。現在他們在設法打開牆上的一座保險箱。裡面可能有毒品——和其他東西。我猜想，那個宋德柏格應該有前科，不是本地的，是在其他地方，例如墮胎、治療槍傷、變造指尖，或非法使用毒品之類。如果觸犯的是聯邦法，我們會得到很大的支援。」

「他說他是醫生，」我說。

藍道聳聳肩。「也許曾經是。可能從來沒有被定罪過。目前在棕櫚泉附近就有一個執業醫師，五年前被控告在好萊塢擔任毒販。他罪證確鑿——但是自保的手段奏效。他全身而退。還有什麼事情讓你擔憂的嗎？」

「你對布魯奈特知道多少——是你可以告訴我的？」

「布魯奈特是個賭徒。他賺了很多錢。他賺錢跟吃飯一樣容易。」

「好吧，」我說，並且動身要站起來。「聽起來都合情合理。但是並沒有讓我們對謀殺馬里歐特這幫珠寶搶犯，有更清楚的認識。」

「我不能把每件事都告訴你，馬羅。」

「我也不期望你會，」我說。「順便一提，潔西．弗羅里安告訴我——在我第二次見她的時候——說她曾經在馬里歐特家幫傭。那就是爲什麼他會寄錢給她。有什麼證據可以支持這個說法嗎？」

「有。他的保險箱裡有她寫給他的道謝信，提到了相同的事情。」他看起來彷彿已經瀕臨脾氣要失控的邊緣。「現在，你能不能看在老天的份上回家去，少管閒事。」

「他眞窩心，把這種信保藏得這麼好，不是嗎？」

他抬起眼睛，直到視線停留在我的頭頂。然後他垂下眼簾，直到半顆眼球被眼簾給蓋住。他就這樣盯著我長達十秒鐘。然後他露出微笑。他今天笑了可不少次。把整個禮拜的分量都用完了。

「關於這點，我有個理論，」他說。「滿瘋狂的，但是這是人性。馬里歐特，依他的處境，是一個生命隨時受威脅的人。所有的惡棍，多多少少，都是賭徒，而且所有的賭徒都迷信——多多少少。我想潔西・弗羅里安是馬里歐特的幸運符。只要他把她照顧好，他就不會有事。」

我轉頭尋找那隻有粉紅色頭部的小蟲。牠已經勘查過房間的兩個角落，此時正寂寥的在往第三個角落爬去。我走過去，用我的手帕把牠抓起來，然後把牠帶回來桌子。

「瞧，」我說。「這房間位在離地十八層高。這隻小蟲爬了這麼遠的路來這裡，只爲了交個朋友。我。牠是我的幸運符。」我小心翼翼的把小蟲包在手帕柔軟的角落，然後把手帕塞進我的口袋。藍道瞠圓了眼珠子。他挪了挪嘴巴，但是什麼話也沒說出口。

「我好奇馬里歐特是誰的幸運符，」我說。

「不是你的，老兄。」他的口氣很酸——又冷又酸。

「可能也不是你的。」我只是用平鋪直敘的口氣。我走出房間，關上門。

我搭快捷電梯下到春日街出口，走出去市政府的前廊，步下幾層階梯，來到花床的所在。我小心翼翼的把粉紅色小蟲放到一個灌木叢的後面。

在回家的計程車上，我納悶還要花多久時間，牠才能再回到重案組的辦公室。

我把我的車從公寓大樓後面的車庫開出來，先到好萊塢吃頓午餐，然後才上路去海灣市。在海灘上，這是個美麗涼爽又陽光普照的下午。我在第三街轉出阿圭羅大道，然後向市政府駛去。

32

對於一個這麼富裕的城市而言，這棟樓房看起來很寒酸。它看起來比較像是南方城鎮的建築。一長排流浪漢未受干擾的坐在防止前門草皮——現在大部分是狗牙草——落入街道的防土牆上。建築有三層樓高，頂上有一座老鐘塔，而且還有鐘掛在鐘塔裡面。早在嚼菸草吐菸草汁的時代，他們大概就是敲那座鐘來召集義消的。

龜裂的步道和前門台階引向打開來的雙扇門，有一撮顯然是市政府說客的人物在那裡閒晃，等著看有什麼事情發生，好讓他們拿來變更運作。他們都有油水充足的腹圍，小心謹慎的眼睛，光鮮的衣著，和隨時可以與人寒暄交往的態度。他們讓出大約四吋的空間讓我進去。

裡面是一條大概只有在麥肯利總統（William Mckinley，1843-1901，一八九六年當選美國第二十五任總統）就職那天擦過一次的，又長又暗的走廊。一塊木頭標示指出警察局服務台的方向。在陳舊的木櫃台尾端有一架只有一品脫大小的電話交換機，一名身穿制服的人員在交換機的後面打盹。一名沒穿外套、一隻肥豬腿看起來像消防火栓般翹在胸膛前的便衣人員，把他的視線從晚報上移開，對著十呎外的痰盂啐了一口，打了個呵欠，然後說局長的辦公室在樓上靠後面。

二樓亮一點，乾淨一點，但是那並不表示二樓就眞的又乾淨又明亮。靠海的方向有一扇門，幾乎已經到了走廊的最末端，上面寫著：約翰．韋克斯，警察局長。請進。

裡面有一行低矮的木欄杆，一名穿著制服的人員在欄杆後面，用兩根手指和一根大拇指在打字。他接了我的名片，打個呵欠，說待他去瞧瞧，然後不情不願的走進一扇桃花心木門，門上標示著，約翰．韋克斯，警察局長。私人辦公室。他回來以後，打開欄杆的門讓我進去。

我走進去以後，關上內辦公室的門。內辦公室涼爽寬敞，三面有窗。一張染色材木桌像墨索里尼的辦公桌似的擺在很裡面，所以你必須走過一大片藍色地毯才能抵達桌畔，而就在你這樣做的時候，一雙如豆的小眼珠就一路瞪著你。

我走到桌前。桌上一只斜面的浮雕名牌上寫著：約翰．韋克斯，警察局長。我想我應該能夠記住這個名字。我看著桌子後面的男人。他沒有一點鄉巴佬的氣息。

他像個被鎚扁的重量級拳手，粉紅色頭皮在粉紅色的短髮下閃著油光。他有一對眼皮沉重、微小又飢渴的眼睛，像跳蚤一樣飄忽不定。他穿著淺黃褐色的法蘭絨西裝，咖啡色的襯衫和領帶，手上戴著鑽石戒指，外套翻領上別著鑲鑽領針，還有外胸口袋上不可免的，露出一段比一般要求的三吋還要多出很多的、摺成三個直挺尖角的手帕。

他的一隻胖手上握著我的名片。他讀一下，翻過來，讀後面，後面是空白的，又再讀一次前面，把名片放在他桌子上，然後用一個銅猴形狀的書鎮把它壓住，彷彿要確定自己不會把它弄丟了。

他把粉紅色的手掌伸向我。我握完以後，他比了比一張椅子。

「坐，馬羅先生。看來你多少算是和我們同行。我能爲你做什麼嗎？」

「一點小麻煩，局長。如蒙不棄，你可以在一分鐘之內就幫我解決一個疑問。」

「麻煩，」他柔聲說。「一點小麻煩。」

他坐進他的椅子裡，把一隻肥厚的腿翹在另一隻的上面，然後若有所思的望向其中一面牆壁的窗戶。那讓我看見手紡的萊爾線襪和英國製的皮鞋，那鞋子看起來像用波特酒醃過。不算我眼前所見，也不算他皮夾子裡有多少，他的財富應該仍然是綽綽有餘。我猜是他的妻子有錢。

「麻煩，」他仍然柔聲說，「是我們這個小城市不太熟悉的東西，馬羅先生。我們這個城市很小，但是非常、非常乾淨。從我西邊的窗戶看出去，就可以看見太平洋。沒有什麼比那更乾淨的了，不是嗎？」他沒有提正好在三哩領海界線外，定錨於黃銅色波浪下的那兩艘賭博遊輪。

我也沒提。「一點也沒錯，局長，」我說。

他把他的胸膛又往前挺幾吋。「從北邊的窗戶看出去，我可以看見繁忙的阿圭羅大道和可愛的加州丘陵，而且在這些的前面，是眾所皆知最優良的小型商業區。從南邊的窗戶看出去，也就是我現在看著的這一邊，我可以看見就小型遊艇碼頭而言，全世界最優良的遊艇碼頭。我的東邊沒有窗戶，但是如果有，我就能看見一個會讓你垂涎的住宅區。不，先生，在我們的小城市，麻煩是我們極少有機會接觸的東西。」

「我猜我帶來的是我自己的麻煩，局長。至少有一部分是。在你底下工作的，有沒有一個姓賈伯磊斯的，一個便衣警佐？」

「怎麼，有啊，我想有這麼一個人，」他說著，把他的視線收回來。「他怎麼了？」

「在你底下工作的，還有沒有這樣一個人？」我描述另外那個男子，就是話不多、矮個子、留著鬍髭，用包皮革短棍打我的那個。「他很可能是和賈伯磊斯一組的。某人稱呼他爲布連恩先生，但是聽起來像是個假名。」

「正好相反，」胖局長極一名胖子所能及的頑強態度說。「他是我的探長。布連恩隊長。」

「我可以在你辦公室裡和這兩個傢伙見面嗎？」

他拿起我的名片，又讀了一次。他把名片放下來。他揮了揮閃著柔和光澤的手。

「除非你有比你剛剛給我的更好的理由，」他和藹的說。

「我想我沒有，局長。你會不會恰好認識一個名叫裘爾斯・安索的人？他自稱是一個心靈諮商師。住在斯蒂爾伍德高地一座山丘頂上。」

「不認識。而且斯蒂爾伍德高地不屬於我的轄區範圍，」局長說。現在他的眼睛出現了與前不同的神色。

「那就是有趣的地方，」我說。「你瞧，我因爲一件和我客戶有關的事去見安索先生。安索先生以爲我要勒索他。大概從事他那一行的傢伙，常常很容易產生這種想法。他有個我無力對付的、強悍的印第安保鑣。所以印第安人抓住我，而且安索用我的槍揍我一頓。然後他叫來幾名警察。他們正好就是賈伯磊斯和布連恩先生。這樣有引起你的興趣嗎？」

韋克斯局長用他的手非常輕巧的拍打著辦公桌的桌面。他的眼睛幾乎是閉起來的，但是沒有完全閉合。他的眼睛在厚重的眼皮之間綻露冷冷的鋒芒，而且那鋒芒是對準我直射過來的。他一動不動的坐著，彷彿在聆聽什麼。然後他張開眼睛，露出微笑。

「然後發生了什麼事？」他問，像史托克俱樂部的保鑣一樣有禮。

「他們搜我的身，用他們的車子把我載走，把我丟到一處山邊，並且在我下車的時候用短棍打昏我。」

他點點頭，彷彿我剛剛所說的是這世界上再自然不過的事情。「而這是發生在斯蒂爾伍德高地？」他柔聲說。

「是啊。」

「你知道我認爲你是什麼嗎？」他往桌子靠過來一點，但是沒有過來很遠，因爲他的便便大腹擋了路。

「說謊的人，」我說。

「門在那兒，」他說，同時用左手的小指指著門。

我沒有動。我定睛注視著他。當他的火氣積蓄到準備要按鈴時，我說：「咱們倆都不要犯同樣的錯誤。你認爲我是個小咖私家偵探，自不量力想指控一名警官，即使事情是眞的，警官也一定會他媽的想方設法讓人無法證明。絕對不是這樣。我沒有要提出任何控訴。我想這錯誤的發生是很自然的。我只是想跟安索調停糾紛，我想找你的人，賈伯磊斯，來幫我忙。不必勞動布連恩先生。賈伯磊斯就夠了。而且沒有靠山我也不會來這裡。我有重要的人士在背後支持我。」

「多遠的背後？」局長問，並且發出詼諧的嗆笑。

「阿斯特路862號，路文・羅克黎吉・葛雷耶先生住的地方，有多遠？」我說。

他的臉色變化如此巨大，就彷彿坐在他椅子上的是另外一個人。「葛雷耶太太恰好是我的客戶，」

「把門鎖好，」他說。「你比我年輕。去把門鈕轉上。我們可以就這件事做個友好的開始。你有一張誠實的臉，馬羅。」

我站起來，鎖好門。等我走過藍地毯，回到桌旁，局長已經拿出一瓶看起來不錯的酒和兩只玻璃杯。他丟了一把小荳蔻在桌子的吸墨紙上，並且把兩只玻璃杯斟滿。

我們舉杯飲酒。他打破幾顆小荳蔻，我們默默的嚼著荳蔻仔，四目相對。

「嘗起來很對味，」他說。他又斟滿酒杯。這次輪到我打破小荳蔻。他把殼從吸墨紙上掃到地上，微微一笑，然後往後靠。

「現在我們來談談，」他說。「你在幫葛雷耶太太做的這件差事，和安索有什麼關係嗎？」

「有點關連。但是，你最好還是查證一下我告訴你的是事實。」

「就這麼辦，」他說，並且伸手拿電話。然後他從背心拿出一本小冊子，查一個號碼。「選舉金主，」他說著眨眨眼。「市長非常堅持，禮貌要周全。是，在這裡。」他把冊子放到一邊，撥起電話號碼。

他和我一樣，被管家找麻煩。那使得他耳根通紅。最後，她接聽了。他的耳根還是一樣紅。她一定對他不假辭色。

「她要跟你說話，」他說，並且把電話推過寬大的桌子。

「這是菲力，」我說，促狹的對局長眨眨眼。

那頭一陣冷靜挑逗的笑聲。「你找那個歐羅肥做什麼？」

「喝點小酒啊。」

「你非得找他喝不可嗎？」

「此時此刻，是的。因爲公事。我說，有沒有發生什麼新聞？我猜你知道我的意思。」

「沒有。你曉不曉得，我的好傢伙，你那天晚上讓我白等了一小時？你把我當作那種可以容忍這種事情發生的女孩子嗎？」

「我碰到了麻煩。今天晚上怎麼樣？」

「讓我瞧瞧——今天晚上是——今天到底是星期幾啊？」

「我再打電話給你好了，」我說。「今晚我可能不方便。今天是星期五。」

「說謊。」又傳來柔軟沙啞的笑聲。「今天是星期一。同樣的時間，同樣的地點——而且這次不准玩花樣喔？」

「我最好再打電話給你。」

「你最好要赴約。」

「我不能確定。我再打電話給你。」

「跟我玩欲擒故縱嗎？原來如此。也許我是個傻瓜。」

「事實上，你是。」

「爲什麼？」

「我是個窮光蛋，但是我有我處事的原則。而且那種原則可能並不符合你的期待。」

「死相，如果你人沒到——」

「我說我會打電話給你。」

她嘆了一口氣。「所有男人都一樣。」

「所有女人也都一樣——在你經歷過九個以後。」

她咒了我一句，並且掛斷電話。局長的眼球暴出來這麼遠，看起來好像是靠高蹺才給撐住的。

他用發抖的手斟滿兩只玻璃杯，然後把一杯推向我。

「原來是這樣，」他滿懷沉思的說。

「她先生不在乎，」我說。「所以不要把這當一回事。」

他喝著酒，看起來心理受了傷。他緩慢至極、深思至極的打破幾顆小荳蔻。我們對著彼此的嬰兒藍眼珠舉杯。很遺憾的，局長終於把酒瓶和玻璃杯都收起來，並且打開他通話盒上的一個開關。

「叫賈伯磊斯上來，如果他在大樓裡的話。如果不在，幫我連絡他。」

我站起來，打開門鎖，並且又坐下來。我們沒有等很久。側門有人敲門，局長應了一聲，海明威踏進房間。

他以穩重的腳步走到桌旁，在桌子的一端站定，以下屬堅韌謙恭的表情看著韋克斯局長。

「這位是菲力普・馬羅先生，」局長和顏悅色的說。「從洛杉磯來的私家偵探。」

海明威以足夠看到我的角度轉過來。即令以前見過我，他的臉也沒有透露出一點蛛絲馬跡。他伸出一隻手來，我也伸出手和他相握，然後他又看著局長。

「馬羅先生有一個相當詭異的故事，」局長狡獪的說，就像《三劍客》故事裡躲在布幕後面的黎賽留樞機主教。「是關於一個叫做安索的人，他在斯蒂爾伍德高地有棟房子。他是某種水晶球的解讀專家。好像是，馬羅先生去見他，而你和布連恩先生剛好也在同一時間去到那裡，並且發生了某種爭執。我忘記細節了。」他望向窗外，臉上掛著一副忘記細節的人的表情。

「是誤會吧，」海明威說。「我以前從來沒見過這個人。」

「是個誤會，確實如此，」局長像在做夢一樣的說。「雖然微不足道，但還是個誤會。馬羅先生卻認為有點重要性。」

海明威再度看著我。他的表情仍然像石頭一樣無動於衷。

「事實上，他對是不是誤會其實也不感興趣，」局長繼續做夢。「但是他有興趣去拜訪這個住在斯蒂爾伍德高地、叫做安索的人。他想要有個人陪他去。我想到了你。他希望有個人能幫忙他取得一個公平交易。似乎，安索先生有個非常兇悍的印第安保鑣，馬羅先生有點懷疑在毫無幫手的情況下，他是不是有辦法處理屆時的狀況。你想，你可以查出來，這個安索住在哪裡嗎？」

「可以啊，」海明威說。「但是斯蒂爾伍德高地已經超出我們管轄的區域，局長。這只算是幫你朋友一個私人的忙嗎？」

「你可以這樣說，」局長說，同時看著他的左手拇指。「當然啦，我們絕不做任何違法的事。」

「是啊，」海明威說。「不會的。」他咳了一聲。「我們什麼時候去？」

局長和藹可親的看著我。「現在去吧，」我說。「如果賈伯磊斯先生方便的話。」

「長官怎麼說，我怎麼做，」海明威說。

局長仔仔細細的打量他。他用他的視線將海明威徹底爬梳一番。「布連恩隊長今天好嗎？」他問道，一邊咀嚼著小荳蔻仔。

「很糟糕。盲腸破了，」海明威說。「相當嚴重。」

局長感傷的搖頭。然後他握著他椅子的扶手，勉強把自己撐持起來。他把一隻粉紅色的手掌按著桌子。

「賈伯磊斯會好好照顧你的，馬羅。這點你可以放心。」

「你眞是善心好義，局長，」我說。「我實在不知道要怎麼謝謝你。」

「嘖！提什麼謝呢。這麼說吧，我隨時樂意幫助朋友的朋友。」他對我眨眨眼。海明威鑽研局長的眨眼，但是他沒有說他得到什麼結論。

我們走出去，局長送別的禮貌呢喃，幾乎一路陪著我們直到門口。門關起來。海明威先上下看看走廊，然後轉頭看我。

「你這招耍得滿聰明的，寶貝，」他說。「你一定掌握了什麼我們不知道的東西。」

33

車子靜悄悄的沿著一條安靜的住宅街道行駛。拱狀的胡椒樹在街道頂上幾乎相遇，形成一個綠色的隧道。陽光透過樹的頂端枝椏和窄薄葉片閃著燁燁光影。角落的一個路牌寫著「十八街」。

海明威開車，我坐在他旁邊。他開得非常慢，他一臉心事重重。

「你告訴他多少？」他終於下定決心問。

「我告訴他，你和布連恩去到那裡，把我帶出來，把我丟出車子，並且給我的腦後勺賞一記悶棍。其他的我沒說。」

「沒有提及二十三街和迪斯堪索街，嗯？」

「沒有。」

「爲什麼沒提？」

「我想如果不提，可能可以得到你更多的合作。」

「好個想法。你眞的想去斯蒂爾伍德高地嗎，還是那只是一個藉口？」

「那只是一個藉口。我眞的想要的，是希望你告訴我，爲什麼把我送去那間神經病院，而且把我關在那裡？」

海明威想一想。他想得如此認眞，面頰灰白皮膚底下的肌肉都糾起一個個小結來。

「那個布連恩，」他說。「那個短腿矮冬瓜。我沒有意思要他打昏你。我也沒有意思眞的要讓你走路回家。那只是做個樣子，因爲我們和這個印度教的傢伙是朋友，我們算是不讓人家騷擾他吧。你會很驚訝，有多少人想騷擾他。」

「很有意思，」我說。

他轉過頭來。他的灰眸子像兩坨冰。然後他又透過灰塵滿布的擋風玻璃直視著前方，並且做了更多思考。

「他們那種老警察，三不五時就是會手癢，」他說。「不打破個頭不舒服似的。耶穌基督，嚇死我了。你像一袋水泥一樣掉下去。我把布連恩臭罵一頓。然後我們把你載到宋德柏格那裡，因爲那裡比較近一點，而且他是個好人，會照顧你。」

「安索知道你把我帶去那裡嗎？」

「鬼咧，不知道。是我們自己的主意。」

「基於宋德柏格是這樣一個好人，會照顧我。沒有抽頭。而且如果我提出告訴，也不會有醫生支持我的說法。就算我眞的提出告訴，在這個甜美的小城鎭，也別想有機會能夠成立。」

「你想要狠嗎？」海明威滿懷疑慮的問。

「我不會，」我說。「而且就算你有機會，你也不會。因爲你的工作危在旦夕。仔細觀察局長的眼色，你就可以看得出來。我不是毫無靠山的走進他的辦公室，至少不是這一次。」

「好吧，」海明威說，並且朝窗外啐了一口。「除了慣性的大嘴巴，一開始我就沒有意思要耍狠。所以再來是怎樣？」

「布連恩眞的病了嗎？」

海明威點點頭，但不知怎的，看起來並沒有很難過的樣子。「眞的病了。前天開始肚子痛，在他們還沒來得及幫他把盲腸割掉之前就破了。他不會死啦——只是不太樂觀而已。」

「我們當然不希望失去他，」我說。「像這樣的人才，無論對哪個地方的警力都是資產。」

海明威細細的咀嚼這句話，然後對著車窗外啐了一口。

「好吧，下一個問題，」他嘆了口氣。

「你告訴我爲什麼把我送去宋德柏格那裡。但是你沒有告訴我，爲什麼他要把我留在那裡超過四十八小時，把我監禁起來，而且注射了滿身毒品。」

海明威緩緩把車子開到路邊停下。把他的一雙大手並排放在駕駛盤較低的圓輪上，並且將兩根拇指輕輕的互搓。

「我不知道，」他用一種茫茫然的聲音說。

「我身上有文件顯示我有私家偵探執照，」我說。「還有鑰匙、一些錢和幾張照片。要不是和你們幾位很熟，他會以爲頭上那個傷只是一個想混進去他那裡進行偵查的詭計。但是我想他和你們熟到知道不可能是這樣。所以我感到很困惑。」

「繼續困惑吧，老兄。那樣會安全得多。」

「沒有錯，」我說。「但就是不會有滿足感啊。」

「這件事，你有洛杉磯司法單位在後面撐腰嗎？」

「這件什麼事？」

「這件思考宋德柏格的事。」

「不完全有。」

「那並不等同於有或沒有。」

「我沒有那麼重要，」我說。「洛杉磯司法單位只要高興，隨時都可以到這裡來——總之，至少他們當中的三分之二可以。也就是警長的小子們，和地方檢察官的小子們。我在地方檢察官辦公室有個朋友。我以前在那裡工作過。他的名字叫勃尼．歐斯。他是調查組長。」

「你把事情跟他講了？」

「沒有。我有一個月沒跟他說過話了。」

「考慮要跟他說嗎？」

「如果會干擾我在辦的一件案件就不會。」

「私家案件？」

「是。」

「好吧。你想要什麼？」

「宋德柏格實際是在做什麼買賣？」

海明威把手從駕駛盤移開，往窗外啐一口。「我們在一條美好的街道上，不是嗎？好房子，好花園，好天氣。你聽過很多關於不良警察的故事，不是嗎？」

「有時候，」我說。

「好吧，你看過多少警察住在像這裡這麼好的街道上，有好草皮和好花圃的？我知道四或五個，都是刑警隊的。好料都被他們拿去。像我這種警察，只能住在鎮上爛區牙縫大的木板房子。要看我住在哪裡嗎？」

「那能證明什麼？」

「聽著，老兄，」大個子頂認眞的說。「雖然你現在把我拴住了，但是繩子遲早是會斷的。警察使壞不一定是爲了錢。不總是這樣，甚至也不是經常這樣。他們身不由己。上頭叫你去哪裡，要你做什麼，沒有商量的餘地。而那個舒舒服服坐在漂亮的角落大辦公室裡的傢伙，身著高級西裝，以爲嚼那些豆子會讓他的滿口酒氣聞起來像紫羅蘭一樣芳香，問題是，才不會——他也不是眞正發號施令的人。你懂我的意思嗎？」

「市長是一個什麼樣的人？」

「不管什麼地方，做市長的會是什麼樣的一個人？政客啊。你以爲是他在發號施令嗎？呸。你知道這個國家出了什麼問題嗎，寶貝？」

「有太多凍結資金了，我聽說。」

「一個人，即使想保持誠實，也很難做得到，」海明威說。「那就是這個國家的問題所在。如果想保持誠實，就會被鬥爭到脫褲子。你得跟著玩髒的，否則你就沒飯吃。很多渾蛋以爲我們只要有九萬名衣領乾淨、公事包在握的聯邦調查局人員就行了。呸。回扣照樣會使他們變成和我們其餘的人一樣。你知道我怎麼想嗎？我認爲我們應該把這個小世界徹底再改造一次。就拿道德重整運動來說好了。那就是個很值得考慮的方法。道德重整運動。那是個很值得考慮的方法，寶貝。」

「如果海灣市是運動結果的一個例子。那我得去吃阿斯匹靈，」我說。

「你會聰明反被聰明誤，」海明威輕聲說。「你也許不這樣認爲，但事實是有可能。你有可能聰明到只想到要耍聰明而沒想到其他。我呢，我只是一介笨警察。我遵命行事。我有一個妻子和兩個孩子，大人物說啥我就做啥。布連恩能夠告訴你一些事情。我呢，我懵懂無知。」

「你確定布連恩患盲腸炎嗎？確定他不是出於卑劣的打算，給自己的肚子開一槍？」

「不要這樣子嘛，」海明威抱怨道，並且用兩手上下拍打著駕駛盤。「試著把人往好處想嘛。」

「你是說把布連恩嗎？」

「他也是人啊——就和我們其餘的人一樣，」海明威說。「他是個罪人——但也是人啊。」

「宋德柏格是做什麼買賣的？」

「好吧，我正要告訴你。也許我想得不對。但是我想你大概是一個可以接受別人好想法的傢伙。」

「你根本不知道他在做什麼買賣，」我說。

海明威把他的手帕掏出來，抹了一把臉。「兄弟，我討厭承認這點，」他說。「但是你一定得知道，要是我或布連恩曉得宋德柏格在做什麼不當的買賣，我們就不會把你丟在那裡了，或者你也根本不會有機會走出來，至少不會活著走出來。當然啦，我說的是眞正邪門的買賣。不是像靠著一只水晶球幫老女人算命的那種軟性騙術。」

「我想我本來是不應該活著走出來的，」我說。「有一種叫做莨菪鹼的藥，又稱眞相血清，有時候會用來使人在不自知的情況下吐露口供。它不是絕對可靠，並不比催眠術好多少。但是有時候確能發生效用。我想我在那裡頭被下了藥，以便查出來我知道些什麼。但是總共也只有三個方向，可能讓宋德柏格警覺到我是不是曉得一些什麼事，可能會對他造成損害。安索有可能告訴他，或麋鹿摩洛伊有可能跟他提起我去見過潔西・弗羅里安，或者他有可能以爲，把我丟在那裡是警方的詭計。」

海明威一臉哀戚的瞪著我。「我根本聽不懂你在胡扯些什麼，」他說。「麋鹿摩洛伊是哪根蔥啊？」

「他是幾天前在中央街殺死一個人的大塊頭。他有列在你們的電報通報名單上，如果你有去讀的話。而且你們現在大概已經分配了人在解析他的案子了。」

「所以怎樣？」

「所以宋德柏格窩藏他呀。我看見他在那裡，坐在一張床上看報紙，在我逃出來那晚。」

「你是怎麼跑出來的？你不是被關起來了嗎？」

「我用床墊彈簧打倒一個醫院雜工。我運氣好。」

「這個大塊頭有看見你嗎？」

「沒有。」

海明威將油門一踩，把車子駛離路邊，臉上明顯浮現一抹笑容。「我們去抓人吧，」他說。「不難想像。一點也不難想像。宋德柏格窩藏跑路的兄弟。那是說，如果他們油水豐厚的話。他的醫院是做這種行當的完美地點。而且這種錢好賺。」

他踩下油門，轉過一個街角。

「媽的，我還以為他只是在賣大麻菸，」他一臉厭惡的說。「背後有高人保護。但是，媽的，那只能算是小生意。微不足道。」

「有聽過四合彩嗎？那也是小生意——如果你只看其中一件的話。」

海明威又疾速轉過一個街角，搖著他碩重的頭。「對。還有彈珠遊戲、賓果屋和賭馬房，也都一樣。但是把這些統統加起來，交由一個傢伙來掌控，那就大有道理了。」

「什麼傢伙？」

他又木然的看我一眼。他閉上嘴巴，我可以看出來，他嘴巴裡的牙齒咬得緊緊的。我們正在迪斯堪索街上往東走。即使在下午時分，這條街還是很安靜。就在我們迫近二十三街時，周圍變得似乎不那麼靜謐了。有兩個人在鑽研一棵棕櫚樹，彷彿是在討論要如何移動它。一輛車停在宋德柏格醫生那棟房子的附近，但是裡面沒有人。在同一個街區的半途上，有一個人在讀水錶。

大白天裡，那棟房子看起來頗怡人。茶玫瑰海棠在前窗底下形成一片白色花海，三色紫羅蘭在開花的白洋槐底部圍出一圈矇朧的色彩。一株深紅色的爬藤玫瑰正在扇形的格子棚上綻放花蕾。那裡還有一床冬季甜豌豆，一隻青銅色蜂鳥在它們當中優美的穿梭。那棟房子看起來像一對喜愛園藝的有錢老夫婦的家。照在其上的午後陽光，則帶著一種令人噤聲和具有脅迫感的靜肅。

海明威把車子緩緩駛過房子前面，嘴角掛著一抹微小緊繃的笑容。他的鼻子吸了一口氣。他轉過下一個街角，探看他的照後鏡，然後踩下油門加速開走。

過了三個街區以後，他又把車子在街邊停下，轉過身來狠狠的和我四目相接。

「洛杉磯司法單位，」他說。「其中一個在棕櫚樹旁的傢伙，叫做當納利。我認識他。他們包圍了房子。所以你沒通知上城的朋友，呃？」

「我說了，我沒有。」

「局長會愛死這個。」海明威咆哮。「他們下來這邊突襲一處毒窟，卻連順道打個招呼都不幹。」

我沒說話。

「他們抓到這個麋鹿摩洛伊了嗎？」

我搖頭。「據我所知，還沒有。」

「你到底知道多少，兄弟？」他非常輕柔的問。

「不算多。安索和宋德柏格有沒有任何關連？」

「據我所知，沒有。」

「誰在把持這個城鎮？」

一片靜默。

「我聽說有一個叫萊爾德·布魯奈特的賭徒，花了三萬大洋選出本市市長。我聽說他擁有比維迪爾俱樂部，還有海上兩艘賭輪。」

「可能，」海明威很有禮貌的說。

「哪裡可以找得到布魯奈特？」

「為什麼問我，寶貝？」

「如果你在這個鎮上失去藏身地點，你會上哪裡去？」

「墨西哥。」

我大笑。「好吧，你能不能幫我一個大忙？」

「樂意效勞。」

「載我回市中心。」

他把車子駛離路邊，熟門熟路的沿著一條有樹蔭的街道往海邊駛去。車子抵達市政府，繞進警用停車場，我下了車。

「有空過來找我吧，」海明威說。「我多半就是在清痰盂。」

他伸出他的大手。「不記仇吧？」

「道德重整運動，」我說，並且和他握手。

他咧開嘴笑了。就在我要舉步離開時，他把我叫回去。他很謹慎的觀察各個方向，然後把嘴巴貼到我耳朵旁。

「那些賭輪應該是停泊在本市和本州的司法管轄範圍之外，」他說。「船是在巴拿馬註冊的。我是說，如果是我的話——」他的話就此打住，並且暗淡的眼睛開始露出憂慮的神色。

「我了解，」我說。「我也有相同的念頭。我不知道自己爲什麼要這麼煩人，把你拉下來陪我。但是一人不足以成事——沒有辦法只靠一個人。」

他點點頭，然後綻露微笑。「道德重整運動，」他說。

34

我面朝上躺在一家海邊旅館的床上等待天黑。那是一間靠前邊的房間，有一張硬床，床墊的厚度只比鋪在上面的棉布毯厚一點。在我底下有一根彈簧壞了，捅著我的左背部。我躺在那裡，任由那根彈簧戳著我。

紅色霓虹燈的刺眼燈光投映在天花板上。等那燈光使整間房間都變紅了以後，就表示天色暗到可以出門了。外面，沿著人稱賽車道的巷道上，汽車喇叭聲此起彼落。在我窗下的人行道上，足音拖曳。半空中，喃喃細語來來去去。從生鏽的紗窗滲透進來的空氣，含著陳腐的炸油味。遠處，一個遙遠的聲音喊著：「餓了喲，各位。餓了喲。這兒有好吃的熱狗喲。餓了喲。」

天色更暗了。我思慮著；我心中的思慮以一種遲緩的隱密動作進行，彷彿受到了嚴峻又性虐待狂眼睛的監視。我想到死人的眸子凝視著沒有月亮的天空，眸子底下是口角帶著黑色血液的嘴巴。我想到被人打死的難纏老女人，靠在骯髒眠床的床柱旁。我想到有著閃亮金髮的男子，他很害怕，然而卻不太清楚自己害怕什麼，他敏感到可以知道事情不對勁，然而卻自負到或愚鈍到猜不出是什麼不對勁。我想到唾手可得的美麗富家婦人。我想到優秀的苗條好奇女孩，一人獨居，也是唾手可得，只是是以不同的方式。我想到警察，可以被收買的強悍警察，然而並非全然惡質，像海明威。肥胖、富裕、用商業公會口氣講話的警察，像韋克斯局長。瘦削、聰明、手段厲害的警察，像藍道，只是儘管如此聰明，如此厲害，仍然無法用乾淨的方法達成一件乾淨的任務。我想到尖酸的老山羊，像納提，老早就放棄了努力。我想到印地安人、靈媒和毒品醫生。

我想到很多事。天色更暗了。紅色霓虹燈的刺眼燈光在天花板上的投影愈來愈長。我在床上坐起來，把兩腳放到地板上，並且揉了揉頭背。

我站起來，走到角落的水盆，把冷水潑在自己的臉上。一會兒之後，我覺得好一點，但是只有一點點。我需要來一杯酒，我需要很多壽險，我需要一個假期，我需要一個在鄉下的家。我現有的只是一件外套，一頂帽子，和一把槍。我把它們穿戴上，走出房間。

沒有電梯。走廊有臭味，樓梯有髒污的扶手。我走下樓梯，把鑰匙丟在櫃台上，說我要走了。左眼皮上有一顆疣的櫃台員點點頭，一名穿著襤褸制服外套的墨西哥雜役，從加州積塵最厚的橡膠植物後面走出來，要幫我提行李。我沒有任何行李，既然是個墨西哥人，他當然照樣幫我開門，並且很有禮貌的微笑。

外面的窄街煙塵僕僕，人行道上肥頭胖腹熙來攘往。街道對面一家賓果屋熱鬧非常，近旁有幾個帶著女孩的水手正從一家照相館出來，他們大概剛剛拍完騎駱駝的觀光照片。熱狗攤販的聲音像把斧頭劈砍著暮色。一輛藍色的大巴士呼嘯而過，駛向以前街車用來當轉車臺的小圓環。我往那邊走去。

一會兒之後，空氣中微微傳來海洋的味道。不是很明顯，之所以僅維持如此稀薄的味道，彷彿只是為了提醒人們，這裡曾經是一個乾淨的開放海灘，海浪在這裡舔岸吐沫，風吹習習，而且你還可以聞到熱油和冷汗以外的東西。

小小的人行道載客車，沿著寬廣的混凝土步道轂轆轂轆踩來。我搭上去，坐到步道的盡頭，下了車，然後在一張長椅凳坐下，那裡又靜又冷，一大坨棕色的海帶幾乎近在腳前。在海上，賭輪的燈光亮起來。人行道載客車再回來的時候，我又搭上去，坐回到差不多和我離開旅館時相同的地方。如果有人在跟蹤我，他不需要移動就可以達成目的。我想沒有人在跟蹤我。在那個乾淨的小城市，沒有足夠的犯罪可以讓探子訓練成很好的跟蹤專家。

黑色碼頭的燈光閃爍出它們的長度，然後消失進遠方夜色和水色的黝暗當中。你還是能聞到熱油的味道，但是你同時也可以聞到海洋。熱狗攤販持續單調的叫賣：

「餓了喲，各位。餓了喲。好吃的熱狗喲。餓了喲。」

我瞧見他在一個白色的烤肉攤上，用長叉子戳著香腸。即使季節尚早，他的生意仍然相當興隆。我稍待一段時間，才等到他一個人獨處的機會。

「最遠那一艘叫什麼名字？」我問，同時用我的鼻子往那邊揚一揚。

「蒙特西托號。」他沉穩的平視我。

「口袋裡有幾圓的傢伙，能不能在那上面享受個好時光？」

「什麼樣的好時光？」

我大笑，嘲諷式的笑聲，非常強悍的。

「熱狗喲，」他又單調的吶喊。「好吃的熱狗喲，各位。」他放低了聲音。「女人嗎？」

「不。我想的是，一間房間、美好的海風、美好的食物，而且沒有人打擾。算是一種度假吧。」

他走開去。「我聽不見你說什麼，」他說，然後又繼續叫賣。

他又做了幾樁買賣。我不知道我爲什麼要煩他。他剛好有那種臉吧。一對穿短褲的年輕男女走上來，買了熱狗，然後漫步離開，男孩的手臂環抱著女孩的胸部，而且兩人各吃著對方的熱狗。

賣熱狗的男子悄悄向我靠過來一碼，把我上下打量一番。「此刻我應該用口哨吹起〈皮卡迪的玫瑰〉才對，」他說，然後停下來。「那要花一筆錢，」他說。

「多少？」

「五十。起碼。除非你有他們可利用的東西。」

「這裡曾經是一個好城鎮，」我說。「一個清涼安靜的好城鎮。」

「我覺得還是啊，」他懶洋洋的說。「爲什麼來問我？」

「我不知道，」我說。我丟了一張一元鈔票在他檯子上。「存到寶寶的銀行帳戶裡，」我說。「或者吹〈皮卡迪的玫瑰〉來聽吧。」

他抓起鈔票，把它依縱長一摺，依橫寬一摺，再一摺。然後把它放在檯子上，他把中指彎進拇指的後面，一彈指。摺起來的鈔票輕輕擊中我的胸膛，然後無聲無息的掉在地上。我彎下去把它撿起來，並且迅速轉身。但是背後並沒有任何看起來像是探子的人物。

我貼過去檯子，又把一元鈔票放在那上面。「從來沒有人對我丟鈔票，」我說。「他們總是把它好好的遞給我。你不介意吧？」

他拿起鈔票，打開摺疊，把它鋪平，並且用他的圍裙擦乾靜。他按下收銀機開關，把那張鈔票丟進收銀機的抽屜裡。

「有人說錢不會臭，」他說。「有時候我很懷疑。」

我沒說話。又來了一些顧客和他做生意，然後走開。夜色涼得很快。

「我不會去試皇冠號，」男子說。「那是提供給守著自己核果的善良小松鼠的。你看起來像是個偵探，但那是你家的事。我希望你泳術高明。」

我走開去，納悶自己爲什麼會找上他。憑直覺辦事吧。憑直覺辦事，然後自討沒趣。過一陣子，你就會從睡夢中醒來，嘴巴裡塞滿了直覺。連點一杯咖啡都不能不閉上眼睛往菜單上亂戳。憑直覺辦事。

我四處走走，看看是不是有人以某種特殊的方式跟在我後面。然後我到處找，看有沒有沒帶炸油味的餐廳，結果找到一家，有紫色的霓虹燈，和一個設在蘆葦簾子後面的雞尾酒吧台。一名染髮的可愛小男生俯身在一座平台鋼琴上，淫蕩的搔弄著琴鍵，用走音半階的歌聲唱著〈通往星辰的階梯〉。

我灌下一杯乾澀的馬丁尼，快快穿過蘆葦簾子回到晚餐座位區。

八十五分錢的晚餐嘗起來像廢棄的郵包袋，伺候我的服務生看起來像可以用二十五分錢代價揍我一頓，用六分錢代價就能割我咽喉，而且用一塊半的代價，外加營業稅，就可以把我裝進一桶混凝土，令我葬身大海。

35

就二十五分錢的船資，這趟路算滿遠的。這水上計程車是一艘重新油漆的老汽艇，有四分之三的船身用玻璃封起來，它穿過停泊的遊艇，繞過防波堤盡頭寬大的石塊。巨浪毫無預警的對我們襲來，把船打得像顆軟木塞一樣載浮載沉。反正夜色尚早，多的是嘔吐的空間。我的船伴就是三對男女和開船的男子，後者是個看起來很悍的傢伙，他用一點左臀部坐著，因爲右邊的臀部口袋裡有一個黑皮革製的臀用槍套。一離開海岸，那三對男女就開始卿卿我我起來。

我回望海灣市的燈火，試著不要太用力壓抑肚子裡的晚餐。零落的點點燈火聚攏成一條珠寶手鍊，展示在夜的櫥窗裡。然後那光彩漸漸黯去，變成橘紅色的柔軟光暈，在浪花的邊緣上忽隱忽現。那是一股又長又勻順、沒有白沫的浪潮，恰到好處的起伏，讓我慶幸沒有用酒吧的威士忌醃泡我的晚飯。此時水上計程車以一種不祥的平順感隨浪上下，有如眼鏡蛇起舞。空氣帶著涼意，是那種水手永遠無法從他們的關節卸除的濕冷。描繪出皇冠號輪廓的紅色霓虹筆畫往左邊淡去，在海洋的平滑灰色鬼影中逐漸曚曨，然後忽而又亮麗起來，像嶄新的大理石一樣閃閃發光。

我們停泊在一段寬闊的距離外。從遠距離看去，賭輪看來十分美好。隱約的樂聲從水面上飄來，水面上的樂音從來都是悅耳的。皇冠號像一座繫在四條大纜上的碼頭般四平八穩。它的登船棧橋燈火輝煌，像戲院的入口帳篷。然後這一切景致漸漸隱入遠方，另外有一艘比較舊比較小的船，開始從暗夜中浮現，對著我們駛來。這艘船無甚可觀。它是由海上貨運船所改裝，船板積滿浮渣和鏽斑，上層構造被切除到只剩下甲板層，其上有兩根高度正好夠無線電天線使用的短桅杆。蒙特西托號也燈光明亮，也有音樂穿過濕黑的海面飄來。那幾對調情的男女把他們的口齒抽離彼此的頸項，瞪著船隻咯咯直笑。

水上計程車快速繞了一個大圓弧，讓船身傾斜到足以讓乘客驚叫過癮的角度，然後才緩緩的推移到棧橋的圍繩旁。水上計程車讓馬達空轉，在霧中放著逆火。一道慵懶的探照燈光束掃描著距賭輪周圍約五十碼的水面。

計程車司機把船索套上棧橋，一名有一雙黑刺李眼睛、一抹燦爛笑容、長著一張痞子嘴巴、穿著有發亮鈕扣藍色制式短夾克的男孩，伸手將女孩兒們從計程車接上棧橋。我是最後一個。他隨意而熟練的把我全身打量一番的眼光，讓我對他是什麼樣的人物略有了解。而他隨意而熟練的碰撞我肩胛骨的方式，讓我對他是什麼樣的人物更了然於胸。

「不行，」他輕聲說。「不行。」

他有一種柔順而沙啞的聲音，像硬漢哈利搗著絲手帕說話。他對計程車司機揚揚下巴。司機把一條短繩圈投上纜柱，把駕駛盤稍微轉個向，然後爬上棧橋。他站到我的後方。

「不准攜槍上船，朋友。抱歉如果造成任何不便。」穿制式短夾克的低聲咕噥。

「我可以寄存啊。這只是我服裝的一部分。我是來見布魯奈特的，談正事。」

他似乎覺得有點有趣。「從來沒聽過這個人，」他微笑。「滾吧，呸。」

司機用他的手腕勾住我的右手臂。

「我要見布魯奈特，」我說。我的聲音聽起來軟弱無力，像老太太的聲音。

「我們別爭論了吧，」黑刺李眼睛的男生說。「我們現在不是在海灣市，甚至不是在加州，而且就某些公正的看法，甚至連美國境內都不算。快滾。」

「回船上去，」司機在我後面吼道。「我還你二十五分錢。我們走吧。」

我返回船上。穿制式短夾克的以無聲圓滑的笑容看著我。我注視著那抹笑容，直到那不再是一抹笑容，不再是一張臉，不再是是任何東西，而只是貼在棧橋燈火前的一抹黑影。我注視著它，心中充滿飢渴。

回去的路似乎比較長。我沒有跟司機說話，他也沒有跟我說話。就在我下船的時候，他遞給我一枚二十五分銅板。

「要在其他晚上，」他厭煩的說，「我們就好好揍你一頓。」

半打等著要上船的客人聽到他這樣說，都瞪著我。我經過他們身旁，穿過浮台小候船室的門，走向登上陸地的短淺階梯。

一個穿著髒運動鞋，焦油褲，破到不能再破的藍色水手杉，臉的側邊有一條黑色長疤的紅髮大個子無賴，從欄杆邊直起身子，漫不經心的撞上我。

我停下來。他看起來太大隻了。他比我高上三吋，重上三十磅。但是我實在很想舉起拳頭打爛某人的牙齒，即使我的手臂現在仍然感覺像木頭一樣。

光線黯淡，而且多半是從他的背後照過來的。「怎麼啦，夥伴？」他懶洋洋的說。「沒上成地獄船嗎？」

「去把你的襯衫補一補吧，」我告訴他。「肚子都凸出來了。」

「這樣已經很好啦，」他說。「槍擺在那身輕裝底下才是凸咧。」

「關你什麼事了？」

「耶穌基督，完全沒有我的事。只是好奇罷了。沒意思要冒犯你，老兄。」

「好吧，那就媽的別擋我的路。」

「當然。我只是在這裡休息啊。」

他露出一個和緩而疲倦的笑容。他的聲音柔和，像在作夢，對一個大個頭的男人來說，這樣細緻的聲音令人驚異。這使我想起另一個聲音柔和，很奇怪的討我喜歡的大塊頭男子。

「你用錯方法了，」他哀怨的說。「叫我阿紅就好。」

「站一邊去，阿紅。好人也會犯錯。我覺得馬上就有一個錯誤要發生了。」

他若有所思的張望左右。他讓我退進浮台的一個角落。我們多少算是和其他人隔開來。

「你想上蒙特西托號嗎？可以幫你辦到。如果你有好理由的話。」

穿著好衣服，長著好臉蛋的人們從我們身邊經過，登上水上計程車。我等他們走過去。

「這個理由要多少錢？」

「五十元。如果你在我船上流血，還要外加十元。」

我作勢要從他身邊走開。

「二十五元，」他柔聲說。「如果你帶朋友回來，要加十五元。」

「我沒有朋友，」我說，並且走開去。他並沒有試圖阻擋我。

我往右轉下混凝土步道，那裡有小電車來來去去，車輪像嬰兒推車一樣倥隆倥隆響，嗚著連懷孕媽媽都不會嚇著的小喇叭。在第一碼頭的底下有一間燈火明亮的賓果屋，裡面已經擠了滿滿的人潮。我走進去，靠牆站在玩賓果的人後面，那裡還站著很多在等空位坐下的人。

我看著幾組號碼升上電動指示板，聽著莊家喊出號碼，試圖觀察誰是內部玩家，但是看不出來，於是轉身準備離去。

一大團帶著焦油味的藍色身影出現在我身邊。「沒帶錢嗎——還是只是手頭緊？」柔和的聲音在我耳邊問。

我再度看著他。他有一對你從來沒見過，只在文章裡讀過的眼睛。紫羅蘭色的眼睛。幾乎是純紫的。像女孩子，可愛的女孩子的眼睛。他的皮膚像絲一樣柔軟。有點發紅，但是永遠曬不黑。那種皮膚太細緻了。他比海明威塊頭大，但是比較年輕，年輕很多歲。他的個頭沒有麋鹿摩洛伊大，但是那雙腳看起來非常矯捷。他的頭髮是閃著金光的紅色。但是除了眼睛，那長相是很平庸的莊稼臉，完全不具戲劇性的俊俏。

「你是幹哪行的？」他問。「私家偵探嗎？」

「我爲什麼要告訴你？」我不客氣的回道。

「我就想可能是，」他說。「二十五元太貴嗎？沒有支用帳戶嗎？」

「沒有。」

他嘆了一口氣。「反正我剛剛那個主意也沒啥用，」他說。「到那邊他們就會把你碎屍萬斷。」

「我一點都不意外。你是幹哪行的？」

「這裡賺一點，那裡賺一點。我曾經在警方工作。他們令我灰心喪志。」

「爲什麼要告訴我？」

他一臉驚訝。「是眞的啊。」

「你說的是實話。」

他露出隱隱的笑容。

「知道一個叫布魯奈特的人嗎？」

那隱隱的笑容停駐在他臉上。場子裡連續中了三個賓果。他們進度很快。一個尖嘴猴腮、面頰蒼白凹陷、穿著一身皺巴巴西裝的高個子，走近我們旁邊，靠牆站定，眼睛沒看我們。阿紅溫和的向他靠過去，問：「有什麼我們可以告訴你的嗎，夥伴？」

尖嘴猴腮的高個子咧嘴而笑，走開了。阿紅也咧嘴而笑，又撼動屋宇的往牆上一靠。

「我碰過一個有辦法扳倒你的人，」我說。

「我希望能夠碰到更多，」他沉著臉說。「大個子很花錢。東西都不是照他的尺寸做的。他要花比較多錢吃飯，花比較多錢穿衣，而且睡覺的時候，床也不夠長度擺腳。我們這麼辦吧。你可能以爲這不是一個談話的好地方，但實際上卻是。任何一個在這裡進出的線民我都認識，而其餘的群眾除了看那些號碼，什麼也不管。我有一艘裝有水下排氣系統的船。我的意思是，我可以借得到。那邊過去有一個沒有燈光的碼頭。我知道蒙特西托號有一個我能夠打開的貨艙門。我三不五時去那裡卸點貨。甲板底下沒什麼人。」

「他們有探照燈和瞭望台，」我說。

「我們不會有問題的。」

我拿出皮夾，貼著我的胃抽出一張二十元和一張五元鈔票，把它們摺成小小的。那對紫色眼睛看著我，又好像並沒有看我。

「單程？」

我點點頭。

「之前說好是十五元。」

「市場突然看漲。」

一隻焦油手吞噬了鈔票。他無聲無息的走開。身影沒入門外燠熱的漆黑當中。那名鳥喙鼻子男忽然出現在我左邊，低聲說：

「我想我知道那個穿水手服的傢伙。是你的朋友嗎？我想我以前見過他。」

我從牆上挺起身，不發一言的從他旁邊走開，出了門，然後離去，看見在我前方一百呎的地方，有一顆高高的頭顱從一根燈桿走到下一根燈桿。幾分鐘以後，我轉進一處介於兩攤小吃攤中間的空間。鳥喙鼻子男出現了，他眼睛看著地上，漫步而來。我踏出來，站到他旁邊。

「晚安，」我說。「二十五分錢賭你的體重怎麼樣？」我靠向他。他皺巴巴的外套底下有一把槍。

他眼睛不帶任何情緒的看著我。「非得我給你顏色看嗎，小子？我是在這一帶站哨維持治安的。」

「現在是誰在擾亂治安了？」

「你的朋友看起來頗眼熟。」

「應該是。他以前是警察。」

「噢，媽的，」鳥喙鼻子男很有耐性的說。「原來我就是那樣子看過他的。晚安囉。」

他轉過身，往來時路漫步回去。此時那顆高頭顱已經失去蹤影。我並不擔憂。那小子不會有什麼事令我擔憂的。

我緩緩的繼續往下走。

36

遠離電燈桿，遠離人行道小載客車的笛笛嘟嘟聲，遠離熱油和爆米花的味道，還有兒童的尖叫與西洋鏡秀攬客的吆喝，遠離了一切，眼前只剩海洋的氣息，乍然清晰的海岸線，和落入石塊間形成乳狀泡沫的浪花。此時的我可謂踽踽獨行。噪音消失在我背後，熾熱作弄人的燈光變成時隱時現的火花。然後一處黑暗碼頭的無燈光手指形通道，對著海的方向突伸進暗夜之中。應該就是這裡了。我轉身踏上碼頭。

阿紅邊從靠在木樁起始處的一只箱子上站起來，邊仰頭對我說話。「好了，」他說。「你繼續走出去側邊的窄樓梯那裡。我得去把船弄出來，熱一下引擎。」

「港口警察跟蹤我。就是在賓果屋的那個傢伙。我不得不停下來跟他講講話。」

「他叫歐爾森。專門抓扒手的。他也是個好手。只是三不五時會搞一個栽贓，好維持他的優良逮捕紀錄。那樣做有點過於厲害，不是嗎？」

「對海灣市而言剛剛好而已。我們走吧。起風了。我不希望這陣霧被吹散。雖然看起來不怎麼濃，但還是很有幫助。」

「霧會持續到足以欺掩探照燈的，」阿紅說。「那艘船的甲板上有衝鋒槍。你繼續往碼頭外走。我馬上過來。」

他消失進黑暗中，我走出去黑暗的木板道，沾黏著魚腥的鋪板走起來滑溜溜的。遠端的盡頭有一條低矮骯髒的欄杆。一對男女依在角落上。他們走開去，男的發出咒罵的聲音。

有十分鐘的時間，我凝聽海水拍打木樁的聲音。一隻夜鳥在黑暗中迴旋，翅膀微薄的灰影從我眼前掠過，然後消失無蹤。一架飛機在高空上嗡嗡作響。然後遠處傳來一部馬達的轟隆聲，持續不斷，像半打卡車引擎在嘶吼。一會兒之後，聲音放緩了，降低了，然後突然間，什麼聲音都沒有了。

更多時間流逝，我走回窄梯處，並且像置身濕地板的貓兒一樣，小心翼翼的往下爬。一個黑影從夜色中閃現，有個東西碰一聲重重落在地上。一個聲音說：「都準備好了。上來吧。」

我爬上船，坐在他背後的遮簾下。船向海上滑出去。此時排氣管都沒有聲響，只聞船身兩邊發出汩汩的泡沫噪音。海灣市的燈火，再度成爲疏離的起伏浪濤外的遙遠亮點。皇冠號的炫目燈光再度游移到我們的一側，那艘大船似乎刻意把自己打扮得像旋轉台上的時裝模特兒。好蒙特西托號的船埠也再度從太平洋的一片漆黑中浮現，而且探照燈緩慢而穩定的環繞掃射，恍如燈塔的光束。

「我很害怕，」我突然說。「我害怕得要死。」

阿紅把船減速，讓它隨波盪漾，彷彿船留在原地不動，動的只是底下的海水。他轉過臉來瞪著我。

「我害怕死亡和絕望，」我說。「害怕黑水和溺死者的臉孔，還有眼窩空洞的骷髏頭。我害怕死去，害怕成爲虛無，害怕找不到一個姓布魯奈特的男子。」

他嗆笑一聲。「你差點嚇壞我。你可眞會給自己精神喊話。布魯奈特有可能在任何一個地方。在那兩艘船中的其中一艘，在他擁有的位於東邊雷諾市的俱樂部，或者穿著拖鞋在自個兒家裡。這就是你想要的嗎？」

「我想要一個叫做摩洛伊的人，一個不久前才從奧瑞岡州立監獄出來的大老粗，他因爲搶劫銀行被關了八年。他藏身在海灣市。」我把來龍去脈告訴他。我告訴他比我想要告訴他的還要多很多。一定是因爲他的那對眼睛。

最後，他想了想，然後緩緩的開口說話，一縷縷霧氣懸在他的字句上，像鬍髭上的水珠。也許那使他的話顯得比較有智慧，也或許沒有。

「有的聽起來有道理，」他說。「有的沒有。有的我不是很清楚，有的我還算知道。如果這個宋德柏格是在經營賊窩，販賣大麻菸，並且派遣眼色狂野的男孩去偷盜有錢女人的珠寶，那麼依理可推，他在市政府裡頭應該有靠山，但是那並不表示他們一定知道他所做的每件事，或者警方的每一名警員都知道他在府內有靠山。有可能布連恩知道，而你稱呼爲海明威的那個並不知道。布連恩是個壞蛋，而另一個傢伙可能只是個難搞的警察，既不壞也不好，既不算不誠實也不算誠實，雖然滿身是膽，但是像我一樣，笨到以爲從身警界是一種有意義的謀生方法。這個搞靈媒的傢伙則好壞兩方都說不上來。他在最好的市場，海灣市，給自己買了一條保護線，在必要的時候就調來使用。你永遠不知道這種人是在做什麼打算，所以你也永遠也無法知道他對什麼感到罪惡，或者會害怕什麼。有可能出於人性，他有時候會愛上某個顧客。那些有錢女士要裝扮得嬌美迷人，比做紙娃娃還容易。所以我對於你之所以被留置在宋德柏格處的直覺就是，布連恩知道，宋德柏格一旦發現你是誰，一定會被嚇壞——而他們告訴宋德柏格的故事，大概就和他告訴你的一樣，說他們發現你腦袋昏昏的在四處亂逛——宋德柏格會不知道要怎麼處置你，他會既害怕放你走，也害怕把你弄死，然後經過一段夠長的時間以後，布連恩就會過來瞧瞧，跟他提高價碼。事情就是這樣。他們只是剛好發現可以利用你，而且眞的利用了。布連恩有可能也知道摩洛伊的事。這點我不會輕易排除他。」

我一邊聆聽，一邊看著緩緩掃描的探照燈和右邊遠方來來去去的水上計程車。

「我知道這些小子如何想事情，」阿紅說。「警察的問題，不在於他們笨，或不誠實，或難搞，而是在於他們以爲只是因爲當了警察，就給他們多了一點以前所沒有的東西。也許過去曾經是這樣，但現在已經不是如此了。他們已經被太多聰明腦袋給比下去。這使我們轉到布魯奈特的話題。他沒有在治理這個城鎮。他才懶得管。他掏出一大筆錢來選一名市長，好讓他的水上計程車不受干擾。如果有什麼他特別想要的東西，他們自會提供給他。就譬如前一陣子，他的一個朋友，是一名律師，被逮到犯了酒醉駕駛的重罪，布魯奈特幫他把罪減輕爲魯莽駕駛。他們以更改紀錄簿達到這個目的，而更改紀錄簿本身就是一項重罪。這就讓你對整個局面大致有個了解。他搞的行當是賭博，而現今所有行當都彼此盤根錯結。所以他有可能干涉大麻菸買賣，或從某個他分給生意做的手下抽取百分比。他可能認識宋德柏格，也可能不認識。但是珠寶搶劫這件事可以排除在外。這些小子幹這票只拿個八千。要認爲布魯奈特和這件事有任何關連，那實在可笑。」

「是喔，」我說。「還有一個人被謀殺了哪——記得嗎？」

「他也不會幹那種事，或叫人去幹那種事。如果布魯奈特幹了那種事，你不會找到任何屍體的。你無法預測某個傢伙會不會把什麼東西縫進自己的衣服裡。爲什麼要冒這種險？瞧，區區二十五元，我給你提供了多少服務。設想以布魯奈特的財力，他可以達成多少事情？」

「他可能派人殺人嗎？」

阿紅想了一下。「可能。他大概曾經有過。但是他不是一個難搞的傢伙。像他這種流氓是新型人物。一想到他們，我們會聯想到舊時代的盜賊或吸毒的太保。大嘴巴的警察局長會在收音機上嚷嚷，說這些人都是黃色鼠輩，說他們專殺女人和嬰兒，但是一看到警察就嚎啕求饒。警方應該曉得，不該灌輸大眾這種錯誤的訊息。也有黃色警察和黃色幫派分子啊——但他媽的也只是少數啊。而至於像布魯奈特這樣的頂尖人物——他們不是靠殺人爬到頂峰的。他們靠的是膽識和腦袋——而且他們也不是像警察那樣憑藉的是群體勇氣。但是追根究柢，他們也不過是一群生意人。他們的所做所爲就是爲了錢。就和其他生意人一樣。有時候半路會殺出一個程咬金擋住財路。好吧。把他弄掉。但是在那樣做之前，他們一定會做充分的評估。媽的，我發表這一大串演說幹嘛呀？」

「像布魯奈特那樣的人，不會藏匿摩洛伊，」我說。「尤其在他殺了兩個人以後。」

「不會。除非還有除了錢以外的理由。要轉頭回去嗎？」

「不。」

阿紅轉動握在駕駛盤上的雙手。船加速起來。「不要以爲我欣賞這些渾蛋，」他說。「我恨他們的膽識。」

37

迴轉的探照燈光像一根蒙了霧的淺色手指，在離船一百呎左右的水面約略掠過。那燈光大概只是用來虛張聲勢。特別是在傍晚的這個時候。任何人要想計畫搶劫這些賭輪當中一艘的賭金，一定需要有很多幫手，而且也應該要等到清晨四點，當人群減少到只剩下幾名不甘心的賭客，而且工作人員都已經因爲疲憊而精神遲鈍的時候。即使在那種狀況下，那還是一種拙劣的賺錢方法。因爲以前有人試過。

一艘水上計程車繞到登船棧橋處，卸下客人，然後往海岸的方向駛回去。阿紅把他的快艇暫停在剛好探照燈掃描的距離外。如果他們，只爲了好玩，把燈光提高幾呎，就會發現我們——但是他們沒有。光束幽幽的掃過，黯淡的水面亮了一下，然後快艇溜過界線，很快的躲進賭輪突出海面的船緣下方，並且經過兩條巨大且蓋滿浮渣的船尾繩索。就像旅館便衣警衛準備把一名皮條客請出旅館大廳一樣，我們謹愼低調的踅到船殼油膩的鐵板旁。

雙扇鐵門高高的浮現在我們頭頂上，看起來根本搆不著，而且即使搆得著，可能也沉重到打不開。快艇沿著蒙特西托號古老的側邊拖曳，浪潮懶懶的拍打著我們腳下的船殼。我身畔的幽暗中揚起一個巨大的陰影，一圈螺旋形繩索飛上半空，啪一聲，勾住了，尾端落下來，在海面濺起水花。阿紅用一根船鉤把它撈起來，拉緊，然後把繩尾繫在引擎罩上的某個東西上面。薄薄的霧靄使一切顯得彷彿不眞實。

潮濕的空氣和愛情的灰燼一樣冷。

阿紅向我靠過來，他的氣息在我耳邊搔癢。「浪太高了。如果來個強風，船可能翻掉。但不管怎麼樣，我們還是得爬上去。」

「我等不及了，」我說，同時打著哆嗦。

他把我的手放上駕駛盤，隨著他的意思轉動，調節好引擎，然後告訴我依那樣子掌好舵。有一條鐵梯釘在賭輪的殼板上，隨著船身的弧度彎曲，它的階梯大概和抹了油的竿子一樣滑溜。

爬上那上面，就和爬上一棟辦公大樓的飛簷一樣誘人。在把手用力抹了抹褲子以沾染一些焦油以後，阿紅伸手去抓鐵梯。他無聲無息的把自己拉上去，連哼一聲也沒有，他的運動鞋踩上了金屬階梯，他把身體打直到幾乎呈直角狀態以取得更多阻力。

此時探照燈的光束掃描在離我們遠遠的身外。光線從水面反彈回來，使我的臉像處在閃光之下一樣明顯，但是什麼事也沒發生。然後我頭頂上傳來一個碩重鉸鍊的沉悶輾軋聲。一道鬼魅似的昏黃光線滲進霧中，然後又黯去。當中出現了半個裝卸貨口的輪廓。它的門不可能是從裡面閂住的。我好奇是怎麼回事。

其間的耳語只是一陣窸窸窣窣，沒有意義。我離開駕駛盤，開始往上爬。那是我所走過最艱辛的一段路程。我氣喘吁吁的落腳在一處丟滿了裝貨箱、大桶子、成捲繩索和成堆生鏽鐵鍊的酸臭所在。老鼠在黑暗的角落嘰嘰吱吱。黃色的燈光從遠處的一扇窄門投射過來。

阿紅把他的嘴唇貼到我的耳朵上。「從這裡，我們直接走到鍋爐房的甬道。那裡用的是蒸氣鍋爐，因爲他們沒裝柴油機。底下大概只有一個傢伙。在上面的玩樂甲板層，每名人員則負責不只一項工作，管賭檯、監看、當侍者，等等。他們的雇傭契約聽起來好像都是做行船工作的，實則不然。從鍋爐房，我會指引你一條沒有格子板的排氣管。從那裡可以通到船上的甲板，而甲板就是禁制區了。但是整個地方就屬於你了——只要你還活著。」

「你一定是有親戚在船上吧，」我說。

「比那有趣的事還多著呢。你會很快回來嗎？」

「我一定會在甲板上好好攪和一番，」我說，同時把我的皮夾子掏出來。「我想這應該比原先說的再多值一點。拿去。把我的屍體當做你自己的一樣處理吧。」

「你沒欠我什麼了，夥伴。」

「我還要跟你買回程——即使沒用上也沒關係。趁我還沒放聲大哭濕了你的襯衫以前，把錢收了吧。」

「需要我上去那上頭幫你一點忙嗎？」

「我需要的是一根生花巧舌，問題是我的舌頭硬得像蜥蜴背。」

「把你的錢收起來吧，」阿紅說。「你已經付過我回程的錢了。我想你只是害怕。」他握住我的手。他的手強壯、堅實、溫暖，又有點黏黏的。「我知道你害怕。」他耳語道。

「我會克服的，」我說。「不管怎麼樣。」

他帶著一抹好奇的神情轉過身去。在那種燈光下，我無法看清楚。我跟著他穿過一堆堆箱子和桶子，越過聳起的鐵製門檻，走進一條帶著船舶氣味的幽暗長通道。我們走出這條通道，步上一處格子狀的鋼製平台，上面有滑溜的油漬，然後爬下一條不易抓攫的鋼鐵樓梯。此時空氣中充滿了油爐燃燒的緩慢嘶嘶聲，而且掩蓋了其他所有聲音。我們穿過無數巨大且無聲的鐵製器械，轉向嘶嘶聲走去。

在角落上，我們碰見一個矮短又骯髒的義大利仔，他穿著紫色的絲襯衫，坐在一張用鐵絲纏起來的辦公室座椅上，頭上懸著一顆裸露的電燈泡，靠著一根烏黑的食指和一副大概屬於他祖父的鐵框眼鏡的輔助，正在讀一份晚報。

阿紅安靜的跨到他身後。溫和的說：

「嗨，矮冬瓜。小娃兒們都好嗎？」

義大利仔嘴巴咂一聲張開來，迅速將一隻手探向紫色襯衫敞開的縫隙。阿紅朝著他的下巴打過去，把他打昏了。他把他輕輕的放到地板上，然後開始把他的紫色襯衫撕成一條條。

「這會比揍扁他更令他痛苦，」阿紅輕聲說。「之所以這樣對付他，是因爲爬上排氣管的樓梯會在底下造成很大的噪音。但是上面那邊什麼也聽不到。」

他俐落的把義大利仔綁好，用東西塞住他的嘴巴，並且將他的眼鏡摺好，放在一個安全的所在，之後我們便走到一條沒有格子板的排氣管那裡。我抬頭看，什麼也看不見，只有一片漆黑。

「再見，」我說。

「也許你需要人幫一點忙。」

我像隻淋濕的狗一樣拼命甩頭。「我需要海軍陸戰隊作伴。但是，我要嘛獨自面對，要嘛乾脆撒手不幹。再會了。」

「你會去多久？」他的口氣仍然聽起來很憂慮。

「一小時，或者不到。」

他瞪視著我，咬著唇。然後，他點點頭。「有時候一個人必須去做他必須做的事，」他說。「有空的時候，過來那家賓果屋聊聊吧。」

他悄聲離開，走了四步，又回來。「那個沒鎖的裝卸貨口，」他說。「可能可以幫你換來一些好處。好好利用。」然後他快步走開。

38

冷風直灌下排氣管。通到頂上的路似乎十分漫長。經過感覺像一個鐘頭的三分鐘，我審愼的將頭探出牛角狀的開口。附近一些蓋著帆布的小艇只是幾團模糊的灰色影像。黑暗中有低微的喃喃語聲。探照燈的光束緩慢的繞著圈子。光束是從某個更高的點上投射出來的，大約是來自那些粗短桅杆當中一根的頂部圍欄平台。那上面應該也有一個帶著衝鋒槍的小夥子，也許還有一把輕型白朗寧手槍。當有人這麼剛好的把裝卸貨艙口留著沒閂，這可眞是個冷涼的工作，冷涼的安慰。

遠方音樂隆隆，像廉價收音機裡的虛假低音樂器聲。在桅頂燈之上，透過更高處的霧靄，幾顆星辰嚴峻的向下觀照。

我爬出排氣管，把我的點三八口徑手槍從肩袋中抽出來，轉彎手腕將它靠握在肋骨上，用我的袖子掩住。我踏出無聲的三步，豎耳聆聽。什麼事也沒發生。喃喃語聲停止了，但是不是因爲我。此時我分辨出語聲的方位，是在兩艘救生艇中間。而且從神祕的夜色和霧靄當中，有足夠的燈光匯集一處，照亮了一座架設在一台高高的三腳架上的黝暗冷硬機關槍，槍口朝下對著欄杆外面。兩名男子站在機關槍附近，一動不動，沒有抽菸，然後他們的喃喃語聲又開始出現，一串聽不出字句的低聲耳語。

我在那裡聽那個喃喃聲太久了。我背後出現另一個清楚的講話聲。

「對不起，客人不准來這個甲板。」

我轉身，動作並沒有太快，並且注視他的雙手。那雙手是一抹輕淺的模糊陰影，而且空無一物。我點點頭往旁邊站開，一艘小艇的尾部剛好遮住我們。那個男人溫文的尾隨，他的鞋子踩在潮濕的甲板上無聲無息。

「我猜我迷路了，」我說。

「我猜你是迷路了。」他的聲音聽起來很年輕，不兇狠。「但是扶梯底部有一扇門。門上有彈簧鎖。那是一只好鎖。以前那裡有一道開放的樓梯，圍了鐵鍊和告示銅牌。然而我們發現有比較不受約束的傢伙會跨越鐵鍊。」

他說了很久的話，要不是因爲要顯得和善，就是在等人。我不知道是哪一個。我說：「一定是有人忘了把門關好。」

陰影裡的頭顱點了一下。那顆頭顱比我的矮。

「可是，你可以看見讓我們上來的那個入口。如果眞的有人忘了關門，老闆會很不高興。如果沒有人忘了關門，那麼我們很想知道，你是怎麼上來這裡的。我相信你懂得我的意思。」

「你的意思似乎很簡單。我們下去和他談好了。」

「你是和人作伴一起來的嗎？」

「一個非常好的伴。」

「你應該和你的伴待在一起的。」

「你知道是怎麼回事——你才轉個頭，就有別的傢伙過來要幫她買酒。」

他嗆笑一聲。然後把下巴朝上下微微一挪。

我身體向下一伏，往旁邊做出一個青蛙跳，一把包皮短棍像一聲長長的嘆息，平白掃過靜謐的半空。看來這一帶的包皮短棍好像都會自動找上我。高個子男子咒罵一聲。

我說：「儘管來當英雄啊。」

我大聲的打開手槍的保險栓。

有時候，即使是一場爛戲都有辦法撼動整座戲院。高個子站在那裡不敢動彈，我看見短棍在他的手腕上搖搖晃晃。剛剛跟我講話的那個，則不慌不忙的想了一想。

「這幫不了你什麼忙的，」他陰沉的說。「你下不了船了。」

「那點我有考慮過。然後我想，反正你們也不在乎。」

仍然是一場爛戲。

「你想做什麼？」他低聲說。

「我有一把吵死人的槍，」我說。「但是這把槍不一定得開火。我要和布魯奈特說話。」

「他出差到聖地牙哥去了。」

「我要和他的代理人談。」

「好個小子，」態度和善的那個說。「我們下去吧。在我們進那扇門以前，把傢私收起來吧。」

「等我確定進了那扇門以後，我就會把傢私收起來。」

他輕聲笑起來。「回你的崗位去，瘦仔。這裡讓我來就好。」

他懶懶的走在我前面，那個高個子則隱沒進黑暗中。

「那麼，跟我來。」

我們一前一後的穿過甲板。我們走下滑溜的銅框階梯。底部是一扇厚厚的門。他打開門，並且注視著門鎖。他微微一笑，點點頭，替我把著門，我踏進去，同時把槍收進口袋裡。

門關起來，在我們背後發出喀哩一聲。他說：

「寧靜的一夜，到目前爲止。」

我們前方是一道鑲金的拱門，拱門過去是博弈廳，不是很擁擠。看起來和其他地方的博弈廳沒什麼兩樣。靠遠端有一個短玻璃吧台和幾張凳子。在中央，有一條通往下方的樓梯，而時起時伏的音樂聲就從那裡傳上來。我聽見輪盤轉動的聲音。一個男子正在和單獨一名顧客賭牌九。房間裡一共不超過六十個人。牌九桌上，有一疊足以用來開銀行的黃金債券。賭客是一位白髮老人，有禮專注的面對著莊家，此外沒有什麼表情。

兩名穿著晚宴西裝的靜默男子，一副無所事事的蹓躂過拱門。恰如預期。他們漫步向我們走來，和我一起的矮瘦男人在原地等著。一直到離拱門好一段距離了，他們才把手伸進身側的口袋，當然，只是爲了找香菸。

「從現在開始，我們必須有點兒組織的樣子，」矮男人說。「我想你不介意吧？」

「你是布魯奈特，」我唐突的說。

他聳聳肩。「當然。」

「你看起來不是很悍，」我說。

「我希望不是。」

兩名穿晚宴西裝的男子輕輕的向我擠壓過來。

「到這裡面，」布魯奈特說，「我們可以輕鬆的談話。」

他打開門，他們把我帶進一處船艙。

那房間看起來像客艙，又不像客艙。兩盞吊在萬向接頭上的銅燈懸在一張暗色的桌子上，那張桌子不是木頭的，可能是塑膠的。房間末端有兩張有木頭紋理的雙層床。低的那張整理得很整齊，頂上的那張上面，疊著半打照片紀錄簿。一台大大的無線電和照片傳眞綜合機立在角落上。有一張紅色皮革的大沙發椅，一條紅地毯，幾個菸灰缸架，一張上面擺著香菸、有瓶塞的玻璃瓶和幾只玻璃杯的小凳子。還有在雙層床的斜對面角落上，有一個小吧台。

「坐，」布魯奈特說，並且繞到桌子的另一邊。桌子上有許多看起來和商業有關的文件，有一列列的數字，是用簿記的機器印的。他在一張高背的主管椅坐下來，稍稍壓斜了一點椅背，把我全身打量一番。然後他又站起來，脫掉外套和圍巾，把它們丟到一旁。他再度坐下。拾起一支筆，用筆搔癢一邊耳垂。他的笑容像貓，但是我喜歡貓。

他既不年輕也不老，既不胖也不瘦。花很多時間在海上，或靠近海，讓他擁有非常健康的氣色。他的頭髮是核果般的棕色，很自然的鬈曲，在海上應該更爲鬈曲。他的額頭窄而睿智，眼睛帶著微妙的威嚇神色。那對眸子的顏色有些偏黃。他有一雙好手，不至於愛惜到乎乏無味，但也算保養得宜。他的晚宴服的顏色是午夜藍吧，我判斷，因爲看起來非常暗。我感覺他戴的珍珠有點太大了，但那有可能是出於嫉妒心理。

他打量我相當長一段時間以後，才說：「他有槍。」

其中一名打扮光鮮的硬漢，用一根大概不是釣魚竿的東西抵在我脊背的中央。探索的雙手掏走槍，並且搜查是否還有別的武器。

「還有別的事嗎？」一個聲音問。

布魯奈特搖搖頭。「現在沒有。」

其中一名槍手把我的自動手槍滑過桌面。布魯奈特把筆放下來，拿起一把拆信刀，在他的吸墨紙上，把槍輕輕的推來推去。

「好了，」他目光越過我的肩膀，低聲說。「還得我說明我要什麼嗎？」

其中一個人快步走出去，關上門。另一個如此凝定不動，他等於不在那裡。一段冗長而閒適的靜謐，偶爾被遠處的人聲、深沉的音樂和底下某處傳來的單調隱約的悸動聲所打破。

「喝酒嗎？」

「謝謝。」

那頭大猩猩在小吧台調了幾杯酒。他調酒的時候，完全不避諱把那些玻璃杯暴露在外。他在桌子的兩邊各擺上一杯，擺在黑色的玻璃杯墊上。

「抽菸嗎？」

「謝謝。」

「埃及的可以嗎？」

「當然。」

我們點起香菸。我們喝酒。嚐起來像是很好的蘇格蘭威士忌。那頭大猩猩沒喝。

「我是想要——」我開口。

「對不起打岔，但那並不重要，不是嗎？」

眼前又是貓似的柔和笑容和慵懶半闔的黃色眼睛。

門打開來，另外那個傢伙回來了，和他一起進來的，還有那個穿制式短夾克、有一張痞子嘴巴的小子。他瞧我一眼，臉色立刻轉成像生蠔那麼蒼白。

「我沒讓他通過，」他急忙說，並且翹起一邊嘴角。

「他有一把槍，」布魯奈特說，同時用拆信刀推了推槍。「就是這把。他甚至還用這把槍捅我的背，算是吧，在甲板上的時候。」

「我沒讓他過啊，老闆，」穿制式短夾克的和先前一樣急急的說。

布魯奈特稍微抬起他的黃色眼睛，對著我微笑。「怎麼樣？」

「把他丟出去，」我說。「找個地方扁他一頓。」

「計程車司機可以幫我作證，」制式短夾克咆哮。

「你從五點三十分就一直在棧橋上？」

「一分鐘都沒離開，老闆。」

「那沒有回答我的問題。一個帝國可以在一分鐘之內毀滅。」

「一秒鐘也沒離開，老闆。」

「但是他可以被騙啊，」我說，並且放聲大笑。

制式短夾克踏出一個拳擊手的熟練滑步，拳頭像鞭子一樣揮過來。那差點擊中我的太陽穴。一個魯鈍的重擊聲。他的拳頭似乎在半空中融化。他往旁邊癱倒，指爪耙著桌子的一角，然後身子滾成面朝上躺著。有時候換換口味，看別人被短棍打昏也不錯。

布魯奈特繼續對著我微笑。

「我希望你沒有誣賴他，」布魯奈特說。「仍然有扶梯門的問題還沒解決。」

「那門碰巧打開著。」

「你可以想想別的理由嗎？」

「在一大群人的面前沒有辦法。」

「那我和你單獨談，」布魯奈特說，眼睛只看著我，沒看其他人。

大猩猩從腋下抬起制式短夾克，把他拖過房間，他的夥伴打開一扇內門。他們走進去。門關起來。

「好了，」布魯奈特說。「你是誰，你要做什麼？」

「我是個私家偵探，我要和一個叫做麋鹿摩洛伊的人講話。」

「給我看你私家偵探的證明。」

我給他看。他把我的皮夾子越過桌面丟回來。他那風吹日曬的嘴唇持續掛著笑容，然而那笑容開始顯得不自然了。

「我在調查一件謀殺案，」我說。「上星期四晚上，一個姓馬里歐特的男子被謀殺，就在距離你比維迪爾俱樂部不遠的懸崖上。這件謀殺案正好和另一件謀殺案有關連，是一個女人，被摩洛伊殺死，那傢伙是前科犯，銀行搶匪，而且粗暴強悍。」

他點點頭。「我還沒有問你，這和我有什麼關連。我假定你終究會說明。你可以告訴我，你是怎麼上我的船了嗎？」

「我告訴你了。」

「那不是眞話，」他溫和的說。「你姓馬羅是吧？那不是眞話，馬羅。你心知肚明。守棧橋那孩子沒說謊。我挑人是很小心的。」

「你擁有一部分海灣市，」我說。「我不知道多大一部分，但是供給你的需要，足夠了。一個姓宋德柏格的男子在海灣市經營賊窩。他經營大麻菸買賣和搶劫，而且窩藏跑路的兄弟。當然，沒有人脈關係，他不可能辦得到。我想，沒有你，他不可能辦得到。摩洛伊原來住在他那裡。現在已經離開了。摩洛伊大約七呎高，很難隱藏。我想他藏在一艘賭輪上倒是沒有問題。」

「你想得很簡單，」布魯奈特柔聲說。「假設我要藏他，我爲什麼要拿這個地方冒險？」他啜一口他的酒。「畢竟，我做的是另一種生意。要保持計程車服務暢通無阻，就已經夠困難了。這世界上多得是惡棍可以躲藏的地方。如果他有錢的話。你不能想個比較高明的主意嗎？」

「我能，但是，算了吧。」

「我不能爲你做什麼。所以，你到底是怎麼溜上船的？」

「我不想說。」

「恐怕，我得想辦法叫你說，馬羅。」他的牙齒在船艙銅燈的照耀下閃閃發亮。「畢竟，這是辦得到的事情。」

「如果我告訴你，你會幫我傳話給摩洛伊嗎？」

「什麼話？」

我伸手拿放在桌子上的我的皮夾，從裡面抽出一張名片，把它翻過來。我把皮夾收好，取來一支鉛筆。我在名片背面寫了幾個字，然後把它推過桌面。布魯奈特接過去，讀了我寫的東西。「對我不具任何意義，」他說。

「那對摩洛伊有意義。」

他往後靠坐，瞪視著我。「我不懂你。你冒險來到這裡，交給我一張名片，要我轉交給一個我根本不認識的混混。這沒道理。」

「如果你不認識他，那就沒道理。」

「你爲什麼不把槍留在岸上，用平常的方法上船？」

「第一次我忘記了。然後我知道，那個穿短夾克的難纏小子再也不會讓我上船了。然後我剛好碰見一個知道有別的方法的傢伙。」

他的黃眼睛像點燃一盞新火似的亮起來。他微微一笑，沒說什麼。

「這另外一個傢伙不是惡徒，但是他在海灘上眼觀四方、耳聽八方。你有一個從裡面被拔掉門閂的裝卸貨口，還有一個格子門被移除的排氣管。爲了上甲板，有一個人被打昏。你最好給你的人員點點名，布魯奈特。」

他輕輕的移動雙唇，一片摩娑過另一片。他又俯頭看一次名片。「沒有一個叫摩洛伊的人在這艘船上，」他說。「但是如果你說的那個裝卸貨口的事是事實，我就買你的帳。」

「儘管去查啊。」

他仍然低著頭。「如果我有辦法可以傳話給摩洛伊，那麼我就幫你。我不知道我爲什麼要替你費這個心。」

「去看看那個裝卸貨口啊。」

他凝定不動的坐著好一陣子，然後靠上前來，把槍推過桌面給我。

「瞧我做多少事，」他一副甚覺有趣的口吻，彷彿只有他一個人在這裡。「我掌控市鎮，遴選市長，敗壞警察，販賣毒品，藏匿非法份子，搶劫脖子上掛滿珍珠的老女人。我的時間還眞多。」他嗆笑幾聲。「時間還眞多。」

我伸手拿我的槍，把它插回臂膀底下。

布魯奈特站起來。「我沒有應允你什麼，」他說，眼睛四平八穩的看著我。「但是我相信你。」

「你當然沒有應允我什麼。」

「你冒了這麼大的險，只為了這麼少的回報。」

「是的。」

「好吧——」他做了一個沒有意義的動作，然後把手舉過桌子。

「跟傻瓜握個手，」他柔聲說。

我跟他握手。他的手又小又結實，而且有一點熱熱的。

「你不告訴我，你是如何發現這個裝卸貨口的？」

「我不能告訴你。但是告訴我的那個人不是惡徒。」

「我有辦法叫你說，」他說，但是立刻搖了搖頭。「不，我信任過你一次。我會再相信你一次。坐著不要動，再喝一杯。」

他按了一個鈴。後面的門打開來，其中一名硬漢走進來。

「留在這裡。給他一杯酒，如果他要的話。不要動粗。」

那名槍手坐下來，平靜的對我微笑。布魯奈特迅速走出辦公室。我抽香菸。我喝完我的酒。槍手又幫我調一杯。我喝完那杯，又抽了一根香菸。

布魯奈特回來了，在角落裡洗洗手，然後又在他的桌子後坐下來。他對槍手點點頭。槍手無聲無息的走出去。

黃眼珠鑽研著我。「你贏，馬羅。而且我點齊了一百六十四名員工。好吧——」他聳聳肩。「你可以搭水上計程車回去。沒有人會騷擾你。至於你的留言，我有一些人脈。我會加以利用。晚安。我大概應該說謝謝。謝謝你的示範。」

「晚安，」我說，並且站起來離去。

登船棧橋上有一張新面孔。我搭一艘與前不同的水上計程車回岸上。我走回去賓果屋，在人群中靠牆而立。

幾分鐘後，阿紅過來了，在我身旁靠牆而立。

「簡單，嗯？」阿紅柔聲說，和莊家吆喝號碼的粗重嘹亮聲音形成對比。

「謝謝你。他買帳了。他很擔心。」

阿紅看看這邊，又看看那邊，然後把嘴唇貼近我的耳朵一點。「找到你的人了嗎？」

「沒有。但是我希望布魯奈特能找到管道把訊息傳給他。」

阿紅又轉過頭去看那些賓果桌。他打了個呵欠，把身子從牆上挺直開來。有鳥喙鼻子的男子又進來了。阿紅邁步到他身旁，說：「喂，歐爾森，」然後在從他身邊擠過去時，差點把他撞倒。

歐爾森怨怒的目送他的背影，挪正自己的帽子。然後狠狠的對著地上啐了一口痰。

他一消失，我就離開那裡，然後沿著停車場走回我停車的地點。

我開回去好萊塢，把車停妥當，然後上去我的公寓。

我脫掉鞋子，穿著襪子走來走去，用我的腳趾頭感受一下地板。三不五時，腳趾頭還是會覺得麻麻的。

然後我在從牆上拉下來的活動床床沿坐下，試著盤算一下時間。沒辦法。要找到摩洛伊，可能要花好幾小時或好幾天的功夫。也有可能永遠找不到，除非警察抓到他。如果他們抓得到的話——而且是活的。

39

等我撥葛雷耶家在海灣市的電話號碼時，已經大約是十點鐘了。我心想可能這個時間找她太晚了，但事實不然。我一路纏鬥過女傭和管家，才終於在線上聽到她的聲音。她聽起來一副輕鬆愉快，而且才開始要進入這一晚的巔峰狀態的樣子。

「我答應過會打電話給你，」我說。「有點晚了，但是我有很多事情要辦。」

「又要放我鴿子嗎？」她的聲音冷下來。

「也許不會。你的司機工作到這麼晚嗎？」

「我要他做多晚就做多晚。」

「那麼開過來接我怎麼樣？我會設法把自己塞進我的畢業典禮西裝。」

「你眞好，」她懶洋洋的說。「可是我有必要費這個神嗎？」安索確實在她的語言問題上醫出了好成績——如果她眞有過語言障礙的話。

「我會秀我的蝕刻版畫給你看。」

「就一張蝕刻版畫嗎？」

「這不過是一間單身公寓啊。」

「我是有聽說過這種公寓，」她又懶洋洋起來，然後突然又改變語氣。「不要跟我玩欲擒故縱。你有個健美的體格，先生。別人不識貨我可識貨。再把你的地址告訴我一次。」

我把地址給她，並且給她公寓的號碼。「大廳的門是鎖著的，」我說。「但是我會下去把門閂鬆開。」

「那好，」她說。「省得我還要帶鐵撬。」

她掛斷電話，給我留下一種剛剛和一個不存在的人講過話的怪異感覺。

我下去大樓大廳鬆開門閂，然後淋浴，穿上睡衣，躺上床。我可以就這樣大睡一星期。然而我又把自己從床上硬拖起來，把公寓門的門閂安置妥當，那是我之前忘了做的，然後像在跋涉深雪似的拖著沉重的步伐到小廚房去，擺出玻璃杯，和一瓶專爲一場眞正高級的調情挑逗而保留的蘇格蘭威士忌利口酒。

我再度在床上躺下來。「祈禱，」我大聲的說。「沒有其他事情可做了，只能祈禱。」

我閉上眼睛。房間的四面牆之間似乎充塞著船舶的悸動聲，靜止的空氣似乎滴著霧水，而且隱隱有海風在颯颯作響。我聞到廢棄貨艙的酸臭味。我聞到引擎機油，看到一個穿紫色襯衫的義大利人，在一顆裸露的燈泡底下，用他祖父的眼鏡在閱讀。我爬呀爬的，爬上了一條排氣管。我爬上喜馬拉雅山，踏上峰頂，卻發現被一群手持機關槍的傢伙包圍起來。我和一個小個頭，然而非常有人性的黃眼睛男人說話，他是個流氓，甚或可能比流氓更壞。我想到有紅色頭髮和紫色眼睛的巨人，他可能是我所遇過最好的一個人。

我停止思想。光線在我閉起的眼皮後面移動。我失落在空間裡。我是個從一場虛榮的冒險中歸來的鍍金笨蛋。我是個僅值百元的炸彈包裹，爆炸的噪音比美當鋪老闆看見一只廉價手錶時所發出的嘆息。我是隻爬上市政府邊牆的粉紅頭小蟲。

我睡著了。

我不情不願的慢慢醒來，我的眼睛瞪著電燈反射在天花板上的光線。有個東西在房間裡緩緩的移動。那動作鬼祟，安靜，又沉重。我豎耳聆聽。然後我慢慢的轉頭，看著麋鹿摩洛伊。房間裡有陰影，他在陰影中移動，就和我曾經見識過的那樣無聲無息。他手裡的槍帶著黑暗油亮的肅穆光澤。他的帽子推到黑色鬈髮的後面，他的鼻子就像獵狗的鼻子一樣，做出嗅聞的動作。

他看見我張開眼睛。他輕柔的來到床邊，站在那裡俯視我。

「俺接到你的短箋，」他說。「俺一路過來沒有人跟蹤。俺在外面沒碰到警察。如果這是設局，早就死兩個人了。」

我在床上翻一下身，他迅速摸索我的枕頭底下。他的臉孔依舊又大又蒼白，他深陷的眼睛依舊看來溫柔。今晚他穿著一件大衣。只有某些部分合身。有一邊肩線爆開了，大概是在穿上的時候撐破的。這應該是找得到的最大尺寸了，但是對麋鹿摩洛伊還是不夠大。

「我就希望你能來一趟，」我說。「這事警方完全不知道。我只是想見見你。」

「繼續說，」他說。

他側著身子走到桌邊，把槍放下來，把他的大衣扯掉，然後在我最好的那張安樂椅坐下。椅子發出咿唔聲，但是撐住了。他緩緩的往後靠，並且把槍安放在靠近他右手的位置。他從口袋裡掏出一包香菸，甩鬆一根來，然後全然未用手碰觸的把香菸含進嘴巴裡。他用大拇指的指甲點燃一根火柴。香菸刺鼻的氣味飄過房間。

「你沒生病什麼的吧？」他說。

「只是在休息。我度過了艱苦的一天。」

「門開著。在等人嗎？」

「在等一位女士。」

他若有所思的瞪著我。

「也許她不會來了，」我說。「如果來了，我會把她擋在門外。」

「什麼女士？」

「噢，只是一位女士。如果她來了，我會打發她走。我寧可和你說話。」

他極其輕淺的笑容幾乎沒使嘴唇動一下。他彆扭的呼著香菸，彷彿香菸小到讓他的手指無法舒適的握著。

「是什麼讓你以爲俺在蒙特西托號上？」他問。

「一個海灣市的警察。那是個很長的故事，而且充滿了太多揣測。」

「海灣市的警察在追查俺嗎？」

「那會使你煩惱嗎？」

又是那種輕淺的笑容。他微微搖頭。

「你殺了一個女人，」我說。「潔西．弗羅里安。那是個錯誤。」

他想了一想。然後點點頭。「俺不想談那件事，」他低聲說。

「但是事情很詭異，」我說。「我並不怕你。你不是殺手。你沒有意思要殺死她。另外一個——在中央街的那個——你可以撇清罪責。但是把一個女人的頭對著床柱直撞，撞到她滿臉腦漿，那就很難脫罪了。」

「你可眞是賭命冒險啊，兄弟，」他柔聲說。

「就我所遭遇過的種種，」我說。「我已經不知道冒險與不冒險的差別了。你並沒有意思要殺死她——對不對？」

他的眼睛游移不安。他的頭斜向一邊，擺出聆聽的姿態。

「該是學習認識你自己力量的時候了，」我說。

「太遲了，」他說。

「你要她告訴你一些事情，」我說。「你抓住她的脖子，搖她。你把她的頭往床柱上撞的時候，她早已經死了。」

他瞪著我。

「我知道你要她告訴你什麼，」我說。

「你說啊。」

「發現她的時候，有一個警察和我在一起。我必須把自己的關係交代清楚。」

「多清楚？」

「夠清楚了，」我說。「但是我沒有透露今晚的事。」

他瞪著我。「好吧，你怎麼知道俺在蒙特西托號上的？」他之前問過我這個問題了。他似乎忘了。

「我不知道。但是要逃亡，最容易的方法是走水路。以海灣市的那種內部結構，你可以躲到其中的一艘賭輪上。從那裡，你可以逃得一乾二淨。只要找對人幫忙。」

「萊爾德．布魯奈特是個好人，」他沒有表情的說。「俺聽說。俺甚至沒跟他講過一句話。」

「可是他把訊息傳給你了。」

「媽的，有成打錯綜複雜的管道，可以幫他把事情辦起來，夥伴。咱們什麼時候做你在名片上說的事？俺有個感覺，你想跟俺吐露什麼。否則俺不會冒險到這裡來。咱們要去哪裡？」

他捻熄香菸，注視著我。他的身影投映在牆壁上，一個巨人的身影。他如此巨大，感覺似乎不是眞的。

「是什麼讓你以爲，是俺斃了潔西．弗羅里安？」他突然問。

「她脖子上指印之間的距離。你想要從她那裡取得某些情報的事實，還有，你強壯到足以在無意間殺死人。」

「警方把案子算在俺身上嗎？」

「我不知道。」

「俺想要從她那裡取得什麼？」

「你覺得她可能知道薇瑪在哪裡。」

他無言的點點頭，然後又繼續瞪著我。

「但是她不知道，」我說。「薇瑪對她來說，太精明了。」

外面傳來輕輕的叩門聲。

摩洛伊身子稍微往前傾，微微一笑，並且拾起他的手槍。有人在試著轉動門把。摩洛伊慢慢的站起來，向前做出匍匐的的姿勢，同時豎耳聆聽。然後他把目光從門上轉回到我身上。

我從床上坐起來，把腳放到地板上，然後站起來。摩洛伊無言的看著我，沒有任何動作。我走過去門邊。

「是誰？」我把嘴唇靠在門板上問。

是她的聲音，沒錯。「開門，傻子。是溫莎公爵夫人啦。」

「等一下。」

我回頭看摩洛伊。他正皺起眉頭。我走過去貼近他，用非常低的聲音說：「沒有其他的路可以出去。進去床後面的更衣間等著。我會趕她走。」

他一邊聆聽一邊思考。他的表情難以解讀。此時他是個無所損失的人。他是個從不知害怕爲何物的人。那甚至從來就不存在於那副巨大的軀體當中。終於，他點點頭，拾起他的帽子和大衣，沉默的繞過床，走進更衣間。更衣間的門關起來，但是沒有闔緊。

我環顧四下，尋找可能由他留下來的痕跡。什麼也沒有，除了一根可能是由任何人抽剩的菸屁股。我走過去公寓門那裡，把門打開。摩洛伊進來的時候，又把門閂上了。

她站在那裡半笑不笑，披著那件她跟我提起過的、高領白狐狸毛晚宴罩袍。碧玉長耳環從她的耳朵垂下來，幾乎埋進那柔軟的白毛裡面。她的纖指柔軟的攏著小小的晚宴皮包。

一看到我，她的笑容消失了。她把我從頭打量到腳。此時她的眼睛是冰冷的。

「所以就是這樣，」她陰沉著臉說。「睡衣和睡袍。要給我看他可愛的小蝕刻版畫。我眞蠢。」

我站到一邊，把著門。「根本不是你所想的那樣。我在穿衣服的時候，一名警察臨時來找。他剛剛離開。」

「藍道嗎？」

我點點頭。謊言加上點頭還是謊言，但那是個很容易說的謊言。她遲疑了一會兒，然後帶著一陣灑在毛皮上的香水味走過我面前。

我關上門。她緩緩的穿過房間，眼神空泛的瞪著牆壁，然後迅速轉身。

「我們先彼此有個了解，」她說。「我不是那種容易上鉤的女人。我也不玩廉價羅曼史。雖然在我人生當中，曾經有一段時間玩太多了。我喜歡沒有負擔的辦事。」

「你要在離開以前喝一杯嗎？」我仍然靠著門站著，和她隔著房間對望。

「我要離開了嗎？」

「你給我的印象是，你不喜歡這裡。」

「我只是要表達我的立場。在表達立場的時候，我的態度會誇張一點。我不是那種隨便與人濫交的野女人。我可以被擁有——但不是隨手可得。是，我要喝一杯。」

我進去小廚房，用不是很穩定的手調了幾杯飲料。我把飲料帶進房間，交給她一杯。更衣間沒有傳出任何聲響，連一聲喘息也沒有。

她舉起杯子，嘗了一口，然後越過杯緣看著遠方的牆壁。「我不喜歡男人穿著睡衣迎接我，」她說。「這是個奇怪的毛病。我喜歡你。我非常喜歡你。我會設法克服這個毛病。我常常有辦法克服這一類毛病。」

我點點頭，喝我的酒。

「大多數男人都只是卑劣的動物，」她說。「事實上，這是個相當卑劣的世界，如果你要問我。」

「錢一定幫了不少忙。」

「當你不是經常有錢的時候，你會以為是這樣。但事實上，錢只是又製造新的問題。」她露出詭異的笑容。「而且你會忘了，過去的老問題有多麼艱難。」

她從皮包裡拿出一個金香菸盒，我走過去，幫她點火。她吐出一縷迷濛的煙霧，並且半瞇著眼睛看著煙霧。

「坐過來我這裡，」她突然說。

「我們先來談一談。」

「談什麼？噢——我的玉項鍊嗎？」

「談謀殺案。」

她的臉毫無異動。她又吐出一縷煙，這次比較小心，比較緩慢。「那是個討厭的話題。我們非談不可嗎？」

我聳聳肩。

「林賽．馬里歐特不是聖人，」她說。「但是我仍舊不想談。」

她冷冷的瞪視我良久，然後把手伸進打開的皮包去拿手帕。

「就我個人而言，我並不認爲他是一個珠寶犯罪集團的哨兵，」我說。「警方假裝他們這樣認爲，但是他們本來就常常假裝很多事情。我甚至也不認爲，就任何眞實的意涵而言，他是個勒索犯。可笑，不是嗎？」

「是嗎？」那個聲音現在非常，非常冷。

「好吧，也不算眞的吧，」我同意，並且喝光我的酒。「勞你大駕光臨，讓我備感榮幸，葛雷耶太太。但是氣氛似乎剛好不對頭。我甚至不認爲，譬如說，馬里歐特是被一群幫派分子殺死的。我不認爲他去那個峽谷，是爲了買回一條玉項鍊。我甚至不認爲那條玉項鍊曾經遭竊。我認爲他是去那個峽谷被謀殺，雖然他以爲他是去那裡幫忙進行一項謀殺。但是馬里歐特是個非常不稱職的謀殺犯。」

她的身子有點往前傾，她的笑容變得有點失去生氣。突然，就在她身上並沒有眞正發生任何改變的瞬間，她不再讓人覺得美麗了。她看起來只像是一個在一百年前會讓人覺得危險，在二十年前會讓人覺得大膽，但是在今天只能讓人覺得是個好萊塢次要角色的女人。

她沒說話，但是她的右手輕敲著皮包的扣環。

「一個非常不稱職的謀殺犯，」我說。「就像在莎士比亞的《理查三世》一劇中，『第二殺人犯』那一幕。那個傢伙還有一些殘留的良知，但是仍然想要錢，結果根本就沒辦法執行任務，因爲他無法下定決心。這樣的謀殺犯非常危險。必須把他們去除——有時候是用包皮短棍。」

她微微一笑。「那麼他是要謀殺誰，你認爲呢？」

「我。」

「那一定讓人很難置相——有人會恨你到如此地步。而你說，我的玉項鍊從來沒有遭竊。這一切，你有任何證據嗎？」

「我沒有說我有。我只說我認爲事情是這樣。」

「那麼，爲什麼要這麼傻，把它們說出來？」

「證據，」我說。「向來就是一種相對性的東西。它只是或然率的一種壓倒性平衡。而且要看那些或然率對你造成怎麼樣的衝擊。謀殺我的動機相當薄弱——只因爲我試圖要追蹤一名中央街的前夜店歌手，而於此同時，有一個叫做麋鹿摩洛伊的罪犯剛出獄，也開始在找她。或許我在幫忙他找她。顯然，要找到她是有可能的，否則，就不值得騙馬里歐特說，我必須被斬除，而且要趕快斬除。而且顯然，要不這樣，他也不會相信。但是要謀殺馬里歐特，動機就強大多了，關於這點，無論是出於自負，或愛情，或貪婪，或三者混合，他卻沒有加以評估。他害怕，但不是爲了他自己。他害怕的，是自己所參與其中的暴力，是他可能會被判刑的暴力。但就另一方面來說，他又得爲自己的飯票奮鬥。所以他同意冒險。」

我停下來。她點點頭，說：「非常有趣。如果聽的人懂得你在講什麼的話。」

「聽的人懂，」我說。

我們四目相接。此時她的右手又伸到皮包裡了。我很清楚她手上握著什麼。那只是還不到時間出手而已。萬物各有其時。

「我們就不要再瞎扯了，」我說。「這裡只有我們。無論我們哪一方說什麼，都無法對另一方造成絲毫影響。我們倆互相抵消。一個出身低賤的女孩成爲百萬富豪的妻子。在往上爬的路上，一個齷齪的老女人認出她——可能聽到她在電台上唱歌，認出聲音，跑去看——於是，她必須使這個老女人保持安靜。但是老女人很便宜，足見老女人所知甚少。但是負責應付老女人，每個月給她錢，而且擁有她房子的信託契約，只要不聽話，隨時可以把她丟到路邊挨餓受凍的那個男子——他什麼都知道。他很昂貴。但是那也不重要，只要沒有其他人知道就好。但是有一天，一個叫做麋鹿摩洛伊的硬漢會出獄，然後會開始發覺有關他往日甜心的種種。因爲大塊頭笨蛋曾經很愛她——而且痴心未變。那就是爲什麼事情會變得如此可笑，悲劇性的可笑。而且就在這時候，一個私家偵探也開始插手管閒事。所以這條鎖鏈中的微弱環節，馬里歐特，不再是一樣奢侈品了。他變成了一項威脅。他們終究會找到他，並且把他碎屍萬段。他就是那種傢伙。一遇到熱就會融化。所以得趁還沒有機會融化之前，先把他殺了。兇器是一把包皮短棍。兇手是你。」

她的反應，就是把手從皮包裡抽出來，手裡握著一把槍。她的反應，就是把槍指著我，並且露出微笑。而我的反應，則是什麼也不做。

但是事情不是僅只於此。麋鹿摩洛伊從更衣間裡踏出來，柯爾特點四五口徑手槍在他毛茸茸的大手掌裡，仍然看起來像一只玩具。

他完全沒有看我。他看著路文．羅克黎吉．葛雷耶太太。他身體往前傾，嘴巴對著她露出笑容，對著她溫柔的說話。

「俺就想俺認得這聲音，」他說。「俺聽這聲音，聽了八年了——憑俺記憶所能及。可是俺還是比較喜歡你紅頭髮。嘿，寶貝。好久不見。」

她把槍一轉。

「離我遠一點，你狗兒子，」她說。

他霎時停住腳步，把槍垂到身邊。他離她還有幾呎遠。他的呼吸吃力。

「俺從來沒想到，」他低聲說。「這念頭剛剛才突然閃進腦海。是你向警方告密的。是你。小薇瑪。」

我丟出一個枕頭，但是動作太慢了。她對著他的胃開了五槍。子彈造成的聲響，不比手指穿進手套的聲音大。

然後她把槍轉過來射我，但是彈匣空了。她撲下身去撿摩洛伊掉在地板上的槍。我的第二個枕頭沒有失手。我繞過床，在她還來不及把枕頭從臉上拍掉之前，就把她推開。我撿起柯爾特手槍，帶著槍，再度繞回到床的另一邊。

他還站著，但是搖搖欲墜。他的嘴巴鬆垮無力，兩手在自己的身上笨拙的摸索。他的雙膝一軟，往側邊倒在床上，臉先著陸。他大口喘息的聲音充滿了整間房間。

在她移動之前，我手裡已經抓著電話了。她的眸子一片死灰，像半凍結的水。她往門衝去，我並沒有試圖阻擋她。她留下身後的門大大的敞開，所以等打完電話以後，我走過去把它關起來。我把他在床上的頭稍微轉動一下，這樣他才不至於窒息。他還活著，但是在胃部中了五槍以後，即使是麋鹿摩洛伊，也無法撐很久了。

我走回電話旁，打電話到藍道家裡。「摩洛伊，」我說。「在我的公寓裡。被葛雷耶太太在胃部開了五槍。我已經打電話給創傷接收醫院。她逃走了。」

「所以你就是得要聰明不可，」他只說了這句話就急急掛斷。

我回到床邊，此時摩洛伊跪在床鋪旁，試著要站起來，一隻手裡還抓著一大坨床單。他滿臉冒汗。眼皮緩緩的抖動，而且耳垂一片烏黑。

急救車趕到的時候，他還跪著，而且還試著要站起來。動用四個人才把他放上擔架。

「他還有一點點機會——如果那些是點二五的子彈的話，」急救車醫生在正要走出去之前這麼說。「全要看是擊中裡面的什麼。但是他還有機會。」

「他不會要那個機會的，」我說。

他沒有要那個機會。他在當晚死了。

40

「你應該舉辦一場晚宴派對，」安·李奧丹從她褐色有圖案的地毯對面看著我說。「閃爍的銀器和水晶杯，明亮淨挺的亞麻桌布——如果舉行晚宴派對的地方還使用亞麻製品的話——滿室燭光，女士戴著上好珠寶，男士打著白色領帶，僕人捧著包起來的酒瓶小心翼翼的周旋在客人之間，警察穿著出租晚宴服，看起來有點不自在，其實誰不會呢，還有嫌疑犯，勉爲其難的微笑，雙手不知所措，而你呢，則坐在長桌的頂端，面帶迷人的微微淺笑，用和名探菲洛·凡斯（一九二〇至三〇年代風行的小說人物。出自美國作家S·S·范·達因〔1888-1939〕筆下。）一樣假仙的英國腔，一點一滴的娓娓敘述整個故事。」

「是喔，」我說。「在你繼續耍聰明的時候，先來一杯什麼讓我握在手裡怎麼樣？」

她進去廚房，只聞冰塊叮叮咚咚響，然後她帶著幾個高玻璃杯回來，再度坐下。

「你一些女性友人的酒類帳單一定很可怕，」她說，並且啜了一口。

「接著管家突然昏倒了，」我說。「只是殺人的並不是管家。他只是爲了顯得可愛所以昏倒。」

我喝一點我的酒。「這其實不是那種故事，」我說。「這不是那種奇情詭譎又足智多謀的故事。這其實很黑暗，而且充滿了血腥味。」

「所以她逃走了？」

我點點頭。「到目前爲止。她一直都沒有回家。她一定有某個藏身的小窩，可以讓她在那裡換裝易容。畢竟，她隨時活在危險當中，就和水手一樣。她來找我的時候是獨自一個人來的。沒有司機。她開一輛小車來，而且把車子留在幾十個街區以外。」

「他們會逮到她的——如果他們認眞追捕的話。」

「不要這樣。地方檢察官韋德是個正直可靠的人。我曾經在他底下做過事。但是就算他們逮到她，又怎麼樣？他們得對抗兩千萬大洋、一張可愛的臉孔和李．法羅或雷尼坎普那樣的大律師。要證明她謀殺馬里歐特，會非常非常困難。他們手上有的，只是看起來很強烈的動機和她過去的歷史，如果他們追查得出來的話。她很可能沒有留下紀錄，否則不會用這種方式來處理事情。」

「那摩洛伊的案子呢？如果你之前有把他的事情告訴我，我說不定馬上就會知道她是誰了。順便問一聲，你是怎麼知道的？那兩張照片不是同一個女人啊。」

「的確不是。我懷疑連弗羅里安那老女人都不知道她的照片被調包。當我把薇瑪的照片——寫著薇瑪．華倫托那張——推到她鼻子前面的時候，她看起來有點驚訝。但是她也有可能已經曉得了。她有可能只是把它藏起來，打算等以後再賣給我。她知道反正無傷，那只是一張馬里歐特調換的，別的女孩的照片。」

「這只是猜測。」

「事情必須是這樣。在馬里歐特打電話找我，唱作俱佳的給我一個關於用錢贖回遭劫珠寶的故事時，事情必須是這樣，因爲我才剛剛去見過弗羅里安太太，詢問有關薇瑪的種種。而且在馬里歐特被殺以後，事情更必須是這樣，因爲他是這一連串鎖鏈裡面的微弱環節。弗羅里安太太甚至不知道薇瑪已經變成路文．羅克黎吉．葛雷耶太太。她不可能知道。因爲他們收買她的價錢太便宜了。葛雷耶說，他們去歐洲結婚，而且她是用她的眞名結婚的。他不願意說是在哪裡或什麼時候。他也不願意說她的眞實姓名是什麼。他不願意說她人在哪裡。我不認爲他知道，但是警方不相信。」

「他爲什麼不願意說？」安．李奧丹把下頷靠在十指交錯的手背上，並且用陰鬱的眼睛看著我。

「他如此瘋狂的愛她，連她坐在誰的大腿上，他都不在乎。」

「我希望她很享受坐在你的大腿上，」安．李奧丹酸溜溜的說。

「她是在玩我。她有點怕我。她不要殺我，因爲殺一個有點算是警察的人，對自己很不利。但是她最後還是有可能動手，就像她有可能最後還是會殺死潔西．弗羅里安一樣，如果摩洛伊沒有幫她省掉這個麻煩的話。」

「我打賭被一個漂亮的金髮女郎玩很有趣，」安．李奧丹說。「即使須要冒一點險。只是，我猜，這種事本來就都要冒一點險。」

我沒說話。

「我猜對於她殺死摩洛伊這件事，他們不能把她怎麼樣，因爲他有槍。」

「是不能。以她所具有的影響力，他們不能。」

她閃著金色斑點的眼睛嚴肅的鑽研我。「你認爲她眞的想殺死摩洛伊嗎？」

「她怕他，」我說。「她八年前密告他。他似乎知道。但是他不會傷害她的。他也深愛著她。是的，我想她有意殺死每一個她必須殺死的人。她有許多要爲之奮鬥的東西。但是那種事情，你不可能永遠維持不爲人知。她在我公寓裡對我開槍——但是那時子彈已經用光了。她在懸崖殺死馬里歐特的時候，應該也同時把我殺了。」

「他愛她，」安柔聲說。「我是說摩洛伊。她六年沒有寫信給他，或者在獄中那段時間，也從來沒有去看過他，對他都沒有關係。她爲了懸賞密告他，對他也沒有關係。而他出獄以後的第一件事，就是買幾件好看的衣服打扮自己，然後開始尋找她。所以她送五顆子彈給他，當作見面禮。他自己殺了兩個人，但是他愛她。這是什麼世界啊。」

我喝完我的酒，並且又在臉上擺出乾渴的表情。她不予理會。她說：

「而且她必須告訴葛雷耶她的出身，而他並不在乎。他跑得遠遠的去跟她以另外一個名字結婚，並且賣掉電台，好切斷和任何可能認識她的人的連繫，他給她所有可能用錢買得到的東西，而她給他——什麼？」

「那很難說。」我搖搖我杯子底部的冰塊。那也沒有給我帶來什麼反應。「我猜她給他帶來某種驕傲，他，一個頗有年紀的男人，卻能夠擁有一個年輕、美麗、又時髦耀眼的妻子。他愛她。我們到底談這些幹什麼呀？這種事情隨時都在發生。她做過什麼，她曾經和誰玩過，或她曾經是什麼，都不會造成任何區別。他愛她啊。」

「就像麋鹿摩洛伊，」安低聲說。

「我們開車去海邊兜風吧。」

「你還沒告訴我關於布魯奈特啦，那些大麻菸裡面的名片啦，安索啦，宋德柏格醫生啦，或帶領你走上最後解答之路的那條小線索。」

「我給弗羅里安太太一張我的名片。她把一只濕玻璃杯擺在上面。這張名片出現在馬里歐特的口袋裡，濕玻璃杯的水印清晰可辨。馬里歐特不是一個邋遢的人。那算是一條線索，可以這麼說。一旦你對某件事起了疑，要找出其他的連結就容易了，例如，爲了確保她守規矩，馬里歐特擁有對弗羅里安太太家的信託契約。至於安索，他本來就是個壞蛋。他們在紐約的一家旅館抓到他，他們說他是一個國際騙子。蘇格蘭警場有他的指紋紀錄，還有巴黎也是。他們怎麼有辦法從昨天或前天就拿到所有這些資料，我不知道。這些小子只要高興，就可以行動迅速吧。我想這件事，藍道已經準備好要收網好幾天了，而且害怕我會踩到他們的線。但是安索和任何謀殺案都沒有關係。或者和宋德柏格也沒有任何關係。他們還沒有找到宋德柏格。他們認爲他也有前科，但是在逮到他以前無法確定。至於布魯奈特，你在一個像布魯奈特這樣的傢伙身上，是找不到什麼把柄的。他們可以把他送到大陪審團面前，他可以拒絕說任何話：根據他的憲法權利。他不必在乎他的名聲。但是海灣市這邊發生了良好的大洗牌。局長被炒魷魚，半數的警探被降職爲代理巡警，而且有一個幫助我上去蒙特西托號，叫做阿紅・諾加得的大好人，得以重獲工作。這一切都是由市長操刀，只要危機還在，他就得每小時換一次褲子。」

「你非得這麼貧嘴不可嗎？」

「這是莎士比亞式表達法。我們開車兜風去吧。等再喝一杯以後。」

「你可以喝我的，」安・李奧丹說著站起來，把她沒喝的酒帶過來給我。她握著酒杯站在我面前，杏眼圓睜，而且有點畏懼。

「你好令人驚奇，」她說。「好勇敢，好有決心，而且可以只爲這麼少的錢工作。每個人打你的頭、勒你的脖子、揍你的下巴、灌你嗎啡，但是你還是在防守截鋒和端鋒之間持續的奮戰，直到他們全部不支倒地。是什麼使得你這麼了不起啊？」

「繼續說，」我低聲吼道。「不要停。」

安・李奧丹幽幽的說：「我要你吻我啦，渾球！」

41

他們花了超過三個月的時間才找到薇瑪。他們不相信葛雷耶不知道她人在哪裡，而且沒有幫助她逃亡。所以全國每一名警察和新聞記者，都在追查可能用錢買得到的藏身處。結果她的藏身處根本不是用錢買的。雖然一旦找到，你會發現她藏匿的方式其實相當明顯。

一天晚上，一名有一對像粉紅色斑馬那麼少見的照相機眼睛的巴爾的摩警探，逛進一家夜總會去聽樂隊演奏，並且看見一名漂亮的黑髮黑眉歌手唱得如癡如醉。她的臉蛋有個東西觸動他的心弦，而且那個心弦就此震顫不止。

他回去總局，拿出通緝檔案，開始翻閱成疊的嫌犯解析讀本。當翻到要找的那一份時，他停下來注視良久。然後他扶正頭上的草帽，回去那家夜總會，把經理找來。他們走到舞台後面的更衣室，經理敲其中一間的門。門沒鎖。警探把經理推到一旁，走進去，並且把門鎖起來。

他一定有聞到大麻的味道，因爲她正在吸食，但是他當時並沒有特別留意。她坐在一台三面鏡前面，正在鑽研自己的髮根和眉毛。那是她自己本色的眉毛。警探微笑著走過房間，並且把嫌犯讀本遞給她。

她一定也注視著讀本上的臉孔良久，幾乎就像警探在總局時所做的那樣。而就在她注視的當兒，有許多事情可以思考。警探坐下來，翹起二郎腿，並且點起一根香菸。他有好眼力，但卻過於專精於某個特定領域。他對女人的認識不夠深。

最後，她輕笑幾聲，說：「你是個聰明的傢伙，條子。我有一副很容易讓人記得的嗓子。曾經，有一個朋友只藉著收聽收音機，就認出了我。但是我和這個樂隊已經唱了一個月了——每星期還上聯播網節目兩次呢——竟然沒有人注意。」

「我以前從來沒聽過你的聲音，」警探說，並且一逕的微笑。

她說：「我猜我們沒有辦法談個交易吧。你知道，這可以賺一大筆的，如果處理得當的話。」

「和我甭想，」警探說。「抱歉。」

「那麼我們走吧，」她說著，站起來，抓起她的皮包，並且從衣架上拿下她的外套。她向他走去，把外套往前遞給他，這樣他才能幫忙她把外套穿起來。他站起來，像個紳士一樣的幫她把著外套。

她轉過身，從皮包裡掏出一把手槍，透過他正把著的外套，對他射了三槍。

當他們破門而入時，她的手槍裡還剩下兩顆子彈。在他們穿過房間一半路時，她已經用了那兩顆子彈。她兩顆子彈都用了，但是第二槍一定純粹只是反射作用。他們在她跌落地板之前抓住她，但是那時她的頭已經無力的下垂。

「那名警探只活到第二天，」藍道對我敘述過程。「只要還能說話的時候，他就說。那就是爲什麼我們能夠找到那些大麻。我不明白他怎麼會這麼不小心，除非他眞的想要讓她跟他討論某種交易。那就會使他心有旁鶩。但是，當然了，我不喜歡這樣想。」

我說我同意他的看法。

「直直的射穿她自己的心臟——兩次，」藍道說。「我以前聽專家證人說過，那是不可能的，我自己也一直都知道這不可能。而且，你知道嗎？」

「什麼？」

「她槍殺那名警探實在是愚蠢。我們永遠也不可能給她定罪的，以她的美貌、金錢和這些高價律師所可能建構起來的受害故事，不可能。一個出身低級酒吧的可憐小女孩，攀升爲有錢人的妻子，而那些過去認識她的牛鬼蛇神竟還不放過她。之類之流。媽的，雷尼坎普會在法庭上叫半打骯髒的雜耍老太婆啜泣著說，她們勒索她好幾年了，而且用的是你無法在她們身上找出確切證據的方法，但是陪審團會買帳。她自行逃亡，沒有讓葛雷耶受到牽連，這點做得很聰明，但是如果在被抓以後回家，那才是更聰明的做法。」

「噢，你現在相信她沒有讓葛雷耶受到牽連了嗎？」我說。

他點點頭。我說：「你認爲她有什麼特別的理由那樣做嗎？」

他瞪著我。「無論是什麼，我都可以接受。」

「她是個殺手，」我說。「但是摩洛伊也是。然而說他是個徹頭徹尾的壞蛋，則還差得很遠。也許那個巴爾的摩的警探並不像紀錄上所顯示的那麼純淨。也許她看到了一個機會——不是逃走的機會——到那時，她已經厭倦躲藏了——而是，藉此給一個曾經眞正給過她一次喘息機會的男人，一個喘一口氣的機會。」

藍道張口結舌的瞪視我，然後他的眼睛透露出不信服的表情。

「媽的，她不必槍殺一名警察來達成那個目的啊，」他說。

「我的意思並不是說她是個聖人，或甚至半個好女孩。她從來就都不是。除非被逼到牆角，她是不會自殺的。但是她那樣做，以及那樣做的方式，使她不必回到這裡來面對審判。想想看。審判會對誰造成最大的傷害？誰會最沒有辦法忍受？無論這場秀最後是贏、輸，或者打成平手，誰會付出最大的代價？一個愛得很不聰明，但是愛得太深的老男人啊。」

藍道厲聲說：「這只是多愁善感的說法罷了。」

「當然，當我這樣說的時候，聽起來很像是多愁善感。總之，我的看法也有可能全是錯的。再見了。我那隻粉紅色的蟲子，後來有沒有再爬回來這裡？」

他不知道我在說什麼。

我搭電梯到地面層，走出去市政府大門的台階。天氣涼爽，而且非常清朗。你可以看得非常遙遠——但是沒有遠到薇瑪所去的那個地方。

大師名作坊 120

再見，吾愛

作　　者—瑞蒙．錢德勒
譯　　者—許瓊瑩
主　　編—嘉世強
編　　輯—黃嬿羽
責任企劃—張燕宜
校　　對—許瓊瑩、黃沛潔

發 行 人—趙政岷
出 版 者—時報文化出版企業股份有限公司
10803台北市和平西路三段二四〇號三樓
發行專線—（〇二）二三〇六—六八四二
讀者服務專線—〇八〇〇—二三一—七〇五
（〇二）二三〇四—七一〇三
讀者服務傳真—（〇二）二三〇四—六八五八
郵撥—一九三四四七二四時報文化出版公司
信箱—台北郵政七九～九九信箱

時報悅讀網—http://www.readingtimes.com.tw
電子郵件信箱—liter@readingtimes.com.tw
法律顧問—理律法律事務所　陳長文律師、李念祖律師
印　　刷—勁達印刷有限公司
初版一刷—二〇一一年四月十五日
初版二刷—二〇一八年九月六日
定　　價—新台幣三〇〇元
（缺頁或破損的書，請寄回更換）

時報文化出版公司成立於一九七五年，
並於一九九九年股票上櫃公開發行，於二〇〇八年脫離中時集團非屬旺中，
以「尊重智慧與創意的文化事業」為信念。

再見，吾愛 / 瑞蒙．錢德勒（Raymond Chandler）著；許瓊瑩譯. --
初版. -- 臺北市：時報文化, 2011.04
面；　　公分. --（大師名作坊；120）

ISBN 978-957-13-5353-1（平裝）

874.57　　　　　　　　100003383

ISBN 978-957-13-5353-1
Printed in Taiwan

1Q84
村上春樹
1Q84
村上春樹
告白
愛因斯坦
Einstein
目送
龍應台
我教你變成有錢人
I Will Teach You to Be Rich
不抱怨的世界
Complaint Free
推力
Nudge
創業
是人人必備的第二專長
Escape from Cubicle Nation
NAOMI KLEIN
震撼主義
THE SHOCK DOCTRINE
浪漫

【時報悅讀俱樂部】會員邀請書

☑要！我要加入【時報悅讀俱樂部】

* 選書方式：任選時報出版單書定價600元以下好書
* 相同書籍限2本，每次至少選2本以上（含）
* 信用卡請款通過後，立即免運費寄出贈品及選書
* 免費宅配或郵寄到府

以下是我的個人基本資料：

□輕鬆卡（入會）＄2800　　□VIP（入會）＄4800

□輕鬆卡（續會）＄2500　　□VIP（續會）＄4500

姓名：＿＿＿＿＿＿＿＿＿＿＿＿＿＿＿＿

性別：□男　□女　婚姻狀況：□已婚　□未婚　生日：民國＿年＿月＿日（必填）

身分證字號：＿＿＿＿＿＿＿＿＿＿＿＿＿（會員辨識用，請務必填寫）

寄書地址：□□□ ＿＿＿＿＿＿＿＿＿＿＿＿＿＿＿＿

聯絡電話：(O)＿＿＿＿＿＿(H)＿＿＿＿＿＿ 手機：＿＿＿＿＿＿

e-mail：＿＿＿＿＿＿＿＿＿＿＿＿＿＿＿＿＿＿＿＿

（我們將藉此通知您最新的重要選書訊息，請填寫能夠確定收到信函的信箱地址）

閱讀偏好（請填1.2.3順序）：□文學□歷史哲學□知識百科/自然探索□流行/語文□漫畫
□生活/健康/心理勵志□商業

※我選擇的付款方式：

1. □劃撥付款　劃撥帳號：19344724　戶名：時報文化出版公司
2. □信用卡付款

（請直接至郵局填寫劃撥單，並在劃撥單上註明您要加入的會員卡別、金額、贈品及個人資料，包括：姓名、地址、聯絡電話、生日、身分證字號）

信用卡別 □VISA　□MASTER　□JCB　□聯合信用卡

信用卡卡號：＿＿＿＿＿＿＿＿＿＿＿＿有效期限西元＿＿年＿＿月

持卡人簽名：＿＿＿＿＿＿＿＿＿＿＿＿（須與信用卡簽名同字樣）

統一編號：＿＿＿＿＿＿＿＿＿＿＿＿

※如何回覆

傳真回覆：填妥此單後，放大傳真至（02）2304-6858 時報悅讀俱樂部24小時傳真專線

●時報悅讀俱樂部讀者服務專線：（02）**2304-7103**

週一至週五AM9:00~12:00 PM1:30~5:00